우리 사이의 낡고 녹슨 철조망

우리 사이의 낡고 녹슨 철조망

강민영
산문집

삶창

프롤로그

작품은 독자에게로 가서 완성된다고 한다. 이 책은 독자 개개인의 가치관, 기호, 의식에 따라 다르게 다가갈 것이다. 이 책에는 내가 경험했던 삶의 장면과 노출된 문화에 대한 사유를 담고 있다. 내 의식의 바탕은 문학이다. 규정짓고 정해진 답을 요구하는 방식은 나와 맞지 않는다. 편중되지 않은 시선으로 쓰려고 했지만, 어떤 주장이 분명하면 한쪽으로 치우칠 수밖에 없어서 이견이 있을 수 있다. 혹시 특정 사람, 단체에 대한 내 생각과 차이를 발견한다면, 그것은 당연한 일이다. 상황을 바라보는 내 시각이 다른 사람과 매번 일치할 리 없다. 따라서 그런 차이에 대해 흥미를 갖고 들여다볼 수 있는 멋진 기회가 되었으면 좋겠다.

책, 영화, 그림 등 다양한 장르의 작품을 다룬 수필의 특성상, 작품을 통해 내 의식을 드러내는 데 의미를 두었다. 대부분은 작품의 요점을 말하기도 했지만 인용을 위해 작품의 주된 골자를 배제하거나 필요에 따라 조금 다른 서술 방식을 사용하기도 했다. 머리로 쓰지 않으려고 노력했다. 그리고 사물의 사실보다는 진실을 따뜻하게 보려고 했다. 앞으로 내 가치관이 크게 바뀌지는 않겠지만 어쩌면 지금보다 더 단단해지거나 조금은 더 넉넉해질 수도 있을 것이다. 몇 년 뒤에는 그런 나를 확인할 즐거운 상상을 해본다.

나는 나를 비워내기 위해 글을 쓰는 줄 알았는데 알고 보니 글쓰기는 내 불행을 확인하는 일이었다. 장자크 루소가 『고독한 산책자의 몽상』(문학동네)에서 "애써 배우겠다는 것이 아니다. 그러기에는 너무 늦었다. 게다가 나는 그 많은 학문이 인생의 행복에 이바지하는 것을 결코 본 적이 없다. 다만 쉽사리 맛볼 수 있고 내 불행을 잊게 해줄 즐겁고 단순한 오락거리를 갖고 싶을 뿐이다"라고 했다. 그처럼 나도 "내 불행을 잊게 해"주는 것을 갖게 되었다. 그것은 어떤 특별한 이상이 아니었다. 더는 입지도 않으면서 갖고 있는, 젊은 날의 체형을 기억하는 옷가지를 만지는 일처럼, 또는 바람이 어수선하게 부는 날이면 초침을 멈춰놓고 삼키는 에스프레소 한 잔처럼, 그리고 한 권의 책을 읽을 때 갈라지는 파열음에 고통스러운 카타르시스를 느끼는 것처럼 그렇게 흘려보내는 시간들이다. 다양한 장르의 책을 읽고 글을 쓰는 것은 분명 '즐겁고 단순한 오락거리'와는 달리 노동이지만 내 생을 견디게 해주는 것으로는 확실하게 그 역할을 다 하고 있다.

한낮의 열기로 가득한 소란함보다는 차라리 어둑한 밤, 적막함 속에서 이 책을 손에 쥘 독자들과 이런 사소함을 나누고 싶다.

차
례

●

1부

ㅇ

●

커피와 함께하는
여백의 시간

○

나는 커피를 좋아한다. 그러다 보니 다양한 원두, 코냑과 시럽으로 색다른 맛과 향을 시도하기도 한다. 나는 상한 음식 외에는 버리지 않지만, 커피는 원하는 맛이 아니면 버리고 다시 만든다. 커피를 즐기던 과정에서 건강 문제로 2년간 커피를 끊었는데 그 시기에 바리스타 자격증을 갖게 되었다.

커피점에 가면 우리의 시각과 호기심을 자극하는 다양한 커피 메뉴가 있다. 에스프레소, 아메리카노, 라테, 카푸치노, 그 위에 휘핑크림이나 시럽, 계피 등의 향신료를 첨가한 커피와 한 잔에 몇만 원 하는 루왁 커피도 있다. 루왁은 인도네시아 수마트라에 서식하는 사향 고양이가 먹은 원두를 사용한 커피다. 고양이의 배 속에서 원두가 발효되어 배설물에 섞여 나오면 그 원두를 채취, 세척, 건조해서 사용한다. 사람들은 그 독특한 맛과 향을 즐기기 위해 루왁을 찾는다. 하지만 소량만 생산되었던 루왁의 수요가 늘어나자 고양이에게 사료 대신 설익은 열매만 먹이는 등 잔혹하게 사육, 채취하는 방식 때문에 커피의 질이 많이 떨어졌다. 커피의 질도 그렇거니와 동물 학대 사육 방식 때문에 나는 루왁 커피를 마시지 않는다.

15년 전 가을, '예술의전당 디자인미술관'에서 작품 전시회를 하며 하루에 여덟 잔씩 커피를 마셨다. 찾아온 손님을 맞으면서 하루에 여덟 잔 이상 마셨던 커피로 인해 건강에 문제가 생겼다. 어리석게도 나는 다량의 커피와 커피 이외의 부재료가 인체에 미치는 해로운 정보에는 컴컴했다.

결국 나는 2년간 커피를 끊고 녹차와 꽃차를 마셨다. 장미, 국화, 매화, 로즈메리, 애플민트, 재스민, 박하 등, 다양한 꽃차를 구비했지만 내겐 커피의 대체물이라 그다지 끌리지 않았다. 녹차 애호가들의 차를 대하는 진지하고도 차분한 마음가짐, 녹차의 그윽한 향과 잔잔한 분위기는 커피와는 다른 매력이 있지만 안타깝게도 나와는 맞지 않았다.

언제부터 우리가 부식을 필요로 했나, 어떤 사람들은 말한다. 커피가 양식이 아니라는 말에는 동의한다. 커피는 음료일 뿐이다. 생존을 위해 필수적인 것이 아니다. 음식 섭취와 몸에 영양을 공급하는 것과도 무관하다. 하지만 커피를 마시는 시간이 제공하는 몇 분의 여유와 그 시간을 함께하는 이들과의 교감은 한 끼 식사의 포만감과는 비교할 수 없다. 그 여유로움은 음식 이상의 가치를 가지고 있기 때문이다.

끼니를 라면으로 간단히 때우더라도, 프랜차이즈 커피점에서 꼬박꼬박 커피를 마시는 사람을 사람들은 '된장남', '된장녀'라고 비난하기도 하지만, 내 생각은 다르다. 배를 채우고 포만감을 느낄 때만 인간이 행복한 것은 아니기 때문이다. 한정된 수입 내에서 양질의 식사를 하고 기호품을 절약하는 것이 바람직하긴 하다. 하지만 일상에서의 규칙과 상식은 우리의 필요와 자유로움을 위해 기능하는 것이지, 강요되는 순간 구속이 된다. 최상급의 커피를 음미하며 영양가 없는 패스트푸드를 매번 섭취하는 것은 지혜로운 식습관이 아니다. 하지만 상황과 필요에 따라 주식과 부식의 우선순위는 바뀔 수 있다. 주된 것을 배제하고 부차적인 것을 우선으로 즐길 때, 일상적인 식사가 충족시켜주지 못하는 허기를 한 잔의 차가 채워주기도 한다.

조지 오웰의 에세이 『나는 왜 쓰는가』(한겨레출판)에 보면 부랑자들이 잠시 머무는 쉼터(책에서는 '스파이크'라고 함)에서의 상황을 이렇게 말한다.

춥고 잠 못 이룬 밤 뒤에 마시는 차는 반가웠다. 차, 더 정확히 말해 차라고 잘못 부르는 그것 없이 부랑자들이 살 수나 있을지 모를 일이다. 그것은 그들의 양식이요, 약이며, 모든 불행에 대한 만병통치약인 것이다. 그것이나마 매일 반 갤런쯤 홀짝일 수 없다면, 그들이 자신의 존재를 견딜 수 없으리라 나는 확신한다.

이렇게 차는 '자신의 존재를 견딜 수 있게' 해준다. 그것이 차라고 부를 수 없을 정도로 질이 낮은 맹물에 가까운 것이라 할지라도 그렇다. 차를 마시는 시간이 단 몇 분간뿐일지라도, 우리는 그 여백의 시간으로부터 정신을 이완하고 응집된 활력을 분출한다. 500원짜리 믹스커피, 6000원짜리 에스프레소와 케이크를 곁들인 1만2000원짜리 아메리카노, 그 외 어느 것을 선택하든, 그것과 함께 우리의 번잡한 일상은 고요와 회복의 공간으로 이동한다.

집을 나서면 몇 군데의 커피 전문점을 지나간다. 여닫이문 사이로 커피 향이 진하고 뭉근하게 퍼진다. 옥외 테라스에 앉아서 브런치를 즐기는 사람들, 서로에게 바짝 몸을 구부려 이야기를 나누는 사람들이, 마치 몽마르트르 언덕으로 올라가는 길의 카페에 앉은 사람들처럼 근사하게 느껴진다. 또는 커피와 함께 사색하는 분위기가 누군가를 기다리는 사람의 조바심과 긴장을 다독이기도 한다. 그렇게 커피와 함께하는 사람들을 스쳐 지나가는 것만으로도, 내 하루는 여유 있게 열린다. 내가 바리스타 자격증을 위해 투자한 돈과 시간은 때론 장롱 속 운전면허증 같은 비효율적인 소모가 아니었나, 하는 생각이 들 때도 있었지만 이제는 그런 생각을 하지 않는다. 내 삶의 남은 시간을 커피 향으로 채울 수 있게 되었으니 이것이야말로 가장 멋진 효율성이 아닐까 싶다. 커피가 없었다면 내 긴 여백의 시간을 무엇으로 채웠을까. 단지 기쁘고 쓸쓸하고 아득해지는 한 다발의 허망한 감정만 가득했을 것이다.

가르침은
희망을
이야기하는 것

○

방학 마지막 날에 아이의 음악 숙제를 위해 예술의전당을 찾았다. 콘서트홀 로비는 예상했던 대로 같은 이유로 몰려든 학생과 부모들로 북적였다. 청소년 음악회가 시작되자 들어갈 사람과 남은 사람들이 어느 정도 정리되었다. 나는 아들을 음악회에 들여보낸 뒤에 카페 테이블 앞에 앉아 커피를 마시고 있었다. 카페 안은 손님으로 가득했고 옆 테이블엔 예닐곱 명의 중학생들이 샌드위치와 주스를 먹으며 낄낄대고 있었다. 녀석들, 음악회 표만 사고 들어가지 않은 게 분명했다.

안에서 들려오는 오케스트라의 연주를 들으며 커피를 두어 모금 마시는데 옆 테이블에서 갑자기 소란이 일어났다. 아이

들이 괴성을 지르며 몇 명은 일어서 있었다. 늘어놓은 카드와
지폐와 동전 따위로 테이블 위는 어수선했다. 도박을 모르는
내 눈에도 아이들의 게임은 놀이의 범주를 벗어나 있었고, 그
애들이 외치는 소리는 로비에 잔잔하게 흐르던 오케스트라
의 선율을 가차 없이 찢었다. 카페 주인과 앉아 있던 어른들은
힐끔거리며 눈치만 볼 뿐, 누구도 제지하려고 하지 않았다. 그
도 그럴 것이 그 애들이 요즘 가장 무섭다는 중학생들로 보였
으니 그럴 만했고, 그래서 나도 불편한 마음을 그냥 견디고 있
었다. 결국, 그 애들의 소란으로 사람들이 하나둘씩 다른 테이
블로 이동하거나 아예 자리를 떠나는 모습을 보면서 나도 자
리를 옮겨야 하나 잠깐 망설였다. 그러다가 목소리를 가다듬
었다. 다섯은 노랑, 빨강으로 머리칼을 염색했고 피어싱을 했
고 반항과 경계의 눈빛이 눈에 가득했다. 나는 용기를 내어 그
중 비교적 주변을 의식하는 아이 두 명을 손짓으로 불렀다. 망
신을 당할지도 모른다는 긴장과 함께 부드럽고 따뜻하고 낮
은 어조로 말하려고 노력했다.

—지금 하는 게임 재미있어요?
—네.
—몇 학년이에요?
—중2예요.

— 아, 열다섯, 우리 아들과 같은 나이네? 열다섯 살이면 충분히 인격적인 대우를 받을 나이네요?

— 네.

— 지금 하는 게임은 아주 재미있을 거 같은데…, 품위 있어 보이지는 않네요.

— ….

— 열다섯 살 먹은 만큼은 인격적인 존중을 받고 싶지 않아요?

— ….

— 여기 주변을 봐요. 모처럼 시간을 내서 이곳을 찾은 사람들 같죠?

— ….

— 나도 그렇고, 저 사람들이 휴식을 얻기 위해서 어쩌면 뭔가를 포기하고 왔을지도 몰라요. 여기 온 사람들이 이 시간만큼은 느긋하고 평화롭게 즐길 권리가 있지 않을까?

다행히도 아이 둘은 순한 표정으로 들었고 친구들에게 가서 나를 힐끔거리며 얘기했다. 그 애들은 자리에서 일어나며 돈과 카드를 주섬주섬 챙겼다. 아이들이 다른 곳으로 간 뒤에 테이블에 앉은 사람들이 내게 고개를 끄덕이며 부드러운 미소를 건넸다. 나 역시 미소를 지었지만 땀이 등줄기를 타고 흐르는 게 느껴졌다. 그래도 역시 아이들은 방향만 잡아주면 받아들이는 순수함과, 문제 어른은 있어도 문제아는 없다는 생각으로 불편함을 진정시켰다. 음악회가 끝나고 나온 아들이 내 얘기를 듣더니 펄쩍 뛰며 다시는 그러지 마라고 신신당부했다. 중학교 2학년 아이들에게 그런 용기를 낸 것은, 내 인생에 아마 그 한 번으로 끝난 것 같다. 그래도 내 아들과 함께 이 사회를 만들어갈 소중한 아이들이 아닌가? '사람의 인격은 그가 살면서 만난 사람들의 복합체'라는 말이 있다. 이 말은 교사와 부모 이외의 사람도 얼마든지 교육의 효과와 성취를 볼 수 있다는 말일 것이다.

오래전에 읽은 감동적인 글이 생각난다. 뉴욕의 거리에서 풍선을 파는 남자가 있었다. 흑인 아이 하나가 멀리서 풍선을 바라보다가 그에게 다가가서 "아저씨, 저 검은 풍선도 하늘 높이 날 수 있나요?"라고 질문했다. 그 남자는 "그럼, 날 수 있지. 자, 봐라"라고 말하면서 풍선을 색깔별로 골라 하늘로 날려 보냈다. 파랑, 노랑, 빨강, 흰색, 검정의 풍선들은 바람을 타고 하늘 높이 올라갔고 더는 보이지 않게 되었다. 풍선 장수는 아이에게 말했다. "풍선을 날 수 있게 한 것은 풍선의 색깔이 아니라 그 안의 공기란다." 얼마나 멋진 말인가? 후에 아이는 성장해서 미국의 저명한 인권운동가가 되었다고 한다. 이 내용은 후에 여러 사람의 강의 주제에 따라 조금씩 변형되기도 했지만, 내 가슴을 뛰게 한 것은 낯모르는 아이를 위해 풍선 장수가 보여준 사랑과 친절이었다. 그는 손해 보는 것을 염두에 두지 않았다. 대신 의문을 갖고 다가온 아이에게 인종차별의 편파적인 갈등을 극복할 교훈을 실물 교습으로 보여주었다.

가정과 학교에서의 교육, 사회 경험을 통해 우리의 인성이 형성되지만 내게 중심이 된 것 중 하나는 어머니의 교육이었다. 내가 여섯 살 때의 일이다. 어머니의 친구가 운영하던 보육원에 어머니를 따라갔는데 보육원의 정문으로 들어서자 배가 볼록 나온 아이들이 몰려와 어머니와 나를 에워쌌다. 그러자 어머니는 잡고 있던 내 손을 슬그머니 놓았다. 아이들의 집중적인 시선에 겁이 난 나는 어머니의 치마 뒤로 숨었다. 그럴수록 어머니는 나를 밀어냈고 나는 울음이 터지기 직전에 가까스로 원장실로 들어갈 수 있었다.

어머니는 엄마 없는 아이들의 마음을 헤아려 내 손을 놓은 것이다. 그 외에도 가지지 못한 사람에 대한 배려, 갖고 있는 것에 대한 소중함, 살면서 원하는 걸 다 가질 수 없다는 것, 그럼에도 어떻게 크고 작은 것에 감사할 수 있는지를 가르쳐주었다. 그때는 몰랐지만, 유년의 기억이 흐릿해질 무렵 나는 엄마가 되었고 그제야 어머니의 그 마음을 이해했다.

프로이트가 말한 성격 구조에서, 적절한 교육과 훈육으로 형성되는 것이 본능적 욕구에 사회성을 더하는 자아라고 했다. 그것은 선과 악을 구분하는 도덕적 판단과 인식으로 발전한다. 환경과 도덕적인 질서는 무시한 채 욕구 충족을 우선한다면 편협하고 이기적인 인간이 되고, 반면에 주위의 여건과 도덕적인 질서를 너무 의식해 엄격한 통제만 한다면 지나치게 금욕적이며 경직된 사람이 될 수 있다. 그러므로 교육에는 가르치는 자의 능력과 균형, 기술, 그에 더해 인성이 갖춰져야 할 것이다.

얼마 전에 아들과 함께 외출했다. 음악회 때 열다섯이었던 아들이 지금은 스물아홉이 되었다. 담배를 피우고 가겠다고 해서 아파트 흡연 구역 쪽으로 걸어간 아들이 흡연 구역을 그냥 지나쳤다. 그 부근에 중학생 정도로 보이는 아이들 여럿이 모여 장난을 치고 있었다. 군대를 전역한 지 얼마 안 되어 내가 보기에 거의 무적(?)인 아들이 혹여 애들하고 시비에 휘말릴까, 하여 자리를 피한 것이다. 세월이 흘러도 여전히 중학생 아이들은 막강했다. 그 순간, 나는 14년 전의 일이 긴장감으로 다시 다가왔고 쓸쓸하고도 착잡해지는 기분을 지울 수 없었다.

사회 어디서든 풍선 장수의 따뜻함을 우리 아이들이 느꼈으면 좋겠다. 그렇게 된다면 그것은 몇 배의 파장으로 다시 이 사회로 돌아올 것이다. 나는 거리에서 상처 받고 경계하는 아이들과 눈이 마주치면 그들에게 미소를 보낸다. 미소 짓는 내

등에 꽂히는 것은 긍정보다는 부정, 그리고 조롱의 말과 시선일 가능성이 높다. 난폭하고 비열한 사건들이 속수무책으로 터지는 그들 세계가 솔직히 나는 두렵다. 그래도 가슴을 울리는 루이 아라공의 "가르친다는 것은 다만 희망에 관하여 이야기하는 것이다"라는 말을 늘 기억하려고 한다.

●

다양한 형태의 가족과
그에 대한
사회적 고찰

○

　그녀는 그의 마음을 붙잡기 위해 아이 여섯을 낳았다. 사별한 전처에 대한 죄책감과 그리움으로 고통 중에 있는 남자를 얻기 위해 그녀는 자살 소동을 벌이며 결혼에 성공했다. 결혼 후, 그녀의 사랑과 집착은 서로를 피폐하게 만들었고 그녀는 결혼 생활의 위기를 벗어나기 위해 아이를 하나씩 낳기 시작했다. 그녀가 일곱 번째 아이를 갖게 되었다는 소식을 들었을 때 내 심란함은 알 수 없는 분노로 바뀌었다.

　그녀에게 있어 가족은 무슨 의미일까? 가족에 대한 사전적인 정의는 "혈연이나 혼인 관계 등으로 한집안을 이루는 사람들"이며 가정은 "부부를 중심으로 혈연 관계자가 함께 사는 사회의 작은 집단" 혹은, "한 문화권에서 생물학적 관계나 결혼, 입양 기타 관습 등으로 친척의 지위를 얻은 친족 집단의 일부"로 정의한다. 우리가 혈통 중심의 사회 속에서 받아들이는 가족은 부모가 낳은 자녀, 그 자녀들로 이루어진 형제와 자매를 구성으로 받아들인다. 2006년 봄, 예술의전당에서 '다양한 가족, 어울림 한마당'이라는 주제로 조형 작품 전시회를 했다. 그것을 계기로 가족에 대해 일반화된 내 생각이 한 번의 전환을 맞았다.

가족의 다양한 형태는 양친 가족 이외에 재혼 가족, 한 부모 가족, 입양 가족, 비혼모 가족, 조손 가족, 국제결혼 가족, 역할 전이 가족, 소년 소녀 가장 가족, 동성 가족, 공동체 가족 등 다양하다. 이들 가정을 들여다보면 사전적 의미의 가족에 대한 우리의 시각이 편중된 것임을 깨닫게 된다. 혈통 중심 이외의 다양한 형태의 가족은 '사랑하는 사람들'로 구성되었고 그들에게 가정은 '내 마음이 속한 곳'이다.

다양한 형태의 가정이 공통으로 겪는 문제는 사회의 편견과 마주하는 것이다. 양친이 있는 가족을 정상적이고 기본으로 보는 시각 때문에 그 이외의 다른 가정에게는 부정적인 견해를 갖는다. '정상'이라고 규정하면 그 외의 것을 '비정상'으로 간주하고 그것은 불행할 것이라고 단정하게 된다. 혈연 중심의 가족주의는 가정의 다양성을 인정하지 않는다. 하지만 변해가는 사회의 흐름에 따라 관계와 필요 때문에 형성되는 다양한 가족제도를 수용하는 것으로 우리의 견해도 조정해야 할 것이다.

앙드레 모루아는 "온갖 실패와 불행을 겪으면서도 인생의 신뢰를 잃지 않는 낙천가는 대개 훌륭한 어머니의 품에서 자라난 사람들이다"라고 말했다. 그리고 생텍쥐페리가 "내가 사막에서 살 수 있었던 이유는 단 한 모금의 물도, 한 조각의 빵도 아니다. 다만, 가족에 대한 그리움뿐이다"라고 했던 말에 우리는 공감한다. 사회의 가장 기본이 되는 작은 집단인 가정에서 우리가 조화를 이루며 살아가는 방법을 배우는 것을 우리는 누구도 부정하지 않는다. 가정에서 형성된 인성과 이타심은 사회성을 발전시키는 바탕이다. 양친이 있는 가정에 사랑이 항상 존재한다면 정말 바람직할 것이다. 아이들은 서로 사랑하며 존중하는 방법을 배우고 심리적으로 안정을 느끼며 적절한 교육을 받으면서 훌륭하게 성장할 것이다. 하지만 모든 가정이 그렇게 이상적이지 않다. 양친이 있는 가정에도 분열과 불화가 있고 반면에 그밖의 다양한 형태의 가정에 안정과 위로가 존재할 수 있다. 중요한 것은 혈연 중심의 가족인지 아닌지가 아니라 가족 구성원들에게 상호 존중심과 성숙함이 있느냐, 하는 것이다.

서두에서 언급한 아내는 남편을 자기에게 묶어놓기 위해

자녀를 수단으로 삼았다. 사랑을 독점할 수 없어 피폐해가는 여자가 불행을 느끼고, 성장한 아이들이 부모의 이혼을 종용하는 것은 혈통 중심으로 고집스럽게 명맥만 이어가는 가정의 한 단면이기도 하다. 양친이 있는 가족 외에 다양한 형태의 가정을 들여다보면, '사랑하는 사람들'이 진정한 의미의 가족이며 '내 마음이 속한 곳'이 따뜻한 가정이라는 것을 다시 인정하게 된다. 그들에게는 혈통 중심으로 묶이지 않은 것이 더는 큰 문제가 아니다. 이상적으로 생각했던 혈통 중심의 가족이 불신과 증오로 속속 와해되는 것을 보면, 가족이란 서로 사랑하는 사람들로 형성되어야 한다는 것에 다시 동의하게 된다. "누구나 자신의 지혜만큼 행복하고 자신의 우둔함만큼 불행할 것이다"라고 발타사르 그라시안이 말했다. 이 말처럼 행복과 불행을 결정짓는 요소는 혈통이나 삶의 조건이 아니라 삶을 바라보는 자세와 가치관일 것이다. 어느 가정이든 고구마를 먹고 얹힌 것처럼 답답한 덩어리가 가슴을 짓누르는 일들이 존재한다고 하는데 그 상황의 이면엔 대부분 욕망의 문제가 있다.

베를린 영화제 수상작인 토마스 빈터베르그 감독의 영화 〈사랑의 시대〉가 있다. 대저택을 상속받은 부부가 그들 가족만 살기에는 집이 너무 넓어 여러 사람들을 집에 들여 공동체 생활을 한다. 다양한 사람들이 섞여 살아가면서 감정이 복잡하게 얽힌다. 이 영화가 혈연 중심에서 공동체 중심으로 가족을 구성하는 시도는 좋았던 것 같다. 그러다가 그들 구성원이 혈통 중심의 여부가 아니라 폴리아모리(polyamory)에 따른 가치관의 문제로 예기치 않은 쪽으로 상황이 전개된다.

모든 공동체 가정이 이 영화처럼 폴리아모리는 아니다. 나는 대가족으로 살아가면서 부대끼는 번거로움은 싫지만, 질서를 유지하고 도덕적인 규범을 존중하는 선에서 가정을 이루는 것에 대한 편견은 없다. 혼자 있는 것을 견디지 못하는 사람들은 공동체 중심의 가정을 이루며 서로 기대고 살아가는 것이 해결책일 수 있다. 하지만 자신을 견딜 수 없다면 다른 사람을 견디는 것은 더 어려운 일일 것이다. 개개인의 필요와 선택을 긍정하며 지지하는 것이 나와는 다른 삶을 존중하는 자세가 아닐까 다시 생각해본다.

흔히 입양아를 '가슴으로 낳은 아이'라고 하고 친구를 '내가 선택한 가족'이라고 한다. 이런 말은 언어의 유희이거나 무책임한 말장난이 아니다. 실로 가슴 저린 말이다. 허울을 벗고 뜨거운 마음으로 타인을 품을 줄 아는 그런 마음을 떠올리는 것으로도, 우리 안에 잔잔한 파문이 일어나며 그 아름다운 관계에 경이로움을 느낀다.

●

삶과 죽음을 엮는
강렬한 힘

○

"사람은 혼자 살 수 있단다. 그것은 불행도 재앙도 아니야. 그저 슬픈 일이지." 알렉산드르 소쿠로프 감독의 영화 〈어머니와 아들〉에서 병으로 죽어가는 어머니는 홀로 남게 된 아들에게 이렇게 말한다.

고독의 사전적 정의는 "세상에 홀로 떨어져 있는 외롭고 쓸쓸한 상태"라고 한다. 동거하는 사람이 있어도 극심한 고독을 느낄 수 있고 홀로 남거나 혼자 살아갈 때도 충만하고 행복할 수 있다. 그것은 만족과 불만, 선택과 배제, 찰나와 영원에 이르기까지 다양한 상황에서 나타나며 갈등과 대립보다 개인의 내면에 더 근본적인 원인이 있다. 사물이나 대상을 이해하는 정도의 차이를 느낄 때, 추억을 함께 공유할 수 없을 때도 우리는 고독하다. 괴테가 "인간은 사회 속에서 모든 것을 배울 수 있을 것이다. 그러나 영감을 얻는 것은 다만 고독에 있어서 뿐이다"라고 말한 것처럼 고독한 상태는 우리를 성장하게 한다. 그것은 번민과 결핍을 통해 성찰하고 예술적 혼을 불어넣어 긍정적인 결과를 산출하기 때문이다.

내게는 다양한 사람들과 섞여 흡수되고 타협하는 과정에서 느끼는 절망이 고독의 요인이 되었다. 자기 원칙과 아집에 감금된 사람을 바라보는 일도 우리를 고독하게 한다. 상반된 특질과 타협할 때의 삶은 차라리 죽음의 경계에 놓일 것이다. 끊임없이 다가갈 수는 있지만, 결코 도달하지 못하는 어떤 지점과도 같이 삶은 죽음에 닿아 있지만 죽음에 도달하지 않는다.

알베르 카뮈는 절망과 파멸을 죽음으로 확장하는 것이 아니라 절망은 절망으로만, 파멸은 파멸로만 보는 방법을 그의 책 『시지프 신화』에서 보여준다. 그렇게 문제를 문제 이상으로 확장하지 않는 것은 고독할 때 고독을 견디고 고독이 자신을 파괴하지 않도록 보호한다. 고독에 대항하기 위해 우리는 방파제를 필요로 한다. 방파제, 우리가 존재한다는 것은 바라보는 누군가를 필요로 한다는 것이다.

한나 아렌트는 『예루살렘의 아이히만』(한길사)에서 "어떠한 인간의 삶도 자연 속 광야에서 살아가는 은둔자의 삶조차도 다른 인간의 현존을 직간접으로 입증해줄 수 있는 세계가 없다면 가능하지 않다"라고 했다. 그러므로 나의 삶과 사랑, 그리고 죽음조차 함께 살아가는 사람들의 동의 없이는 얻어 낼 수 없다는 것을 인정해야 한다. 누군가가 내 동의하에 존재를 증명할 수 있다면, 그것은 내가 그의 방파제가 되었다는 것이다. 누군가의 삶에 내가 필요하다면 나의 삶에도 그의 동의가 필요하다. 그러므로 바라볼 대상으로 하여 우리는 더 고독하지만 그런 대상 때문에 우리의 삶이 가능할 것이다.

한 피부과 의사는 말하기를, '써마지(Thermage)' 시술을 하는 방식은 피부에 손상을 주는 것이라고 했다. 피부에 손상을 주어야 재생 효과가 나타나며 손상이 없다면 아무 효과가 없다고 한다. 우리는 살면서 사람으로 인해 손상을 겪게 되고 그것이 치명적일수록 절망한다. 고립되었거나 혼자 겪어야 할 때는 더 고독할 것이다. 하지만 손상된 것과 함께 살아가는 방법을 배워나간다면 분명 손상을 겪기 이전보다 더한 재생 효과를 얻게 될 것이다. 그렇게 우리가 고독하게 홀로 일어서야 할 그때 문제를 대면하는 우리의 자세에 따라 우리가 어떤 사람인지 결정될 것이다. 고독은 내 삶이 빛날 때는 짙은 그림자로, 빛이 소멸하는 순간에는 밝은 그림자로 늘 우리 뒤를 따른다.

매서운 바람이 부는 삭막한 거리에 섰다. 마른 잎을 절반 가까이 떨어낸 플라타너스에 눈길을 주다가 오늘도 내 방파제 안으로 들어온다. 어깨를 움츠려 종종걸음으로 내게 다가왔던 사람들은 어느새 나를 지나 저만큼 멀어졌다. 자동차의 헤드라이트가 차가운 어둠을 조각내며 바람의 움직임을 보여줄 때 다시금 내 안을 돌아서 나오는 말이 있다. 혼자이기에 느끼는 고독, 그것은 불행도 재앙도 아니다. 단지, 쓸쓸한 일일 뿐이다. 그 과정이 나를 더 성숙하게 한다 해도.

●

죽음,
따스한 입맞춤의
순간

○

친구 남편의 갑작스러운 부음을 받고 바닷가 K시에 있는 장례식장을 찾았다. 그는 생전에 교수로 재직했는데 신부전으로 고생하다가 사망했다. 장례식장에서 오랜만에 만난 또 다른 친구의 남편도 알츠하이머병에 걸려 죽음을 준비하고 있다고 했다. 그 자리에서 중병에 걸린 몇 사람의 얘기를 더 들었다. 이제는 부모와 형제, 친구들이 줄지어 삶의 경계를 넘어가고 있다. 죽음은 그렇게 내 삶의 모서리나 골진 어느 경계에서 속속 다가오고 있었다.

"절망이란 전체적으로는 모든 것을 판단하고 원하는 것이지만 개별적으로는 아무것도 판단하거나 원하지 않는 것이다"라는 알베르 카뮈의 글이 다시 생각났다. 우리의 삶이 가장 낮은 지점으로 추락할 때 살아 있다는 것은 끔찍한 형벌이 된다. 그러다가 죽음의 충동에서 재빨리 탈출해 삶의 공간으로 들어올 수 있다면 나는 다시 살아 있는 것이다. 누군가의 부고를 들으면 그의 안식이 부러울 때가 있다. 그것은 견디고 기다리고 노력하는 생의 지난함에 지쳤기 때문일 것이다. 우리 대부분은 현재 살아 있기에 살아간다. 미래가 불투명해도, 더는 나아질 것이 없어도 살아간다. 왜냐하면 우리에게는 행복할 권리가 있기 때문이다. 알베르 카뮈의 『행복한 죽음』 (책세상)에 보면 "그는 마침내 자신이 행복을 위하여 태어났음을 깨달았다"라는 내용이 있다. 이 말은 우리가 삶에 대해 의무와 책임을 져야 한다는 것이다. 우리가 살아야 하는 이유는, 우리 자신이 행복하기 위해서다. 어떻게 하면 죽음마저 행복하게 받아들일 수 있을까? 그것은 각자가 평생 살아가면서 완성해야 할 과제일 것이다. 카뮈는 행복과 시간을 동일 선상에 놓았다. 행복할 권리를 의식하며 시간을 아낀다면 살면서 어느 정도를 이루었든 그는 죽음을 맞이할 때 행복했다고 말할 수 있을 것이다. 그것은 노숙자라도, 굶주리고 불결한 환경에서 살아가는 사람이어도 예외일 수는 없다. 나는 자살하는 사람보다 더러운 땅바닥에서 생을 버티고 있는 노숙자가 더 대견하게 느껴진다. 어떻게든 행복할 권리를 가진 우리는 오늘,

어제보다 조금은 더 행복해져야 할 것이다.

신부전을 앓던 친구의 죽은 남편은 치료를 위해 온갖 노력을 했다. 그에게는 살아 있는 것이 고통이었겠지만 죽음에 굴복하지 않은 면에서 삶을 완성했다. 알츠하이머병에 걸려 죽음을 준비하던 친구의 남편도 현실을 받아들였다. 그는 서둘러 생을 끝내지 않았고 몇 년이 지나 사망했다고 후에 소식을 들었다.

나는 친정 부모와 결혼해서 만난 두 분의 시부모가 생을 떠나는 것을 보았고 그분들에게서 각각 절망에 대면하는 자세를 보았다. 그런 죽음을 지켜보면서 안락사와 존엄사를 적극 지지하게 되었다. 안락사와 존엄사, 그리고 끝까지 고통을 견디는 것 중에 어느 것이 더 낫다고 쉽게 말할 수는 없을 것이다. 살아날 가망 없이 죽음에 이르는 끔찍한 통증을 견디는 것은 정말 잔인한 일이다. 그래서 죽어가는 사람의 자기 결정권을 존중해야 한다고 생각한다.

삶의 반대는 죽음이 아니다. 사랑의 반대가 미움이나 증오가 아니라 무관심이듯, 삶의 반대는 절망에 굴복하는 것이다. 알베르 카뮈는 앞의 책에서 "행복하게 죽기 위해서는 행복하게 살아야 하며 죽음을 겁내는 것은 삶을 겁내는 것"이라고 말했다. 이렇게 삶의 이면에는 늘 죽음이 있으므로 죽음을 잘 맞이하기 위해서는 삶을 완성해야 할 것이다. 물론 어떤 것이

삶의 완성이고 어떻게 해야 잘 죽는 것인지는 분명하게 말할
수 없다. 각자의 선택이 있을 뿐이다. 다만 우리의 죽음의 선
택과 방식을 남은 사람들이 자연스럽게 받아들일 수 있어야
할 것이다. 하지만 그조차도 우리의 욕심일 수도 있겠다.

"행복이란 얼마나 눈물과 가까이 있는가를 느끼면서 인간
의 삶에 대한 희망과 절망으로 짜인 저 고요한 열광"이라는
알베르 카뮈의 문장을 기억하며 K시의 장례식장에서 돌아왔
다. 고통과 아픔이 없는 곳으로 떠난 사람과 얼마간의 시간을
보냈고, 우리는 많이 초라해졌다. 나는 내가 가까스로 죽음을
피해 살아 있는 존재라고 생각했다. 때로 누군가의 부고를 들
을 때 그가 누워 있는 자리가 내 자리였을 수도 있어 낯설지
않으면서도 착잡하다. 내 삶이 죽음에 닿아 있을 뿐, 나는 죽
음을 갈망하지 않는다. 삶과 죽음의 선택이 내게 허용되지 않
은 것이다. "차라리 그 사람이 부러울 때가 있어요. 하지만 때
로는 자살하는 것보다도 그냥 살아가는 데 더 많은 용기가 필
요해요"라고 『행복한 죽음』에서 마르트가 말한 것처럼 우리
에게 허용된 것은 절망에 굴복하지 않는 것, 용기를 갖고 생을
견디는 것이다. 이렇게 말하기 위해 나는 또 삶의 굴곡을 빠져
나와야 할 것이다.

며칠간 날이 찌는 듯이 무덥다. 곧 비가 온다고 한다. 비가
오면 바람도 불겠지만, 여름이 끝나지 않는 한 다시 뜨거워질

것이다. 녹아내릴 듯한 땅 위의 열기를 식히기엔 무엇이든 역부족이다. 언젠가 내 삶에도 겨울이 찾아온다면 그때 나는 조금 더 안온해지고 싶다. 그리고 그 후, 죽음에 입 맞추는 순간을 따스하게 받아들일 수 있기를 희망한다.

●

유효기간이
지나간 사랑

○

갑자기 심장이 정지된 듯 숨을 쉴 수도, 멈춘 발을 움직일 수도 없었다. 분명히 그였다. 그 사람이었다. 한창 서양 미술을 공부하며 그것에 인생 전체를 걸었던 20대 때였다. 그러다가 거기에서 벗어나기 위해 화구와 그림 등을 세 차례나 태워버린 뒤 마음을 접었다. 빠져 있었을 때보다 빠져나오고자 안간힘으로 치열했던 그때 다가온 사람이 그였다. 그는 흰 피부에 훤칠한 키, 팔의 근육이 단단해 보였지만 마른 체형이었고 조각상처럼 깎아놓은 듯한 외모는 누구든 흠모할 만했다. 거기에 더해 전공은 그의 우수한 두뇌를 말해주었고 차가운 표정은 나쁜 남자에게 이끌리는 여자들의 가슴을 태웠다.

많은 시간이 흘렀어도 그는 내 기억 속에 각인된 모습 그대로였다. 잠시 세워놓은 승용차의 옆자리엔 평범하고 자그마한 여자가 앉아 있었다. 그는 얼빠진 내 표정에 어정쩡하게 차에서 내려 "누구시죠? 저를 아시나요?"라고 물었다. 목소리도 그였다. 하지만 그 말에 나는 "아, 사람을 잘못 봤나 봐요, 죄송합니다"라고 말했는데 씩 웃으며 차에 타는 모습이 확실히 그 사람이었다. 나는 서둘러 골목을 빠져나오면서 되돌아가고 싶은 충동을 억제했다. 내가 예전에 비해 10여 킬로그램 이상이나 초과한 체중에다 머리를 틀어 올리고 노티 나는 폭스롱 가죽 코트를 입고 있었으니 그가 나를 못 알아보는 게 당연한 일이었을 것이다. 어쩌면 그 여자 앞에서 난처했을지도 모른다. 하지만, 그가 나를 기억 못 할 리가 없다.

예전의 그는 내가 다른 남자를 무심코 쳐다보거나 아는 체하는 것에도 불같이 질투했고 오빠들을 따라 밤낚시를 갔을 때 내 곁을 지키기도 했다. 밤을 새운 일행이 아침에 잠든 옆에서 지금은 기억나지도 않는 많은 대화를 했다. 그의 조각 같은 얼굴 위로 밝은 아침이 눈부셨고 숨소리와 코 고는 소리가 뒤섞여 잠든 사람들 틈에 앉아 나는 그의 얼굴을 스케치했다. 나중에 들은 얘기지만 잠을 깬 오빠들이 계속 자는 척했다고 할 정도로 점심때까지 이어진 우리의 대화는 서로에게 깊이 빠져 있었다. 결국, 어망에 물이 가득 들어와 밤새워 잡은 삼

십여 마리의 물고기들은 다 도망갔고, 우리는 매운탕 대신 다 불어터진 라면을 먹고 돌아왔다. 그 일은 두고두고 원망과 놀림을 들었던 민망한 일이었다.

송별 모임 때 친구들 앞에서 그는 눈물을 흘리며 내게 고백했다. 놀라움에 입조차 떼지 못하던 나는 모두의 집중적인 공격을 받았다. 뒤늦게 군대에 간 그와 매일 주고받았던 편지는 주변 사람들의 가슴에 불을 질렀고 이십 여장 이상 되는 두꺼운 장문의 편지는 매번 우체부를 바쁘게 했다. 우편을 많이 이용한 이유로 우체국장으로부터 감사의 편지까지 받기도 했다.

그는 내 글을 최고로 극찬한 사람이었다. 어쩌면 그의 지지와 믿음으로 내가 뒤늦게 글을 쓰게 되었는지도 모른다. 우린 그렇게 함께 있었을 때보다 떨어져 있던 기간에 더 가까워졌고 솔직해졌다. 우리의 감정엔 거칠 것, 두려울 것, 경계할 아무것도 없었다. 그와의 유난한 사랑으로 내겐 아무도 접근하지 않았다. 그의 분출하던 열정은 항상 억제하는 날 지켜주었지만, 그를 배신한 건 나였고 그 일로 나는 고독을 대가로 치르며 살아가는지도 모르겠다. 나의 배신은 그를 분노와 절망의 나락으로 떨어지게 했고, 나중에 들으니 그는 부대원들의 도움으로 가까스로 그 고통의 시간을 견디고 살아남았다고 한다. 결국, 나는 주위로부터 무수한 돌을 맞았지만 그때는 사랑을 지킬 용기와 방법을 알지 못한, 어설픈 시기였다. 게다가 가족을 버린 아버지의 배신이 내게 학습되어 나는 사랑을 믿지 않았다. 아무튼 나는 그의 열정이 나를 망가뜨리기 전에 떠나기로 했고 결국 그에게서 도망쳤다. 아주 힘든 사건이나 기억의 피해자는 잠재의식 속에서 그 기억을 삭제한다고 한다. 그래서 그는 나를 지웠을지 모르지만, 고무신을 거꾸로 신은 나는 죄책감을 부채처럼 안고 살아왔던지라 잊을 수 없었다. 골목에서 우연히 마주친 그가 나를 못 알아본다는 게 뻔뻔스럽게도, 충격이었다. 우리를 잘 아는 선배에게 그 일을 말하자 그럴 리가 없다며 내가 어떻게 변했든 그는 나를 알아볼 거라고 했다. 내가 잘못 본 거라고, 그는 외국으로 나가기 전까지 몇 년간 그 선배를 찾아가 내 소식을 물었고 선배는 그런 그를 진정시키는 게 정말 가슴 아픈 일이었다고 했다. 마지막으로 들은 소식은 그가 두 번의 이혼 후에 다시 재혼했고 대기업의 해외 지사에 근무하며 딸 둘을 낳고 살고 있다는 이야기였다. 다시는 한국에 돌아오지 않을 것이라며 떠났다고 한다.

"사랑에도 유효기간이 있다면 만 년이었으면 좋겠어."

왕자웨이 감독의 영화 〈중경삼림〉에서 주인공 금성무가 유통기한이 지난 파인애플 통조림을 따면서 했던 말이다. 사랑에 빠진 사람이라면 누구나 그 사랑이 영원하기를 바란다. 하지만 애석하게도 과학자들의 연구 결과에 따르면 사랑의 유효기간은 3개월, 길어야 18개월 정도라고 한다.

장자크 루소의 『고독한 산책자의 몽상』(문학동네)에 보면 이런 글이 있다.

우리 주변의 모든 것이 변화한다. 우리 자신도 변해서 아무도 자기가 오늘 사랑하는 것을 내일도 사랑하리라고 확신할 수 없다. 따라서 이 삶의 행복을 위한 우리의 모든 계획은 공상이다. 정신이 만족하는 순간이 올 때 그 만족감을 만끽하자. 우리 잘못으로 그것을 물리치지 않게끔 조심해야겠지만, 그것을 묶어두려는 계획일랑 세우지 말자. 그런 계획이란 순전히 어리석은 짓거리이기 때문이다.

"아무도 자기가 오늘 사랑하는 것을 내일도 사랑하리라고 확신할 수 없다"라는 말은 의미 있다. 중요한 것은 사랑할 때와 헤어질 때의 자세일 것이다. 만족하는 순간이 올 때 그것을 만끽하고, 놓아주어야 할 때 묶어두려고 하지 않는 것은 관계에 대한 성숙이 따라야 가능한 일이다.

이제는 반백이 되었거나 절반은 탈모가 되었을 나이의 그가 지금은 행복하길 바란다. 어쩌면 진작 행복해졌는지도 모르겠다. 그에 대한 기억은 닿을 수 없는 거리를 둔 순수의 시기에 간직했던 애틋한 감정이다. 그에게 손조차 내주지 않았던 아쉬움과 미안함이 오랜 기억의 끈을 잡고 있게 한 것 같다. 그 후로 내게 다가왔던 또 다른 사랑은, 사랑에는 유효기간이 있다는 것을 분명히 알게 했다. 그리고 "아무도 자기가 오늘 사랑하는 것을 내일도 사랑하리라고 확신할 수 없다"라는 루소의 말에 수긍하게 된다.

보도 양옆의 플라타너스 나뭇잎이 바람 한 줌에 허공을 맴돌다 떨어지고 자동차 바퀴에 부서지거나 거친 발길에 밟힌다. 스산한 바람이 가로수를 흔들어 나뭇잎이 하늘 가득 날릴 때면, 문득 오만하게 걷던 걸음걸이는 풀어지고 사물은 흐릿하게 멀어진다. 내 뒤를 따르던 외로운 그림자 하나, 가을 햇살에 부서지며 지워진다.

●

사랑은
그 후
어떻게 되었는가*

○

"이제 나는 숨을 좀 쉬고 싶어."

벼랑 끝에 섰다. 뜨거운 태양에 바짝 건조된 모래 한 줌이 손가락 사이로 순식간에 빠져나가고 있었다. 남자에게 있어 사랑은 에피소드라 했던가? 매일 만난 그가 6개월 후에 내게 한 말이다. 여러 가지 현실적인 문제가 있었다. 샤를 디들로는 "사랑은 지성 있는 사람에게서 지성을 빼앗아 간다"고 했다. 그는 나에게 마음을 온통 빼앗겨 연구원으로 있던 직장에서 아무 성과 없이 수개월을 보냈다. 평소에 잠자는 시간 이외에는 일만 하던 사람이었으니 6개월의 공백은 그에게 말할 수 없는 스트레스를 주었을 것이다. 회의, 논문 준비와 외국 출장

등 산재해 있던 업무 속에서 밀린 일을 하겠다는 것이 지극히 당연한 일이었음에도, 나는 절망을 느꼈다. 서로에게 몰입했던 습관 때문에 그 말에 철퇴를 맞은 듯한 충격을 받았다. 자신의 영혼까지도 내어주겠다던 사람이었다. 사랑에 빠진 사람의 감정이 흔히 그렇듯이 그는 내게 전부였다. 내 생존의 의미였고 삶의 유일한 가치였으며 사랑을 믿게 해준 사람이었다. 그런 그가 마음이 달라졌다고 느낀 순간, 나는 복잡한 도로 위에 버려진 미아처럼 두려움으로 몸을 떨었다.

처음에 만났을 때 더는 상처받지 않기 위해 경계했지만, 다시 불꽃 튀는 열정으로 그에게 빠졌다. 그는 내가 원하기만 하면 언제든 부드러운 중저음으로 노래를 불렀다. 사랑이란 단어만으로 우리의 감정을 표현하는 것은 확실히 부족했다. 그런 감정 속에서 합일할 수 없다는 데서 느낀 고독은 혼란이었다. 며칠을 앓고 나서 그를 편하게 해줘야겠다고 생각했다. 모딜리아니와 잔 에뷔테른, 클라라 슈만과 브람스의 뭉클했던 세기의 사랑을 꿈꾸었던 나는 무슨 선심이나 쓰듯, 그의 목을 조이던 단추를 두어 개쯤 풀어주었다.

얼마의 시간이 지나 해외로 발령받은 그는 지구 반대편으로 날아갔다. 그는 휴가 일수를 아껴 몇 차례 다녀갔다. 그 시기는 이별의 참혹한 추락에서 살아남을 수 있는 완충 작용을 했다. 사랑은 잠시 유보되어 그리움과 기다림으로 대체되었고 그것은 참으로 감질나는 피 울음이었다.

앙드레 모루아는 "극히 훌륭한 사랑은 격렬한 욕망 속에 있는 것이 아니라 일상생활의 완전하고도 영속적인 조화에 의해서만 인정된다"라고 했다. 하지만, 우리의 사랑이 굳이 훌륭해야 할 필요가 있을까? "어제보다 당신을 더 사랑해, 지금까지 사랑했던 모든 감정을 다 합친 것보다도 더". 이런 감미로운 고백의 격정적 수위는 집착과 무심, 요구와 회피를 반복하며 바닥으로 내동댕이쳐졌다. 나는 그가 성공한 사회인이기보다는 평생 내가 사랑하는 한 남자이길 원했다. 쌓인 업무가 하나씩 마무리될 때마다 술로 피곤을 푸는 삶이 아니라, 봄햇살과 가을바람이 우리의 영혼을 얼마나 다독여주는지 함께 느끼면서 늙고 싶었다. 그렇게 서로의 마지막을 지켜주리라 믿었지만 상황은 기대와는 달리 엉뚱한 자리에 우리를 부려놓았다. 사랑은, 그렇게 멈췄다. 외모가 찬란하게 빛나는 나이에 지혜는 턱없이 부족하다. 다행히 나는 사랑이 그렇게 내게서 멀어지는 동안 포기와 단절을 배웠다.

오노레 드 발자크는 『나귀 가죽』(문학동네)에서 "사랑도 건너뛸 수 없는 심연이 있는 법이다. 그렇다면 사랑은 그 심연 속에 빠져야만 한다"라고 했다. 나는 이 말을 받아들여야만 했다. 인디언 격언에 "사랑하는 사람이란, 나의 슬픔을 자기의 등에 진 자"라는 말이 있다. 나는 이제 나의 슬픔을 그가 아니라 내 등에 져야 한다는 것을 알았다.

세월이 이따금 나에게 묻는다. 사랑은 그 후 어떻게 되었느냐고. 몇 겹의 인연이라 생각했던 그는 지금 흐릿한 이미지로 남아 있다. 강렬하고도 아릿했던 감정은 내 청춘의 시간을 고스란히 갖고 있기에 아름답다. 내가 젊음을 상납하고 얻은 쓸쓸한 기억이다. 이별을 지옥으로 느낄수록 나는 천국의 시간만을 골라내 기억하겠지만, 이제는 미화하지 않는다. 사랑은 그것에 영혼을 바쳤던 젊은 날의 시간을 담고 있기에 소중하다는 것을 시간은 가르쳐주었다. 목욕물과 함께 아이까지 버리는 치명적인 낭비, 그것이 연애의 본질이라고 한다. 내가 만일 그 시간을 다르게 사용했다면 나는 더 나은 인간으로 성장하지 않았을까, 하는 생각을 한다. 설명할 수 있다면 더는 사랑이 아니라는 것을, 청춘을 속수무책으로 놓쳐버린 나이가 된 지금에야 나는 비로소 눈치챘다.

* 류시화 시인의 시 「물안개」에서 차용함.

사랑의 민낯

○

　오전에 젖은 바람이 불더니 종일 비가 내렸다. 이런 날씨엔 시립미술관에서 그림을 본 후, 에스프레소 한잔을 해야겠다고 생각하고 있는데 친구에게서 전화가 왔다. 통화를 끊고 묵직했던 마음이 가벼워져 웃음이 비죽비죽 새어 나왔다. 그녀가 새로 만난다는 남자와 함께 밥을 먹자고 연락이 온 것이다. 그녀는 결혼해서 남편이 있고 다른 남자와 사랑에 빠진 것이니 말하자면 불륜이다. 하지만 내 도덕적인 가치관과 상관없이 내가 그녀의 호출을 받고 기분이 좋은 데는 그럴 만한 이유가 있었다. 우산이 날아갈 정도로 바람이 불고 비가 세차게 쏟아져서, 얇은 여름 원피스와 머리칼이 다 젖었다. 게다가 지하도로 들어가는 입구에서 한 차례 물벼락을 맞아 그야말로 물에 빠진 생쥐 꼴이었지만 개의치 않았다.

그녀는 결혼한 지 몇 년이 지나면서 남편으로부터 거부당했고 그에 따른 갈망과 모욕감으로 이십여 년을 고독하게 살았다. 나는 그녀를 생각하면 남편에게 폭행당하는 여자를 보는 듯한 분노와 모멸감을 느꼈다. 그녀가 매력적인 시기부터 오랜 세월을 남편에게 외면받고 살아온 것은 단지 섹스만의 문제는 아닐 것이다. 그녀의 남편은 전문직에 상근 근무였고 주말에는 악산을 등반하고, 낚시 등 취미 활동까지 부지런히 해왔기에 몸이 부실하다는 이유로 그녀를 외면하는 것은 핑계였다. 부부 사이의 내밀한 문제야 내가 판단할 일은 아니지만 나는 친구이니 그녀의 편에 설 수밖에 없다.

여성 해방론자인 알렉산드라 콜론타이는 "섹스란 목마를 때 마시는 물 한 잔과 같다"라고 했다. 그 말처럼 섹스가 인간이 누릴 수 있는 최고의 가치는 아니더라도, 아내의 동의와 선택에 따라 중단해야지 일방적인 통고로 거부해서는 안 된다는 생각이다. 무고하게 무기징역형을 받아 청춘을 감옥에서 보낸 사람을 주인공으로 한 영화 〈쇼생크 탈출〉이 생각난다. 폭력 전과자가 은행 간부의 아내를 살해하고 도주했는데, 어이없게도 그녀의 남편이 살인죄로 무기징역을 살게 된다. 청춘을 억울하게 감옥에서 보낸 그의 인생처럼 내 친구 역시 그렇게 보였다. 언젠가 뉴스에서 남편에게 강간당하는 아내에 대한 기사를 읽었을 때보다 더 강도 높은 분노가 일었다. 그런 그녀에게 사랑하는 사람이 생겼다고 함께 만나자고 했으니 뒷일에 대한 염려보다는 내심 통쾌한 감정이 컸던 것 같다.

함께 식사하면서 나는 그들을 바라보았다. 남자와 친구가 서로 사랑한다던 말은 참으로 쓸쓸하고도 외로운 말이었다. 사랑에 빠진 사람들은 상대를 이상화하면서 그를 통해 자기의 갈망이 충족될 것이라 생각한다. 나이가 들면서 조금씩 주름지는 그녀의 얼굴에서 전에는 볼 수 없었던, 밝고 행복한 모습에 그녀를 무조건 지지했지만 내 의식 속에서 불륜에 대한 거부감이 작동했을까? 아니면 욕정으로 시작된 그들의 사랑을 믿지 않았을까? 가당치 않게도 조금 전까지 남자에게 고마워했던 내가 '그녀를 죽을 때까지 사랑한다'는 남자의 말에는 정말이지 실소를 머금었던 것 같다. 그런 유형의 감정 '홀릭'은 얼마나 허망한 일인가? 우리의 인생이 유한하거니와 빠르게 사라지는 청춘처럼 상대의 감정을 소유한다는 게 헛된 바람을 움키는 일처럼 느껴졌다. 사회적인 압력과 우리 내부에서 올라오는 죄의식이 끊임없이 괴롭히는 환경에서 일종의 반란을 꿈꾼다는 것은, 우리의 발목에 또 다른 족쇄를 채우는 일이 아닐 수 없다. 나는 그렇게 남자의 실체와 마주 앉으니 만나러 갈 때와는 달리 상황에 대해 객관적이 되었고 이 사회의 냉정한 현실로 돌아왔다.

법률은 인간에 대한 이해보다는 보호 기능이 더 커서 냉혹하고도 불합리한 결론을 내리기도 한다. 사실과 진실의 차이, 그리고 범법이라는 잣대를 들이대기에는 멈칫거리게 하는 지점이 확실히 있다. 아이러니하게도 그녀의 선택으로 이어질 불확실한 미래에 대해 나는 불안하고 두려웠다. 나는 인생을 걸고 도박을 할 만큼 사랑이라는 감정에 특별한 가치를 두지 않는다. 한때 불타던 사랑은 익숙해지면 너무나 빨리 민낯을 들이대기 때문이다. 그녀가 이혼을 대가로 치르게 될 이후의 삶을 생각하니 씁쓸했다. 그녀의 말에 따르면 남자는 그녀의 허기를 채워줄 수 있는 사람이었지만 지성이 부족했고 남편처럼 그를 존경하기는 어렵다고 했다. 그녀는 떠나온 가족에게 굴욕과 고통을 주었고 다시 남편의 옆자리에 안착하는 조건으로 아내로서의 권리와 자유를 포기했다. 그녀는 그렇게 다시 집으로 돌아갔다. 그제야 행복해졌다고 한다. 그녀는 대가를 톡톡히 지불한 뒤에 자신이 누리는 작은 것들에 감사하게 되었다. 다행이었다. 누구나 잘못할 수 있다. 단, 잘못했을 때 그 사람의 선택과 태도에 따라 남은 삶이 달라질 것이다. 그녀는 잘못을 만회하기 위해 성실한 노력을 기울였고 꾸준히 그렇게 하고 있으므로, 내게는 여전히 그녀가 예쁘다.

오래전, 데모가 한창일 때 신문에 난 광고 문구가 생각난다.

'국이 뜨거울 때는 맛을 알 수 없다'는 말이다. 그때의 데모는 지금의 역사가 그 타당성을 증명하고 있어 그 말과 상황의 연결에 의미를 두지는 않는다. 하지만 그 광고 문구는, 열정이 앞설 때마다 브레이크처럼 내게 제동을 건다. 결핍과 갈망이 만남의 이유일 때 그 만남은 위험하다. 국이 뜨거울 때이기 때문이다. 결핍과 갈망이 채워진 후에는 그 외의 것들이 선명하게 드러난다. 우리를 행복하게 하는 것은, 욕구 충족보다는 개인의 가치관과 필요에 따라 다를 것이다. 그래서 결핍을 충족하는 것이 불가할 때는 결핍을 대체, 혹은 보충하는 다른 방식을 찾아가는 것이 안전하다. 나이가 들어서 좋은 점이 있다면, 결핍과 충족이라는 그 가벼움이 가변적이라는 것을 알고 거기에 매달리지 않는다는 것이다. 문제는 잘못을 인지하고 만회하려고 진지한 노력을 기울이는 그녀가 아니라, 가정이 있음에도 아직도 또 다른 로맨스를 꿈꾸며 주변을 두리번거리는 노년이다.

오노레 드 발자크는 『나귀 가죽』(문학동네)에서 이렇게 말한다. " '얼마나 많은 노인들이', 라파엘은 속으로 중얼거렸다. '한평생 성실하고 근면하고 덕성스럽게 살다가 막판에 노망으로 생을 마감하던가, 저자도 두 발은 차디찬 무덤을 딛고 있으면서 사랑은 하고 싶은가 보구나.' "

●

원망만큼 컸던
그리움

○

내겐 아버지에 대한 특별한 기억이 몇 가지 있다. 세 살 때 1원짜리 빳빳한 지폐 다섯 장을 손에 쥐여주고 해군 장교복 차림으로 출근하던 모습, 석쇠에 구운 꽁치를 소금에 찍어 밥 위에 얹어주었던 일, 아버지가 세수하고 양손을 펼치면 그 손에 어머니가 수건을 펴서 올려놓았던 것, 내가 안경을 처음 쓰게 되었을 때 벗고 닦는 방법을 설명하고 안경을 씌워주며 얼굴을 들여다보던 표정, 양과자가 귀하던 시기에 슈크림빵을 사주었던 일, 용돈을 줄 땐 큰돈과 바로 쓸 수 있는 잔돈을 따로 주머니에 넣어주던 것 등이다. 그 외에도 아버지는 분석적이고 치밀하고 논리적이어서 문중에서 발생하는 크고 작은 분쟁과 문제를 중재했다. 어머니는 모두가 어려웠다는 한국전쟁 직후에 아버지의 오촌 조카 둘을 키우면서 대학에 보내고 결혼까지 시켰다. 그러면서 우리 사 남매를 키운 어머니의 노고는 꽤 컸을 텐데 그 일에 대해 어머니는 한 번도 공치사하거나 불평하지 않았다. 그것 때문에 어머니는 아버지로부터 늘 인정과 칭찬을 받았고, 그것은 노년에 이르기까지 어머니에게 깊은 위안과 자부심이었다.

예편하기 전까지 아버지는 해군본부가 있는 진해에서, 교육열이 대단했던 어머니와 당시 대학을 다니던 오빠들과 나는 서울에서 살았다. 그런 이유로 검은 선글라스를 낀 갈색 장교복 차림으로 지프를 타고 오던 아버지의 모습은 일주일에 한 번 정도 볼 수 있었다. 그러다가 부부 동반 외출이 뜸해졌고 한 달에 두어 번, 그리고 몇 달에 한 번으로 아버지가 집에 오는 횟수가 줄어들었다. 그리고 어머니가 화병으로 누웠을 때와 큰방에서 우리 몰래 눈물을 닦던 일은, 막내인 내게도 어떤 눈치가 있었는지 아버지를 마음 밖으로 밀어내기 시작했다.

한 번은 학교를 다녀오니 댓돌 위에 날렵한 하이힐이 있었다. 내가 방에 들어가 인사하자 한 귀부인이 큰방에서 어머니와 얘기하다가 쳐다보았다. 어머니는 밖에서 그림 그리라고 하며 나를 대청마루로 내보냈다. 처음 본 손님이었다. 그 여자가 떠난 뒤 일주일간 어머니는 자리에서 일어나지 못했다. 밥이나 청소 등은 학교에 다녀온 후에 언니와 오빠들이 했지만, 어머니의 머리에 찬 물수건을 얹고 요강을 비우고, 어머니가 잠들 때까지 다리를 주무르는 것은 초등학교 1학년인 내가 했다. 나중에 안 일이지만 그 여자는 첩의 언니였다. 아버지의 혼외 자식은 이미 어머니의 호적에 아들로 올렸고 재산 분할을 요구했다고 한다. 당시 우리 집에는 육촌 오빠 둘과 우리 4남매가 어머니와 함께 살고 있었는데 그게 가당한 요구이기나 했을까? 그 여자가 내 부모 세대이니 지금쯤 사망했겠지만, 지금도 그때 일을 생각하면 그녀의 몰염치에 쓸데없이 혈압이 오른다.

아버지와 어머니는 그 시대가 요구하는 보편적인 남편과 헌신적인 아내였다. 나는 어린 시절부터 그렇게 살지 않겠다는 막연한 결심을 했던 것 같다. 나는 아버지의 배신 때문에 내게 다가온 모든 사랑을 배척했거나 무시했다. 외도하던 아버지만 평생 바라보던 어머니는 헌신적이었지만 배신당했다. 그것을 보면서 나는 '현모양처'라는 단어와 의미를 거부했다. 그렇게 어머니의 상처는 내게 대물림되었다. 내가 싫어서 떠난 사람에 대한 미련은 가차 없이 잘라냈고, 진심으로 다가온 사랑에도 늘 이별을 준비했다. 모든 사랑은 내게 가식이었고 지금도 나는 내가 줄 수 있는 사랑만 믿는다. 가족과 자식에 대한 책임과 의무는 다하지만 그들에게 그 이상을 기대하지 않는 나는 늘 고독할 수밖에 없다. 그리고 외도하는 남자들에 대해 혐오감을 갖고 있다. 이렇게 부모의 오점과 상처는 자녀와 손자녀에게까지 대물림되고 결핍과 충만 사이에서 나는 또 다른 트라우마를 갖게 되었다.

많은 시간이 지나 꽃잎이 하늘하늘 떨어지던 봄날, 아버지가 주검으로 우리에게 돌아왔다. 나는 생전에 단 한 번도 아버지를 비난하거나 원망하지 않았던 어머니의 사랑과 자식에 대한 헌신, 그리고 슬픔이 싫었다. 처음에는 아버지를 원망하지 않는 것이 어머니의 성품이라고 여겼지만, 지금은 그 시대의 가부장적인 아버지의 잘못을 보여줄 용기가 어머니에게 없었던 것이라고 생각한다. 아버지의 오류를 인정하면 그동안 쌓아왔던 허상이 무너질지도 모른다는 두려움 때문이었을 것이다. 어쩌면 자식들 정신 속에 아버지의 위엄을 각인시키고자 하는 의도가 가장 컸을 것이다. 많은 시간이 흘렀다. 아버지는 예술성이 뛰어난 장남이 연극을 포기하고 가족 부양의 짐에 짓눌려 알코올 중독에 빠지게 했고, 머리 좋은 둘째 오빠는 학자가 아니라 평생 공무원으로 늙게 했다. 아버지는 젊은 어머니의 환한 미소를 잿빛으로 바꿔놓고 폐암에 걸려 고독하게 죽게 했다. 그래서 내가 할 수 있는 어머니에 대한 도리는 아버지를 내게서 깨끗하게 지우는 일이라고 생각했다. 핏빛 외로움을 몇 차례 게워내던 어머니가 내 앞에서 눈을 감은 새벽, 나는 텅 빈 병원 복도 바닥에 주저앉아 내 안의 모든 빛이 소멸하는 것을 느꼈다. 마지막으로 내가 믿었던 사랑이 사라진 것이다. 그 후 컴컴함 속에서 더 이상 설 자리가 없다고 느낄 때면 나는 아버지가 바라보았을 동해를 찾아갔다. 그리고 꽃잎이 눈발처럼 흩날리는 봄이 되면 나는 아버지를 앓았다. 그즈음 정신을 차리고 보면 나는 바다 앞에 서 있었다. 세월이 흘러 그것은 아버지에 대한 그리움이었다는 것을, 싫지만 인정해야만 했다. 나는 오랜 시간 아버지를 향한 미움으로 내 삶을 갉아내며 파괴하고 있었다.

한국전쟁 때 장교였던 아버지를 생각하면서 읽었던 책이 조정래의 『태백산맥』이다. 부모님 두 분 다 함경도가 고향이었고 나는 부모의 실향의 아픔과 쓸쓸함을 보고 성장한 터라 편하게 그 책을 선택했는데 그것이 내가 문학에 발을 들이게 된 계기가 되었다. 한 사람을 이해하는 데 윤리와 도덕, 책임감을 묻는 것만으로는 부족하다는 것을 『태백산맥』을 읽으면서 깨닫게 되었다. 책을 덮고 아버지의 상황을 이해하고 화해하는 시작을 했다. 작가가 작품으로 다른 사람의 가치관을 바꿀 수 있다는 것에 충격을 받았고 크게 흔들렸다. 내가 거부해왔던 것들을 보는 시각이 확장되었고 내가 진실이라고 믿었던 것을 보는 관점이 달라졌다. 강진을 겪어보지는 못했지만 뉴스를 통해서 본 진도 7.8의 강도였다. 내가 살면서 쌓아 올린 모든 탑이 무너지는 것을 고통스럽게 바라보아야만 했다. 그 폐허 속에서 나는 문학을 선택했고 가까스로 생존할 수 있었다.

일 년에 한 차례 눈부신 봄이 찾아온다. 지금은 아버지에 대한 그리움에 더해 아버지와 연결된 사람들, 쓸쓸하게 살다가 죽어간 절반의 가족을 생각한다. 내 마음에서 아직 죽지 않은 그들이, 봄이 지나갈 때면 떨어지는 꽃잎의 파장으로 나를 흔든다. 꽃이 피고 바람 한 줌에도 눈발처럼 눈부신 죽음이 흩날리면, 매번 항체를 만들지 못한 그리움이 하늘 가득 되살아난다.

●

자식 이기는
부모 없다며

○

병원으로 달려갔다. 6인실 병실 문을 열고 들어가자 출구엔 자기 엄마를 향해 소리 지르며 휴대전화기를 던지던 고등학교 3학년 남자아이와 수치심과 분노로 표정이 일그러진 그 아이 엄마가 있었다. 나는 그들 앞을 조심스레 지나쳐 창가의 가림막을 젖혔다. 초점을 잃고 부옇게 뜬 얼굴로 정신과 질문지 문항에 체크하고 있는 아들이 보였다. 한바탕 전쟁을 치르고 외출했다가 소식을 듣고 마주한 아들의 모습이었다.

유치원 때부터 10여 년간 화가가 되겠다고 개인지도를 받던 아이가 고등학교 2학년이 끝나갈 즈음, 전공을 바꾸겠다고 했다. 초등학교 때부터 미술 수업 때면 교사와 아이들의 주목을 받았고, 중학교 2학년 때는 당시 대학 입시를 봐도 합격할 수 있겠다고, 교사로부터 실력을 인정받은 아이였다. 나는 이 사할 때마다 낡은 짐짝처럼 끌고 다니던 작업용 대형 이젤을 아들에게 물려주며 아들이 화가가 되는 것을 어떤 운명으로 받아들였다.

진로는 결정했지만 악기 하나는 다룰 줄 알아야 외로움과 격동의 사춘기를 무난히 넘길 수 있으리라 생각해서 아홉 살 때부터 바이올린을 하게 했다. 사실 그것은 아이의 선택이었다. 초등학교 1학년 때 반 친구가 바이올린을 연주하는 것을 보고 자기도 배우겠다며 졸랐다. 유치원 때 피아노를 몇 개월 배우다가 죽어도 안 하겠다고 고집을 부릴 때와 같은 모습이었다. 즉흥적인 갈망일지도 모른다는 생각에 일 년 후에도 마음이 변하지 않으면 배우게 해주겠다, 일단 배우기 시작하면 싫증이 나도 중단하지 않는다는 조건으로 일 년을 기다리게 했다. 약속대로 꼭 일 년 만에 아이는 바이올린을 가질 수 있었고 방과 후에 레슨을 받기 시작했다.

우산을 들고 학교에 갔던 날은 비가 억수로 쏟아지던 오후였다. 그 애의 바이올린 선율이 텅 빈 복도를 가득 채웠을 때, 그리고 연주하며 심취해 있던 아들의 표정을 봤을 때, 나는 심장이 멎었다. 그 후로 학교 행사 때마다 악장이 되어 연주하던 아이의 재능이 아까워 초등학교 3학년 때 음대 교수에게 데려

갔다. 테스트를 받던 날은 가만히 있어도 등줄기로 땀이 줄줄 흐르는 복더위였다. 음악을 몇 번 들으면 악보 없이 그대로 연주하던 아이를 테스트한 교수는, 늦기는 했지만 바이올린을 해보자고 아들을 설득했다. 재능이 아깝다며 입맛을 다시던 교수 앞에서 고집스럽게 거부하는 아들을 데리고 나왔다. 아이가 다시 분명하게 말했다. 죽어도 그림을 그릴 것이라고.

나는 "그래, 그렇게 해라. 니 인생 니가 하고 싶은 대로 살아야지. 하지만 언제든 마음이 변하면 말해. 음악을 하고 싶은데 그동안 그림 공부한 게 아까워서, 아니면 너무 늦었을까 하여 지레 포기하지 말고"라고 말했다. 그렇게 말했지만 아이가 전공을 바꾸겠다는 말을 고등학교 3학년이 될 즈음에 하리라고는 상상조차 못 했다. 심경의 변화는 그 이전부터 있었던 것 같다. 중학생이 되면서부터 4년간 손도 대지 않던 바이올린을 고등학교 2학년 봄에 다시 잡으면서 학교 관현악부 동아리에 들어갔고, 학교 행사 때면 공부는 접고 연주에만 몰입했다. 그러다가 고등학교 2학년이 끝나가는 늦가을에 땀으로 범벅이 되어 집에 들어온 아이가 운동복을 벗으며 음악을 하겠다고 말했다.

소개받은 유능한 선생을 아들과 함께 찾아갔다. 아이를 테스트한 선생이 말하기를, 시키는 대로 잘 따라와도 삼수는 해야 서울에 있는 4년제 대학에 들어갈 수 있을 거라고 했다. 너무 늦었지만 해도 된다고 했다. 나는 아이와 함께 돌아오면서 안전한 길로 가자고 어렵게 타협했다. 나중에 들으니 말을 꺼내기 수개월 전부터 아이는 이미 결정했고 말로 표현하기까지 혼자서 갈등이 많았던 것 같다. 음악이 미술보다 더 대책 없이 들어가는 레슨비에 고가의 악기를 몇 번은 교체해줘야 하는 것도 부담이었지만, 졸업 후에 안정적인 직업을 갖고 경제적인 능력을 갖추는 것이 어림잡아 10년 이내는 거의 불가능한 일이었으므로(사실 예능 쪽은 뭐든지 10년 이상은 걸린다) 초등학교 때 아이의 음악적 재능에 욕심을 부리던 내 허영은 그즈음 현실로 돌아와 싸늘히 식어 있었다. 아이는 나하고 타협했던 것과는 달리 제멋대로 했다.

전쟁이 시작되었다. 미술 개인지도는 거부했고, 걸핏하면 학교를 가지 않았고 수업일수가 모자라 학교에서 경고가 몇 번 날아왔다. 아팠고 아픈 척했고 종일 클래식 음악에 빠져 있었다. 집안은 더는 '즐거운 우리 집'이 아니었다. 그 애의 예술성과 고집은 나로부터 받은 것이다. 따라서 우리의 신경전은 더는 늘어날 수 없을 정도로 팽팽한 고무줄처럼 위험했다. 사소한 자극에도 날카로운 소리를 냈다. 중간에 낀 남편은 불면증에 시달렸고 대학에서 멘토로 인정받던 그의 능력이, 적어도 우리에게는 아무짝에도 쓸모가 없었다. 아이는 목숨을 걸었고 나는 그 전투에서 '너를 용서할 수 있다면 이 세상 누구든 용서할 수 있다'는 말을 하면서 버텼다. 나는 거의 아이를 잃을 뻔했다. 나는 어리석게도 30년이나 어린, 체급이 다른 대상과 싸웠다. 지금 생각해도 아찔하다. 결국 나는 정신과 입원을 위해 문항을 작성하던 아이의 공허한 눈빛 앞에 무릎을 꿇었다. 그래, 너 좋아하는 음악을 하는 거야. 바보같이 뭘 이런 걸 쓰고 있어?

병원 침대 시트보다 더 하얗게 빛이 바래가던 남편을 설득해 정신과 테스트 용지는 쓰레기통에 던지고 아이를 끌고 병원 밖으로 나왔다. 아이의 레슨을 위해 남편은 신속하게 움직였다. 그러고는 세상이 얼마나 험난한지 그리고 얼마나 눈부시게 아름다운지 느끼고 오라며 여행 가방을 손에 들려 여행을 보냈다. 바다가 보고 싶다는 아이와 함께 남해 끝에 있는 섬에 가서 숙소를 잡아주고 남편은 돌아왔다. 호랑이가 새끼를 벼랑에 던지는 그런 기분이었다. 핏발 선 눈으로 지도 한 장을 들고 일주일간 섬을 혼자 여행하고 돌아온 아이는 평온하면서도 의욕에 찬, 생기 있는 모습이었다.

고등학교 3학년이던 해 4월 20일, 첫 레슨이 시작되었다. 시간은 턱없이 부족했고 너무나 빠르게 지나갔다. 두 명의 선생에게 스파르타식 교육을 받았다. 왼쪽 턱 밑 피부가 붉게 염증이 올라와 계속 부었고, 왼쪽 귀의 청력이 약해졌다. 척추가 틀어져 통증에 시달렸고 몇 달간 병원 치료를 받았다. 하지만 그것은 아이에게 전혀 문제가 되지 않았다. 레슨을 받기 시작한 지 두 달 후, 수원에서 있었던 콘서트에 참석한 많은 사람이 흥분했다. 연주회 경력이 전혀 없는 아이를 선생들은 호텔, 결혼식장, 행사장, 콘서트홀 그리고 길거리에 세웠다.

아이는 삼수해야 한다고 단언했던 선생의 예상을 뒤엎고 8개월간 공부해서 서울에 있는 4년제 대학에 들어갔다. 면접관들이 어이없는 표정으로 혀를 내두르며 "고등학교 3학년에 전공을 바꾸다니? 도대체 지도한 교수가 누구죠? 어떻게 몇 달 동안 연습해서 이 곡을 연주할 수 있지?"라며 감탄했다.

두 명의 선생에게 맡긴 후 나는 아무것도 관여하지 않았다. 아이 스스로 강하게 일어서야 했다. 갈 길이 분명한 아이와 대립한 건 내가 그 애를 신뢰했기 때문이다. 적어도 싸울 가치가 있었다. 내가 품기엔 이미 훌쩍 커버린 아들이 예술 세계에 들어서서 혹독한 자기와의 싸움에서 이기려면, 나를 꺾고 자신만을 믿어야 했다.

연주하면서 처음으로 '행복하다'는 말을 했던 아들이 연주한 곡은 멘델스존의 바이올린협주곡이었다. 하루에 평균 12시간 이상 연습해서 내 귀에도 못이 박혔던 그 곡, 그거 이제 지겹지 않냐,라는 내 물음에 "멘델스존? 죽여버리고 싶어"라고 말하며 아이가 웃었다. 아이가 다시 바이올린을 집어 들었다. 멘델스존의 바이올린협주곡, 이제는 그 애도, 나도 즐긴다.

하나의 시작에 불과하지만, 이제 그 시작점을 통과할 수 있었다. 대학교에 들어간 뒤로 아들의 치열함은 무서울 정도였다. 예중, 예고를 거친 아이들과의 수업에서 1학기를 넘기면서부터 교수들의 인정을 받기 시작했다. 2학년 때부터 올 A+를 받았고 학교 연주회의 진행을 맡기도 했다. 그 시기가 내 인생에서 단 오 분도 허투루 쓰지 않았던 시기였다,고 후에 아들은 말한다. 곁에서 보기에도 아들은 몇 년간의 수명을 미리 당겨서 쓰고 있었다.

많은 시간이 지났다. 다시 생각해도 내 교육 방식은 위험했고 위태로웠다. 나는 아이의 조언자로서 필요한 물질적 지원과 울타리 역할만 했어야 했다. 부모가 아이에 대한 권리를 갖고 있다거나 미래를 결정하거나 주장할 존재가 아니라는 것을 너무 늦게 깨달았다. 아들이 무너지지 않고 자기 길을 갈 수 있었던 것은 자기 확신이 강했기 때문이다. 나는 아들이 내 훼방에 자신을 무너뜨리지 않은 것에 지금도 감사한다. 고속도로를 질주할 때 사고의 위험을 가까스로 모면한 아찔했던 경험처럼 그 시기의 기억에 나는 가끔 내가 두렵다. 지금도 생각해보면 아이의 미래보다 내 현실을 우선한 것은 아니었는지 자책한다. 자녀가 살아가면서 겪을 시행착오를 줄여주고 싶은 게 많은 부모의 바람일 것이지만, 시행착오도 아이의 것이고 오히려 생의 자산이 될 것이었다. 그럼에도 내가 대신하려고 한 것은 내 경험과 권위를 폭력으로 작동시킨 것이었다. 이제 나는 이빨 빠진 호랑이가 되어가지만 그래도 혹시 내 주장이 아들의 갈 길을 가로막고 훼방할까 하여, 위험했던 내 교육 방식에 대한 잘못과 죄책감을 잊지 않으려고 한다.

아들은 몇 개의 경산과 악산, 최근에 군대라는 악산 하나를 더 넘었다. 그리고 다시 생의 악산을 오르기 시작했다. 나는 아들의 지적인 판단과 선택, 그리고 치열함을 믿고 언제나 지지한다. 성인이 된 아들이 무엇을 하든 나는 박수만 칠 것이다. 제안은 하겠지만 언제나 나는 지지자로서 기능하면서 공생할 것이다. 그것이 편리공생으로 한동안 이어진다 하더라도 그것조차 내가 치는 박수의 또 다른 표현일 것이다.

●

내가
책을 읽는 이유

○

　남편과 잦은 싸움을 하던 친구로부터 전화가 왔다. 낮게 속
삭이는 작은 목소리가 중풍 환자의 발음처럼 어눌하고 분명
치가 않았다. 그녀는 산속에 있는 정신병원에 있고 남편이 밖
에서 지키고 있다고 했다. 그 와중에도 그녀는 자기의 재산을
가족에게 빼앗길까 봐 걱정했다. 그녀는 알코올중독에다 수
면제와 같은 약물에도 의존적이다. 몇 번의 자살 시도도 있었
으니 정신과적인 치료도 필요하다. 수면제와 술에 의존하는
그녀는 삶과 죽음을 넘나들면서 피를 철철 흘리고 있다. 그런
그녀를 보며 약물이나 술, 담배 없이 30년 이상 독기로 버텨내
며 살아가는 내가 더 나을 것이 없다는 생각이 들었다. 어쩌면

그녀가 나보다 더 순수하고 인간적인 것은 아닐까? 자신의 삶을 자주 뒤엎는 그녀를 보면서 내 고요가 안락이라고 말하는 것은 오만일 것이다. 시간이 많이 흘렀다. 몇 가지의 얘기로 미루어 그녀는 아직도 편하지 않다. 어떤 결과물이 꼭 우리 삶의 성실성과 가치를 증명하는 것은 아니지만, 내가 문단에 등단하고 책을 두 권 출간하는 동안, 그녀는 여전히 고통과 사투를 벌이고 있다. 마치 그녀가 감정과 고통에게 자신을 갉아먹으라고 먹이로 던져놓은 것 같다.

미셸 푸코는 "나와 나 자신과의 관계는 나와 타인과의 관계보다 도덕적으로 우선한다"고 했다. 이 말처럼 우리는 사랑하는 가족에 앞서 자신에 대한 책임을 우선으로 두어야 한다. 가장 크게 용기를 주는 존재도, 성공할 기회를 가로막는 것도 자기 자신이기 때문이다. 살다 보면 부정적인 감정에 굴복하게 하는 복병이 자주 출몰하기 때문에 자기를 극복하는 것이 쉬운 일은 아닐 것이다. 하지만 내가 행복하지 않으면 나를 둘러싼 가족도 불행할 수밖에 없으므로 가족 앞에서 자신을 먼저 추슬러야 한다. 사람마다 상황과 병증과 의지가 다르기에 표준을 세울 수는 없지만 내 경우에는 독서를 통해 얻은 것이 많았다. 살면서 결정과 선택에 있어 후회도 많았고 시행착오를 거치면서 다른 사람들처럼 '이번 생은 망쳤다'는 생각을 자주 했었다. 하지만 그럴 때마다 나는 다행히도 무엇인가를 하려고 했다. 나를 계몽하고 교육하고 생각하는 것을 멈추지 않았는데, 그것은 망친 생을 바꿀 수 있다는 희망(망친 것은 바꿀 수 없고 다음 생도 없으며 희망은 기만적이라 생각한다)때문이 아니었다. 그냥 주저앉아 나를 던져둘 수 없었기 때문이다. 지나간 일을 바꾸거나 수정할 수는 없지만 이제부터라도 싸워온 것들로 나를 정의할 수는 있다고 생각했다. 그것조차 지나고 보니 별것 없었지만, 적어도 내가 나를 극복하는 데는 도움이 된 것 같다.

그중에 했던 마지막 선택이 문학이다. 처음 문학을 공부할 때 나는 쓸 소재가 없었다. 교수들은 자기의 상처를 드러내라고 말했지만 나에게는 그런 게 없었다. 없다고 생각했다. 좋은 환경과 선량한 사람들 틈에서 살아온 것은 창작에 도움이 안 되는 일이라고 여기다가, 해결책으로 독서에 집중했다. 그러면서 사물을 제대로 보게 되었다. 내가 만났던 선량하고 순수하다고 믿었던 사람들은 어둡고 위선적이며 악랄한 본성을 가진 보편적인 인간이었다는 것을 알았다. 내가 그들을 포용하며 번민 없이 살았던 것이 그들의 선량함을 증명하는 것은 아니었다. 문제는 내 눈을 가린 차안대였다. 차안대로 시야를 좁힌 세상은 아름다웠다. 남편을 내조하며 희생하는 삶이 현모양처의 덕목이라고 친정어머니에게 배운 대로, 시댁에서 B급 대우를 받는 성차별을 당연하게 받아들였다. 게다가 선한

프레임 속에 갇힌 종교적 최면으로 나는 착한 사람 코스프레에 갇혀 있었다. 차안대를 벗자 가정과 교육, 종교, 여성으로 살아가기 위해 사회의 관념에 순응했던 것으로 나는, 이미 정신적으로 만신창이가 되어 있다는 것을 깨달았다.

　알고 있지만 대수롭지 않게 지나쳤던 것들이 관계 속에 여전히 존재한다. 그냥 넘어갔기에 문제 되지 않은 일들이 내 주변에 너무나 많았다. 그런 사회와 가정의 규범과 의식이 내 삶을 소모하고 차별해 왔다는 것에 문학은 문제의식을 갖도록 했다. 개안수술을 받은 사람의 느낌이 이런 것일까? 나를 포기하고 희생하고 소비하며 살았던 삶 위에서 남편은 단지 남자라는 이유로 특혜를 누리고 군림했다. 그것이 불공정과 불평등에 과민한 나를 불행하게 했다는 것을 알게 된 것이다. 내 안에 있는 예술성의 발현을 결혼이라는 굴레로 억제한 것도 이유가 되었다. 물론 내조와 희생을 하면서 우아하게 살고 있는 친구들의 행복도를 보면 가치관의 차이일 수도 있다. 하지만 그들이 자녀와 남편의 성공, 재산 등으로 자기의 가치를 평가받기 바라는 것과 상처는 축소하고 체면치레와 허세, 과대망상으로 자신을 포장하는 것은 무엇으로 설명할 수 있을까? 그것이 그들의 노고와 희생의 결과물이기도 하기에 보상 심리가 작용하는 것은 아닐까? 결국은 자녀가 성장할 때까지 기다려서 '황혼이혼'을 하는 사례를 보면 그것은 가치관의 차이

만은 아니라는 방증일 것이다. 그런 부분에 염증을 느끼던 터라 나는 친구보다는 책에서 만나는 작가들의 정신적인 가치에 빠졌다. 인간은 나약하고 비굴하며 때로는 악마의 모습까지 갖고 있지만 문학은 그런 인간의 모습을 과장하거나 미화하지 않는다. 오히려 위선과 모순, 비열함을 고스란히 드러내며 영웅이나 성인을 만들지 않는다. 인간을 성인이나 영웅으로 부풀리며 기만하지 않는 문학에 대해 허영과 종교적인 이상을 추구하는 사람은 불편할 수도 있다. 문학은 자신에게 솔직해지고 스스로 다른 사람이 되도록 교육한다. 이런 이유로 나는 주저앉아 있는 사람에게 늘 독서를 권했다. 위의 그녀에게도 독서를 권했지만 스트레스가 가득한 상태에서 책을 읽는 일은 또 다른 고통을 주기에 쉬운 일은 아닐 것이다. 그럼에도 책을 읽으면서 자신을 계몽한다면 인간관계도 개선된다. 내가 바뀌기 때문이다. 게다가 인권을 존중하는 바탕이 우리 안에 이루어지면 사람과 문제를 대하는 시각이 달라진다. 내 권리는 축소하고 상대방을 존중하는 면에서 발전할 것이고 결국 내 묵은 스트레스에서 탈출할 수 있을 것이다.

알베르 카뮈의 『단두대에 대한 성찰 ― 독일 친구에게 보내는 편지』(책세상)와 조지 오웰의 「교수형」(『나는 왜 쓰는가』, 한겨레출판)을 읽으면서 두 작가의 말에 따라 내 의식에도 변화가 있었다. 예를 들어, 「교수형」에서 사형수에게 사형이 집행

되고 난 뒤에, 조지 오웰은 이렇게 말한다. "그리하여 사람 하나가 사라질 것이고, 세상은 그만큼 누추해질 것이었다." 만일, 선악으로 규정짓는 종교적인 잣대와 처벌로 해결하는 사법적인 잣대로 말한다면, '세상은 그만큼 깨끗해질 것이었다'일 것이다. 그러나 이 말과는 달리 "세상은 그만큼 누추해질 것이었다"라는 문학적인 시각은 얼마나 가슴 뭉클하며 아름다운 말인가? 생명에 대한 존엄, 그리고 사회가 악에 대해 공동 책임을 지닌다는 면에서의 문학적인 함의는 사물과 대상을 받아들이는 관점을 바꾸게 한다.

한나 아렌트는 『예루살렘의 아이히만』(한길사)에서 나치 전범 아이히만에 대해 이렇게 썼다. "아이히만은 기억력이 상당히 나쁨에도 자기에게 중요한 일이나 사건에 대해 동일한 선전 문구와 자기가 만든 상투어를 단어 하나 틀리지 않고 일관성 있게 반복"했다고 했다. "그의 말은 언제나 동일했고 똑같은 단어로 표현되었다. (…) 그의 말하는 데 무능력함은 그의 생각하는데 무능력함, 즉 타인의 입장에서 생각하는 데 무능력함과 매우 깊이 연관되어 있"다. 이 내용처럼 "아이히만은 타자의 관점에서 사유할 수 없었기 때문에 책임의 윤리를 실천할 수 없었다." 한나 아렌트는 아이히만의 비윤리성의 요인은 무사유 때문이었다고 말한다. 몇 가지의 지식을 암기하거나 주로 반복적으로 사용하는 단어로 말하는 것은 사유와는 다르다. 타자의 입장에서 사유한다는 것은 독서의 체험이 없으면 어려운 일이다. 학력은 높은데 지력이 낮은 사람들이 있다. 그러므로 독서를 습관화해야 한다. 사람이 바뀔 수 있다고 생각하냐,라고 한 친구가 내게 물었다. "대부분은 그렇지 않지만 소수는 바뀔 수 있어. 단, 책을 읽고 사유한다면"이라고 말했는데, 그녀의 물음은 자기 남편이 바뀔 수 있을지에 대한 것이어서 동일한 결론에 이르지 못했다. 왜냐하면 독서를 통한 사유는 남이 아니라 나에게만 실효성이 있기 때문이다. 게다가 문제의식, 위기의식을 느끼지 않는 사람에게는 좋은 책도 나쁜 책이 될 수 있다. 우리는 시간에 쫓기며 정신없이 살아가거나 이제는 충분히 안다고 착각한다. 작가 마크 트웨인은 사람이 "곤경에 빠지는 것은 몰라서가 아니라 뭔가 확실하게 안다는 착각 때문이다"라고 말했다. 나는 문학이 대부분 정신적인 문제의 해결책이라고 생각한다. 개개인의 필요에 따라 종교와 명상, 정신과적인 치료를 하고 난 뒤에 마지막 단계는 지속해서 책을 읽고 자신을 교육하는 것이다. 고전에 대해 '누구나 알지만 아무도 읽지 않는 책'이라고 일부 말하는 것은 그만큼 고전 읽기는 어렵고 머리 아프기 때문일 것이다. 하지만, 마르틴 발저는 "우리는 우리가 읽은 것으로부터 만들어진다"고 했다. 그러므로 자신을 교육하는 노력을 독서를 통해 꾸준히 한다면 정신적으로 단단해질 수 있다.

나는 그녀가 이제 편안하길 바란다. 상처와 미움과 복수와 무기력에 오래 주저앉아 자신을 방치하는 것은 결국 내 살과 뼈를 깎아내는 일이다. 그런 부정적인 감정에서 그녀가 자유로워지면 좋겠다. 그래서 시간을 소비하며 버텨야 하는 지금의 삶에서 이제는 주어진 시간을 즐겁게 다 쓰면서 살다가 떠나면 좋겠다. 그러면 적어도 새가 머리 위에 둥지를 틀지 못하도록 방어할 수는 있을 것이다. 그것이 내가 나 자신에게 해야 할 중요한 책임일 것이다.

●

문학이
내게 준 선물

○

　일부 시인들에게서 상처 받았을 때 나는 소설을 읽었다. 무
례하고 편협한 시인을 보면 그냥 하던 대로 그림을 그릴까 잠
깐 번민하기도 했다. 쇼핑하거나 외식하고 외국을 여행하며
신경을 이완시키기도 했지만 그것은 현실도피일 뿐, 당시 나
는 너무 멀리 왔고 어느 쪽으로든 방향을 틀기에는 늦은 나이
였다. 무엇을 새로 시작하기에 늦은 나이는 분명히 있다. 나이
가 들면 젊을 때의 치열함도 없고 선택한 것을 즐길 시간도 없
기 때문이다. 따라서 내 자의식의 회복은 그동안 하고 있던 문
학에서 찾아야 했다. 그렇게 고전을 읽으며 나는 견디고 성장
하고 계몽되었다. 사람을 이해했고 그래서 내가 편해졌다. 우

리가 서로 다른 것은 겉모습이 아니라 의식 때문이다. 내 의식이 바뀐 것은 문학이 내게 준 첫 번째 선물이다. 나는 많이 소박해졌고 실용적으로 변하였으며 보이는 모습보다는 갖추고 있는 아름다움을 보게 되었다. 많이 알고 있어 할 얘기가 풍부한 사람과 사유가 깊은 사람의 품격이 보이기 시작했다. 고전을 읽으면서 나를 돌아볼 때 나는 어쩌면 선한 사람이 아니라 선한 사람 코스프레를 해왔는지도 모른다고 생각했다. 용서를 강제했던 종교적인 의식에서 벗어나면서 비로소 내 감정에 채운 족쇄를 풀었다. 나는 마흔 중반을 훌쩍 넘긴 뒤에야 인간에게 사랑 이외에도 풍부한 감정이 있다는 것을 구체적으로 생각했고 불편, 불쾌, 미움, 증오까지도 자유롭게 느끼고 표현하는 것은 금기가 아니라는 것을 이해했다. 살면서 두 명에게는 속으로 저주했고 그들이 넘어져 다시는 일어나지 못하는 것을 즐기기도 했으니 착한 사람 강박에서는 확실하게 자유를 얻은 셈이다. 이렇게 내가 느끼는 감정을 자유롭게 허용한 것은 문학이 내게 준 두 번째 선물이다. 내가 부모로부터 받은 교육은 참을성 있고 양보하는 우아한 여성이 되는 것이었다. 부모의 바람대로 나를 억압해서 주변을 포함, 시부모까지 대체로 만족시켰다. 나는 버릴 게 하나도 없다는 말과 순둥이라는 말을 시부모로부터 들으면서 살았고 시어머니 임종 전날에는 그동안 미안했다는 사과를 유일하게 들은 며느리였다. 진정성을 담고 살았으나 내 안에 억눌린 것을 생각하니 푸코의 이론처럼 나는 그렇게 길들여지고 억압으로 만들어진 폭력의 결과물이었다. 통제와 억압은 폭력이다. 결과가 좋으면 된다는 말은 틀린 말이다. 내 결과는 나쁘지 않았지만 그 과정은 울분을 억누른 것이므로 내게는 끔찍한 상처로 남았다. 그 상처를 알아차릴 수 있었던 것은 문학이 내게 준 세 번째 선물이다.

책을 읽으면 정신이 열리고 사람이 제대로 읽힌다. 나는 부조리하고도 오만한 트라우마에 갇힌 사람들을 보면서 한때 연민 때문에 허용했지만 이제는 거기까지다. 개선하려는 의지가 없는 사람에게 나는 친절하지 않다. 그런 분별과 단호함을 갖게 한 것, 문학이 내게 준 네 번째 선물이다. 그 외 크고 작은 선물을 열 번째, 스무 번째 책을 읽을 때마다 받는다.

디지털 시대이니 빠르게 변하는 속도와 편리에 따라 북리딩과 전자책의 장점을 인정하지만 나는 다른 사람의 목소리와 어조로 듣는 것보다 종이를 만지며 내 눈과 내 감각, 내 이해와 해석으로 직접 읽을 때 다가오는 감각을 즐긴다. 전시관에서 도슨트의 안내와 해설보다 내가 사전에 공부해서 조용히 관람하는 것의 가치와도 같다. 물론 도슨트의 해설이 도움이 되고 필요한 경우도 있지만 우리의 모든 감각을 열고 혼자 작품을 즐기는 매력에는 비할 수 없다. 그것은 교수의 문학 강의를 듣고 작품을 이해하는 것과 직접 책을 읽으며 감동받는 것의 차이 혹은, 가이드를 따라다니는 단체 관광과 친구들과 자유롭게 다니는 배낭여행의 차이와 비슷할 것이다.

때로는 어떤 분야에서의 좌절감을 다른 분야에서 치유하기도 한다. 이제는 그런 이유로 소설을 읽는다. 어떤 교수는 강의에서 "책을 많이 읽을 필요가 없다"라고, 어떤 작가는 내게 직접 "책 많이 읽지 마라"라고 했다. 그들에게 독서는 지식으로 끝나는 것이었을까? 그것은 분명히 불필요한 간섭과 요청하지 않은 조언이었다. 창작에 집중하라는 의미겠지만 그것은 살면서 내가 들었던 가장 어리석고 불쾌한, 그리고 선을 넘는 말이었다. 분명, 그들은 문학이 주는 특별한 선물을 맛보지 않았을 것이다. 또 다른 작가는 "책을 읽지 않는 사람은 작가가 아니다"라고 했다. 나는 그 말에 절대 공감한다. 음악가는 끊임없이 반복적으로 연습해야 하지만 음악을 항상 듣기도 해야 한다. 콘서트에 가서 다른 연주자의 연주를 듣고 곡을 해석하는 각자의 표현을 배워야 한다. 화가도 자기 그림을 그리는 작업에만 몰두하지 않는다. 다른 화가들의 작품을 공부하고 전시회를 찾아다닌다. 사물을 보는 시각과 다른 사람의 세계관이 작품에 어떻게 투영되는지 그렇게 배운다. 작가도 역시 마찬가지다. 그래서 나는 책을 읽지 않는 작가는 신뢰하지 않는다. 자기 타이틀만 믿고 독서하지 않는 작가의 가치관은 세속적이며 그의 작품은 표절과 훔치기의 반복으로 이어질 수밖에 없다.

독서를 꾸준히 한다면 다른 사람과의 충돌을 줄이고 자기 세계에서 평화롭게 살아갈 수 있다. 그 세계가 성공을 향해 줄 타기하며 치열하게 최고를 추구하는 세계만 아니라면 문학이 주는 선물을 톡톡히 즐길 수 있을 것이다. 그렇게 한다면 자기 혁명과 변화와 계몽과 가치관의 정점을 찍게 될 것이다. 처음 얼음판 위로 갈라지기 시작한 몇 개의 균열에 문학이 망치질하기 시작했을 때 나는 평생 책을 읽으며 늙어가기로 결정했다. 그래서 작가가 되기로 했다. 필요에 따라 읽는 것과 취미로 읽는 것은 큰 차이가 있기 때문이다. 고전 읽기는 작가를 만나는 일이다. 작가의 정신과 교감하고 그와 대화하는 조용한 자리에 초대받는 것이다. 그 멋진 자리에 초대받으면 영혼이 충만해진다. 다음 날은 하루 종일 읽은 책에 대해 생각한다. 차를 마시면서 읽은 책을 다시 뒤적거리고 메모하거나 감상문을 쓴다. 그러고는 다음 책을 고르고 준비하는 벅차오르는 기대로 잠이 든다. 직전에 읽은 책이 어려울수록 사유와 충만함은 증폭한다. 독서할 때마다 문학이 주는 크고 작은 선물이 차곡차곡 쌓인다. 그 선물은 낡거나 부패하지 않으며 정성들여 닦으면 광채가 나기도 한다. 사랑하지 않아도 상대를 존중하는 의미와 방법을 배운다. 문학이 내게 주는 선물이 너무 많아 이제는 횟수를 헤아리지 않는다. 문학은 내게 언제나 최고의 친구이고 배신하지 않는 연인이다. 이번에는 『황금 노트북』의 마지막 장을 덮으면서 도리스 레싱의 말을 생각한다. "어디에서나 입장을 취할 준비가 되어 있지 않은 사람들은 때때로 잘못된 쟁점들에 대해서 입장을 고수하지 않을 수도 있다."

●

용서하는
일

○

　살면서 가장 쉬운 것은 용서하는 일이라고 생각했다. 그것은 내게 별로 어렵지 않았다. 상대를 무시하거나 덜 사랑하거나 더 사랑하면 되는 일이었다. 그래서 지금껏 내게 상처 주는 사람을 무시했거나 덜 사랑했고 때로는 더 많이 사랑하려고 했다. 그런데 지나고 보니 그건 오만이고 가식이었다. 용서는 잘못에 대해 이해와 수용의 과정을 거쳐 아량을 베푸는 것이어야지 무시하거나 덜 사랑하거나 더 사랑하는 쪽으로 내 감정을 돌리는 것은 진정한 의미의 용서가 아니기 때문이다. 그것은 용서가 아니라 불쾌한 감정을 해결하고 견디기 위해 내가 선택하는 하나의 방식일 뿐이다.

전에 한 친구가 내게 큰 실수를 했는데, 후에 그녀가 말하기를, 내게 면목이 없어서 연락을 끊었다고 했다. 몇 년이 지난 후에 찾아온 그녀가 말했다. 새벽이면 교회에 가서 하루도 빠짐없이 기도했고 펑펑 울며 용서를 빌었다고 했다. 어이없었다. 내게 잘못했으면 나에게 먼저 와서 사과든 해명이든 해야지 교회에 가서 용서를 비는 것은 순서도, 대상도 잘못되었고 그것은 자기가 믿는 하나님의 등 뒤에 숨는 비겁한 행동이다.

이창동 감독의 영화 〈밀양〉을 보면 아이를 유괴하고 살해한 남자가 구속되어 교도소에 있는데 아이 엄마(전도연 분)가 그를 용서하기 위해 면회를 갔다. 그는 해맑은 표정으로 말했다. 자기는 "하나님에게 이미 용서를 받았"다고. 그 말을 들은 아이 엄마는 "내가 용서하지 않았는데 누가 당신을 용서하냐"라며 절규했다. 이것은 용서에 대한 종교인들의 태도를 잘 드러낸 장면이다. 잘못했으면 당사자에게 먼저 용서를 구하는 것이 성실하고 정상적인 화해의 자세다. 고해를 하든 기도나 불공을 드리는 것은 그다음에 각자 자기의 종교적인 신념이나 필요에 따라 선택하면 되는 일이다.

상처에는 밴드를 붙이거나 약을 한두 번만 발라도 낫는 것이 있고 2차 감염으로 이어져 생명이 위태로운 경우도 있다. 고통스러운 치료 과정을 거쳐 어떤 상처는 평생 지울 수 없는 흉터를 남기기도 한다. 때로는 다 나은 줄 알았는데 날이 궂거나 컨디션이 안 좋을 때면 여지없이 쑤시고 가려워 불쾌해지는 상처도 있다. 그런 상처는 손상받은 때를 환기하기 때문에 잘못한 사람은 다 지나간 일이라고 지우려고 해서는 안 된다. 가능하다면 상처를 어루만지는 따뜻함을 지속적으로 표현해야 한다. 상대가 후유증으로 여전히 힘들기 때문이다. 그것이 상대를 배려하고 존중하며 관계 회복을 위해 노력하는 자세다. 그런 노력 없이 가해자가 교회에 가서 기도하며 하나님에게 용서를 구하는 것은 자기의 심리적인 부담을 덜어내는 뻔뻔한 일이며 그것으로 면죄부를 받을 수는 없을 것이다. 그것은 〈밀양〉에서 절규하던 아이 엄마의 모습을 떠올리지 않아도 분노를 유발하는 일이다.

한 친구가 흥신소를 통해 남편의 핸드폰 도청과 남편을 미행을 하면서 찍은 사진을 내게 보여주었다. 남편의 외도를 잡겠다는, 그러면서도 이혼할 마음은 없는 그녀를 보면서 나는 참담했다. 그녀가 그런 과정을 겪으면서 얼마나 끔찍한 기분이었을지 나는 짐작조차 못 한다. 외도를 확인해서 그녀가 얻고자 한 것은 무엇이었을까? 남편의 약점을 잡고 자기 목소리를 크게 하고 평생 살아갈 수는 없는 일이다. 그건 서로에게 못 할 짓이고 비열하며 저급한 일이다. 그렇다고 자기 상처를 안고 깨끗하게 용서하는 것 또한 어려운 일이다. 상대의 잘못을 파헤칠수록 손상이 오는 것은 내 감정이다. 그것은 자신을 수렁에 던지는 것이며 상처 또한 깊어질 것이다. 단절과 허용 중, 하나를 선택해야 한다. 용서를 구하려고 한다면, 자기의 잘못을 인지하고 진실한 사과와 미안한 마음을 계속 가져야 한다. 용서는 더 이상 기억이 아프지 않을 때 오기 때문이다. 반복적인 사과를 했음에도 용서를 받지 못했다면 그것은 상대가 몰인정한 게 아니라 내 사과가 부족한 것이다. 반면에 용서하려고 한다면, 깨끗하게 지워야 한다. 그럴 수 없다면 용서한 것이 아니다. 섣불리 '용서했다'는 말로 타인과 자신을 기만해서는 안 된다. 기만은 자신에게 또 다른 상처가 되어 트라우마에서 벗어날 수 없게 할 것이기 때문이다. 그러므로 사과를 받아들이지만 용서할 수 없다면 '미워하지 않으려 노력하겠다'고 말하는 단계부터 시작해도 좋을 것이다. 기독교에서는 '남을 용서하지 않는 자는 하나님에게 용서받을 수 없다'고 가르치기에 잘못의 심각성을 느끼지 못해도 서둘러 사과하고, 사과받으면 너그럽게 용서해야 한다는 강박에 사로잡힌다.

얼마 전 뉴스에서 교통사고로 아버지가 사망했는데 다음 날, 유족들은 가해자를 찾아가 종교인답게 용서한다며 안아 줬다는 기사를 읽었다. 기가 막혔다. 어제 아버지가 돌아가셨는데 빈소를 지키는 것보다 오늘 용서하는 일이 그렇게 급했을까? 가해자가 유족과 합의하고 급하게 선처를 요청할 수는 있다. 하지만 고인이 된 지 하루밖에 안 된 아버지를 두고 용서한다며 포옹하고 그 일을 미담이라고 기사화하는 것을 과연 정상이라 할 수 있을까?

초등학교에서 친구 사이에 싸움이 나면 교사가 억지로 악수시키며 화해를 중재한다. 아직도 분이 안 풀려 코에선 더운 김을 내뿜어도 싸운 친구들은 교사의 명령대로 서로의 손을 잡아야 한다. 감정을 빨리 덮어버리는 교육에는 분명 문제가 많다. 어른들이 강요하는 화해는 어느 후미진 골목이나 먼지 날리는 공터에서 다시 패싸움으로 불거지고 더 크게 확산될 가능성이 크다. 자신의 상처에 솔직해지고 친구를 이해하는 과정을 생략했기 때문이다. 남에게 보이고 드러나는 부분을 서둘러 봉합하는 것을 학습한 우리는 자신의 솔직한 감정보다 이렇게 체면을 먼저 선택하는 것이다.

어릴 때 어머니는 아버지의 오점을 자식들에게 숨겼다. 아니 감쌌던 것 같다. 가부장적인 시대의 아버지가 어머니에게는 하늘이었다. 어머니는 아버지를 존경하는 마음(그런데 그게 가능한 일일까? 배신한 남자에 대한 존경이라니)이 컸기에 평생 아버지를 부정하는 말을 우리 앞에서는 하지 않았다. 센스 있고 사려 깊고 지혜로운 어머니였기에 본인의 상처조차 함구하는 게 미덕이라고 생각했을 것이다. '내가 남편을 용서하지 않으면 하나님도 나를 용서하지 않을 거'라며 교인이었던 어머니는 그렇게 아버지를 용서했다. 희생과 노역의 삶이 전부였던 어머니가 무엇을 그렇게 용서받고 싶었을까? 어머니로서는 최선의 선택이었겠지만, 나는 생각이 다르다. 누군가를 용서하는 것은 그의 잘못을 무조건 덮으며 내 상처를 외면하는 태도가 아니다. 자신의 상처를 제대로 알고 이해, 수용하는 것이 먼저 와야 한다. 하소연이나 원망, 미움을 거쳐 이해하고 덮어주는 과정을 통해 털어내고 평온해지는 그것이 솔직하고도 성숙하게 용서하는 자세라고 생각한다. 어머니가 돌아가실 때 쏟은 각혈은, 차곡차곡 쌓이고 갇혀 있던 미움과 배신감, 슬픔이 한꺼번에 분출한 것이었다. 용서의 양쪽 극에는 사랑과 증오가 있다. 그 사랑과 증오 사이에 놓인 중간 감정들이 얼마나 따듯하며 풍부하게 존재하는지 안다면, 용서하지 않거나 그것을 보류하는 사람을 오만한 인간으로 몰아가지는 않을 것이다. 자신을 속이지 않아야 치유할 수 있다. 용서했다고 말하는 사람에게는 용서하고 싶은 진심은 있을 것이다. 하지만 용서하는 능력은 인간이 아니라 신의 영역이라고 나는 생각한다. 그만큼 진정한 용서는 힘든 일이며 상처 받은 우리는 자다가도 벌떡 일어나 냉수라도 들이켜야 하는 나약한 존재이다.

알베르 카뮈의 『단두대에 대한 성찰 ― 독일 친구에게 보내는 편지』를 읽고 난 뒤에, 연쇄 살인마와 같은 살인자에게 몸서리치는 분노를 느끼면서 반면에 어떻게 그의 인권을 존중할 수 있는지 알았다. 잔혹한 범죄인의 죄를 여전히 혐오하면서 어떻게 그의 기본권을 기억할 수 있는지 다시 생각해본다. 그러면 흉악범보다는 조금 더 나은 가족, 배우자, 자녀, 친구들을 용서해야 할 때 사람과 죄를 분리해서 대할 수 있을 것이다. 배우자의 외도 역시 우리의 의식을 교육한다면 비인간적인 대우를 하지 않고도 그/그녀의 잘못만 혐오할 수 있다. 예를 들어, 어떤 사람은 남편이 잘못하면 자기는 밥을 안 준다고 한다. 물론 그런 감정을 이해할 수 있지만, 그것은 그의 잘못을 미워하면서 그의 권리까지 빼앗는 비인간적인 것이다. 잘못한 행위를 혐오해도 남편과 아이들의 아빠로서 갖고 있는 기본 권리는 존중해야 한다.

이렇게 문제에 함몰되지 않고 이성적으로 대하는 것은 용서하는 감정이 없어도 할 수 있다. 판단하고 판결해서 용서할 권리는 나에게 없다는 것, 그것은 격분과 혼돈의 감정에서 벗어나 더 품위 있는 방식으로 상대를 객관화하게 한다. 때로는 문제를 해결하는 과정에서 분노를 표현하는 방식 때문에 오히려 다른 문제로 감정싸움에 휘말릴 수 있는데 이성적인 태도는 그럴 때 우리 자신을 보호할 수 있다. 그렇게 한다면 서양 영화에서 종종 보는, 이혼하고도 친구로 지내는 일이 자연스럽게 일어날 것이다. 그것은 문화보다는 의식의 문제이기 때문이다. 이제는 싫으면 다시는, 절대 안 보겠다는 원시적인 태도가 아니라 싫은 것은 싫은 것이고 좋은 부분을 기억하면서 상대를 존중하는 것, 그것이 서둘러서 용서하고 털어내는 것보다 더 탁월한 가치와 진실성이라고 생각한다.

어릴 때 내게 막말과 독설을 했던 언니는 나이가 들면서 그것을 기억하지 못했다. 가해자와 피해자의 기억과 감정의 분명한 차이다. 사람은 자기 합리화와 입장에 갇혀 있다. 상대방이 깨닫고 진심으로 사과하며 내가 용서한다면 그것은 정말 이상적인 것이지만 그런 일은 그다지 우리 삶에서 자주 일어나지 않는다. 우리의 고통만큼 상대방은 느끼지 못하며 내가 원하는 만큼 상대방이 진심을 다해 사과하지도 않는다. 잘못해서 사과하는 것보다는 관계를 회복하고 싶어서 사과하는 경우가 많기 때문이다. 그럼에도 용서하지 않는 것, 그것은 나자신을 갉아먹는 일이다. 분노의 독소는 우리 자신을 파멸시킨다. 때로는 내가 더 이상 손상받지 않기 위해 내 기억을 삭제하는 것이 좋은 치료책일 수 있다. 인과응보, 나는 이 말을 믿는다. 잘못한 사람은 결국 그 행위의 몫을 받는다. 그것이 천벌이든 행위에 따른 결과이든 꼭 대가를 치른다는 것을 나는 길지 않은 인생을 살면서 많이 보았다. 본인의 대에서 받지 않으면 자식이 대가를 치른다. 자식은 그 부모가 쌓아놓은 토대에 힘입어 살아가기 때문이다. 그래서 안되면 조상 탓을 하는 것도 어느 정도 맞는 말이다. 인과응보에 위로를 삼는 우리, 그런 감정 또한 부끄럽고 어설픈 것이지만, 그것은 복수와 징벌과 관련해서 사법적인 벽에 부딪히는 나약한 인간이 상처를 견디는 하나의 방법일 것이다.

●

누드,
본능과 순수의 생명력을
스케치하며

○

실내에는 비요크(Björk)의 격렬하고도 빠른 박자의 음악이 흐른다. 한 남자가 작은 맹수처럼 웅크리고 있다. 포효하기 직전의 맹수처럼 억눌린 힘과 짙은 우울이 배어 나온다. 그는 내가 누드를 그리면서 강한 인상을 받았던 남자 모델이다.

내가 누드를 그릴 때 공통적으로 받는 질문이 있었다. 모델에 대해 성적인 느낌이 생기지 않느냐, 정말 다 벗느냐는 것이다. 그럴 때면 나는 항상 동일한 대답을 반복한다. 모델의 특징을 관찰하고 표현하고자 하는 흥분 외에는 아무 느낌이 없다. 그리고, 너는 다 벗었다는 이유로 무조건 성적인 자극을 받느냐고, 되묻는다.

여체를 바라보면 봉긋한 가슴에서 유연한 허리로 흘러내리는 선과 풍만한 엉덩이의 생명력에 경이로움을 느낀다. 반면에 근육질의 단단한 남자의 몸에서는, 맹수의 낮은 울부짖음과 같은 응축된 에너지가 팽팽한 긴장감으로 다가온다.

남성과 여성의 육체가 희구하는 갈망과 격정, 그 결속과 합일에서는 생명의 산출이 따른다. 그래서 누드를 그릴 때면 인간에게 내재한 생명력을 잡아내는 맛에 늘 중독된다. 누드를 관찰하는 것은 벗은 자신을 보는 것과 같다. 누드에서 생명력을 느끼기도 하지만 나이가 들면 운동으로도 해결 안 되는 늘어지는 선이 있다. 그런 모델의 몸을 볼 때는 내 세월의 흔적을 보는 것 같아 쓸쓸하기도 하다.

기원전 4만 년경의 아프리카 동굴 벽화와 기원전 3만 년경의 오스트리아 조각상이 발견된 기록이 있지만 우리는 기원전 2만 년경, 에스파냐의 알타미라와 남프랑스 도르도뉴 지방의 동굴 벽에 그려진 사슴, 들소 등의 벽화를 미술의 기원으로 알고 있다. 1879년에 알타미라동굴이 발견된 이래 피레네산맥을 중심으로 40여 개의 동굴이 발견되었다. 동굴 내부의 회화와 조각은 주술적 신앙을 바탕으로 대부분이 동물상이나 여성상이다. 그 시대 초기 조형의 주된 표현은 식량을 구하는 것과 번식하는 것이었다. 따라서 당시의 회화와 조각은, 수렵의 풍요와 씨족의 번성을 염원하는 작품이다. 그 후 생동감 있는 묘사와 인물의 군상 구도로 발전했고, 라스코동굴 벽화에서는 특히 인물 표현에서 운동의 방향과 욕망의 표현이 나타난다. 인류는 이들 조형을 통해 사물을 객관화하고 그것에서 사고와 표현의 방법을 배웠다. 라스코 벽화 이래로 인물은 목탄과 먹, 연필 등으로 그린 드로잉, 그 외에 콩테, 색연필, 크레용, 파스텔, 오일파스텔 등으로 선의 굵기를 생략 혹은 강조하면서 형상화했다.

미술은 많은 사색과 경험을 필요로 한다. 사색을 거친 정직한 표현은 인간의 영혼을 끊임없이 자극한다. 대중의 기호에 따라 작품을 만드는 것을 치욕으로 여기는 예술가에게 감성과 양심은 날카로울 수밖에 없다. 인간의 욕망을 절제하고 표현하는 과정에서 무차별적인 평가와 가위질에 그림 역시 제외될 수 없을 것이다.

누드는 인간의 순수와 생명력을 표현한다는 면에서 묘한 매력이 있음에도, 누군가에게는 은밀한 볼거리가 된다. 예술을 이해하는 시각과 도덕적 가치관이 낮아지면서 대중의 이해도는 순수성을 벗어나고 그에 따라 예술과 외설의 시비는 심심치 않게 일어난다. 하지만 누드야말로 자연 속에서 찾을 수 있는 최고의 아름다움이 아닐 수 없다. 그것은 때때로 고뇌하거나 환희에 찬 모습으로, 혹은 슬픔과 격정에 이르기까지 온갖 포즈로 감정을 표현한다.

쉬는 시간에 위의 모델에게 모델 작업 이외에 가장 하고 싶은 일이 무엇인지 물었다. 서른 중반을 넘기고 있던 그는 몸이 자꾸만 풀어진다고 불안해했다. 몸의 탄력을 위해 하루에 여섯 시간 이상 운동하고 있으며 더 늙기 전에 누드집을 갖는 것이 가장 큰 꿈이라고 했다. 그는 가끔 특별하고도 놀라운 소품을 들고 와서 화가들을 불편하게도 했지만, 무엇인가를 새롭게 시도하는 것에 나는 높은 점수를 주고 싶다. A급 모델이 되기 위해 그가 얼마나 치열했을지 상상이 간다. 지금쯤 그는 멋진 누드집을 가졌기를 바란다.

화실에서 집으로 돌아오던 늦은 오후, 어둑해진 하늘에서 후드득, 빗방울이 떨어지기 시작했다. 빗방울은 순식간에 굵은 빗줄기가 되어 우산조차 쓸 수 없을 정도가 되었다. 급하게 빌딩 로비에 서서 비를 그으며 밖을 보았다. 어느새 따라온 비요크의 빠른 박자가 빗줄기와 함께 화려한 춤판을 벌이고 있었다.

르네 마그리트의
〈연인〉

○

　르네 마그리트는 13세 때 어머니가 물에 빠져 자살했다고
한다. 물에서 건져낸 어머니의 시신은 뒤집힌 치마에 얼굴이
가려진 상태였다. 어린 르네 마그리트는 대단한 충격을 받았
을 것이다. 그는 어머니의 시신을 보면서 절망, 단절, 공포, 분
노에 짓눌렸을 것이다. 그는 성장한 후에 〈연인〉을 그렸다. 두
건으로 얼굴을 가린 연인의 모습에서 사랑하는 사람과의 어
찌할 수 없는 단절과 절망을 본다. 이 그림을 보면 손을 뻗어
서, 얼굴을 감싸고 있는 두건을 벗기고 싶은 강한 충동을 느
낀다. 한편, 그들의 사랑은 매우 강렬해서 어떤 숭고함마저 든
다. 두건으로 감싼 그들의 입맞춤은 서로에게 완전히 도달할

수 없는 쓸쓸함으로 아릿하기도 하다. 더는 밀착할 수 없는 고통스러운 거리와 단절이 단호하다.

르네 마그리트가 어릴 적 상처를 바탕으로 그림을 그렸다고 평자들은 말하지만, 두 연인이 두건을 쓴 채 입맞춤하고, 두건을 쓴 채 같은 방향을 보는 작품은 르네 마그리트가 자신의 상처를 넘어서지 않았다면 표현할 수 없었을 그림이다. 그림을 보면서 느끼는 불편함은 인간관계에서의 불편함을 보여준다. 두건을 쓴 상태에서도 사랑하는 마음으로 입맞춤할 수 있듯이 서로에 대한 간격을 인정한다면 소통도 가능할 것이다. 그것은 사랑하는 대상에게서 우리가 놓쳐버린 적정 거리이기도 하다. 불편함은 우리의 상식선에서 설정한 것이기에 우리의 상식이 달라진다면 얼마든지 재설정이 가능해 불편함이 편함으로 바뀔 수 있다. 반면에 전에는 긍정했던 것이 지금은 어설프고도 정정하고 싶은 일이 될 수도 있다. 인간관계의 밀착과 혼합의 농도가 짙을수록, 그것은 단절과 차단으로 빠르게 이어진다. 언어폭력에서 실제 폭행을 당한 것과 같은 분노를 느끼듯이, 심리적인 통제에도 우리는 실제 결박당한 것으로 받아들인다.

사생활의 존중과 개인의 존엄, 시간적인 자유와 고요, 그리고 방해받지 않는 휴식 등등의 이유로 사람들은 독거를 선택한다. 요즈음에는 개인의 창의와 발전, 그리고 직업적인 필요로 독거가 늘어간다. 번잡한 환경이나 사람에게서 방해받지 않는 창작자는 빠른 성과물을 내거나, 조용한 개인 시간을 즐긴다. 꼭 필요하지 않아도 편의와 여러 가지 이유로 젊은 세대가 독거를 원하기 때문에 그들의 부모 세대에서도 독거가 늘어날 수밖에 없다. 어쩌면 동거하면서 타인을 견디고 참는 것에 따르는 스트레스보다, 독거가 더 바람직할지 모르겠다. 물론 생각의 변화와 노력으로 동거의 문제를 해결할 수도 있겠지만, 단지 한쪽이 인내하는 것만으로 문제가 해결되는 것은 아니기 때문에 경우에 따라서는 차단하거나 독거하는 것이 빠른 해결책이기도 하다. 따라서 이제는 혼자 살고 혼자 늙고 혼자 죽는 것을 긍정해야 한다.

혼자 있을 때 자신을 분석하고 반성하며 성찰을 통해 우리는 성장한다. 그 효과는 존경하는 사람으로부터 교훈을 들었을 때보다 깨달음이 크다. 부모를 포함한 주위 환경에 의해 잘 성형된 사람보다 스스로 일어나고 혼자 성장한 사람이 더 강하다. 그는 자신의 시간을 견딜 수 있는 역량을 갖기 때문이다. 르네 마그리트의 〈연인〉을 보면, 사랑하는 사람과의 밀착은, 거리와 단절이 있을 때 가능하다. 개인의 권리와 사적인 시간, 공간을 인정하지 않는다면, 가족 간의 밀착도 폭력이 된다. 르네 마그리트에게 어머니의 죽음이 충격과 큰 상처였지만 어머니의 자살과, 뒤집힌 치마로 얼굴을 가린 시신을 보지 않았다면, 아마 이런 작품은 없었을 것이다. 하지만 〈연인〉이 찬사가 이어질 정도로 대단한 작품이라고 해도 고통과 상처를 대가로 치른 것이라면 너무 잔인한 일이 아닐 수 없다.

때로는 내가 나일 수 있기 위해 분리와 고립, 고독, 관계의 적정 거리를 존중받고 싶다. 소유와 질투, 욕망, 번민 등, 사랑의 기초 단계에서 그다음 단계의 사랑은 배려와 존중, 적정 거리일 것이다. 그런 상태가 인간이 사랑하면서 가장 안정감을 느끼는 단계이기도 하다. 보통은 가장 기본 단계의 감정에서 사랑하는 관계가 끝나기도 하지만, 그럴 때 마그리트의 〈연인〉을 보면 묘한 희열과 위로를 발견한다. 불필요한 인간관계에서 멀미가 날 때마다 절망과 단절의 상처를 극복하고 〈연인〉을 그린 르네 마그리트의 고독을 생각한다.

●

즈지스와프 벡신스키의
사랑과 고독

○

폴란드 화가 즈지스와프 벡신스키는 2차 세계대전을 겪으면서 암울한 유년 시절을 보냈다. 아우슈비츠 수용소의 사진에서 본 것과 유사한 쌓여 있는 뼈들, 단테의 『신곡』에서 묘사하는 지옥의 그림처럼 괴기스러운 장면, 좀비 영화에서나 볼 수 있는 소름 끼치고도 역겨운 작품들이 특징이다. 벡신스키는 '환시미술'이라는 새로운 장르를 만들기도 했는데, 작품에는 전쟁의 잔혹성과 암담함이 깔려 있다. 그가 표현한 어둡고 추한 것은 인간과 동물에 이어 도시와 건물의 골격에까지 나타나며 그것은 전쟁으로 폐허가 된 배경이 담겨 있다.

오스카 와일드는 "웃음은 가식적일 수 있어도 슬픔은 진실할 수밖에 없다"고 말한다. 그 말처럼, 작품을 통해서 엿보는 벡신스키의 내면은 슬픔이나 절망 앞에서 더 선명한 진실로 다가온다.

벡신스키의 작품은 무제라서 특정 그림을 묘사하자면, 두 남녀(골격의 크기, 자세의 차이로 그렇게 이해함)가 앉아서 포옹하는 그림이 있다. 다시 말하면 골격이 포옹하고 있다. 그 작품에 대해 일부 대중은, 방종한 사랑과 절제 없는 성생활에 경종을 울리는 그림이라고 했는데 그것은 폼페이 화산의 유적 사진으로 오해해서 한 말이다. 이 그림에서는 인간의 내면에 내재된 불안과 공포에 더해 사랑과 욕망, 갈증, 죽음에 대한 절규를 느끼게 한다. 충격적이다. 작품을 한참 보고 있으면 이들의 밀착은 에로틱하고 아름답기까지 하다. 그의 그림 중에서 가장 따뜻한 그림이기도 하다. 작품을 통해 인간의 근원적인 욕망을 형상화하는 것과 역겨움의 차이를 생각한다. 그림에서 아름다운 포장인 살갗은 풍요로움과 모든 사치스러운 긍정의 실체다. 그는 그런 아름다운 표피를 제거함으로 그가 느끼는 암울과 불안, 결핍과 부정을 드러냈다. 예술과 외설의 차이라는 게 어쩌면 아름다움과 경이로움, 잔혹함과 천박함에 따른 역겨움, 혹은 그 둘 사이의 경계이기도 할 것이다.

예술이 아름다움을 표현해야 한다는 상식적인 시각만 갖고 있다면, 이 작품을 찾아보고는 그 섬뜩함에 내게 화를 낼 수도 있다. 하지만 연인의 절실한 감정과 죽음을 초월한 갈망, 사랑의 농도만큼 밀착될 수 없는 갈증에 절망해본 사람은 알 것이다. 그런 추함과 초라함이 아름다운 겉껍질을 벗겨낸 사랑의 실체이기도 하다는 것을.

행복할 때 느끼는 불안은 분리될 때 오는 슬픔으로 대체되어 우리를 더 고독하게 한다. 이들의 갈망과 충족은 차라리 지속할 수 없어 고독한 것이다. 달콤한 짧은 꿈에서 다시 치열하고도 단조로운 현실로 돌아가야 하는 갈증 또한 참담하다. 불안과 공포, 갈망은 사실상 우리의 불완전하고도 미흡한 내면을 특징으로 한다. 그렇게 벡신스키는 내재된 우울과 공포를 표현하고 드러내면서 평생을 견디고 살았다. 그는 아내의 죽음, 아들의 자살을 겪으며 살다가 안타깝게도 100달러 정도의 돈을 빌려주지 않아 앙심을 품은 친구의 10대 아들 두 명에게 십여 군데나 칼에 찔려 살해됐다. 그의 삶과 죽음에 대한 불행한 기록을 읽으며 벡신스키는 우울과 몸서리치는 잔혹함에서 살아남기 위해 계속 작품의 소재와 묘사로 그것을 재현했을 것이라는 생각을 해본다. 벡신스키의 삶은 마지막 죽음까지 그로테스크한 작품 속 풍경처럼 우울과 공포였다. 그렇다고 해도 그가 불행했다고 말할 수는 없을 것이다. 왜냐하면 보통 몸서리치며 부정하고 외면하는 자신의 상처와 고통을, 벡신스키는 어둠, 죽음, 황폐, 전쟁의 참담함에 대면해서 평생 능숙하게 다루었고 작품으로 승화시켰기 때문이다. 게다가 사랑의 아름다움과 몽환의 표피를 제거한 사랑의 실체를 두 남녀가 포옹하는 작품으로 보여주었다. 그렇게 포장을 벗겨내 흉측하고도 초라한 사랑을 드러낸 것은 삶에 대한 그의 성찰이다. 그런 사유를 바탕으로 벡신스키는 평생 살았다. 너무 고통스러운 기억은 뇌가 삭제한다고 하는데 벡신스키는 고스란히 그 고통을 기억했고 작품으로 표현했다. 참담했던 배경, 생의 표피, 고독한 그림자의 겉껍질을 벗겨내는 작업은 그가 불행을 이기고 있었다는 증거일 것이다.

에리히 프롬은 "들뜬 마음의 강도가 사람들의 사랑의 증거가 되고 있지만 그것은 단지 서로 사랑하기 전에 얼마나 고독했던가의 정도를 입증할 뿐이다"라고 했다. 생각하면 생을 특징짓는 행복과 사랑, 갈망, 그리고 어둠과 참담함, 고독은 늘 우리의 삶에 찐득찐득, 삭을 대로 삭은 비닐 껍질 안에서 녹은 알사탕처럼 초라하기만 하다. 우리가 사랑을 갈망하는 것은 어쩌면 평생 그 고독을 약화시킬 수 없다는 것을 알기 때문이 아닐까?

유쾌하고 대화하는 것을 좋아했고 음악을 즐겼다는 즈지스와프 벡신스키, 그는 감당하기 힘든 고독에 굴복하지 않았고 사랑의 본질을 알면서 사랑했다. 생의 어두운 그림자가 늘 그를 따라다녔지만 그는 도망치지 않고 대면하여 상처를 능숙

하게 다뤘다. 그렇게 그의 예술성과 강인한 생명력은 그의 작
품처럼 더없이 훌륭하다.

●

이문열의
『금시조』에서 만난
예술혼

○

　나는 이미지를 형상화한 글이나 정신적인 자극을 주는 글
을 좋아하는데, 그중에 내 안에 끊이지 않는 파장을 일으킨 소
설이 있다면 예술관을 주제로 한 이문열의 『금시조』(아침나라)
였다. 추사에 의해 집성되고 그 학통을 이은 석담을 스승으로
둔 고죽이 주인공이다. 석담의 예술관은 기(氣)와 품(品)을 숭
상하고 서화를 심화(心畵)로 여겼으나 고죽은 아름다움을 중
히 여기고 정(情)과 의(意)를 드러내고자 했다. 고죽이 죽음을
준비하면서 했던 일은 하나였다. 그것은 인생 전반에 걸쳐 자
기가 쓴 글과 그림을 남김없이 수집하는 일이었다.
　고죽은 붓을 잡기 시작한 지 얼마 되지 않아 자기만족에 빠

져 주변인들의 인정과 찬사에 안주하게 되었고 그 마음이 오만에 이르렀을 때 스승 석담은 말할 수 없이 분노했다. 고죽은 스승으로부터 외면당해 오랜 굴욕의 시간을 보내게 된다. 고죽은 삶의 크고 작은 일들을 겪으면서 작품 활동을 했고 그런대로 인정받는 작가로서 살아간다. 예술가가 지녀야 할 자세와 정신은 그의 생의 끝에 이르러서야 갖게 된다.

그의 예술관은 시대의 정치적인 상황과 맞물려 작품에 영향을 미친다. 상황만 중시했던 고죽은 스승의 예술관을 이해하지 못했고, 석담은 그런 고죽의 가벼움이 탐탁하지 않아 곁에 두지 않았다. 생전에 스승과의 화해를 이루지 못한 고죽은 노년에 이르러서야 스승의 뜻을 헤아린다. 고죽은 거동하기 어려운 상태인데도 매일 화랑가를 돌면서 자신의 작품을 거둬들인다. 고죽의 작품은 대부분 오만방자했던 시기의 작품으로 스승과의 대립, 자만에 빠져 있을 때의 것이었다. 그는 자기의 작품이 예술적인 가치가 없는 것들이었음을 깨닫고 모아들인 작품에서 건질 만한 것이 한 점도 없다는 절망감에 혼절하기까지 한다.

고죽은 임종하기 직전에, 화랑가를 돌며 사들인 이백여 점의 작품에 불을 붙이게 했다. 제자들이 당황하며 만류했지만 결국 그의 작품은 남김없이 태워진다. 화염 속에서 그는 스승 석담이 생전에 말하던 금시조의 환영을 본다.

작가가 평생 완성도 있는 작품을 갖지 못하는 것은 능력의 한계를 넘지 못하기 때문이다. 작가가 원하는 작품을 만들어 내지 못하는 데서 자괴감을 느끼는 것은 일반인들이 판단하는 오만함(완벽주의자,라는 비난을 받기도 한다)과는 상당히 다른 것이다. 작가에게 작품은 그의 전부이며 자존심이다. 유능한 연주자가 콘서트 후에 대단한 호응과 기립 박수를 받아도 무대 뒤에서 펑펑 우는 것과 같다. 연습 부족이나 실수에 따른 자책 때문일 수도 있지만, 자신이 담아내지 못한 예술혼, 그것이 없다면 대중의 찬사는 예술가에게 무의미하다. 그런 자책과 절망감은 자기 한계에 더해 더 치열하지 않았던 데서 오기도 한다.

작가의 예술관이 들어 있는 작품이라 하더라도 적정 수준에서 만족하는 작가는 예술가가 아니다. 예술가가 자신이 원하는 만큼의 수준에서 만족하는 것은, 대중에 대한 모욕이고 자기기만이며 오만이다. 끊임없이 노력하고 뭔가 새로운 시도를 추구해도 예술가 자신을 만족시키는 작품은 아마 없을 것이다. 그런 면에서 고죽이 마지막으로 자기 작품을 고스란히 소각한 것은 진정한 예술가의 자세를 보여준 것이다. 그렇게 함으로 그제야 그는 자기 스승과 화해하고 언젠가 스승이 얘기했던 금시조를 타오르는 불길 속에서 볼 수 있었다. 만일 금전적인 가치와 대중의 잣대에 작품의 평가 기준을 두었다면, 그는 붓질을 기능적으로 하는 천박한 환쟁이에 불과했을 것이다. 예술은 예술로서만, 작품은 작품으로서만 가장 정직한 평가를 받는다. 고죽은 방탕하고 가족에게 몰인정하고 무책임했으며 스승에 대한 반항과 존경심의 결여 등, 인간적인 풍모를 찾기에는 턱없이 부족한 인물이었지만, 죽기 직전의 그의 태도는 진정 예술가다웠다. 단 한 점의 작품조차 남지 않았어도 고죽의 예술혼은 모든 예술가에게 바탕이 되어 몇 점의 특별한 작품을 능가할 정신적인 가치가 되었다.

　나도 몇 차례 화구와 수십 점의 내 작품을 태운 일이 있다. 그것은 고죽처럼 예술가로서 의식이 동기가 된 것은 물론 아니었다. 예술에 대해 절실했고 한계를 넘지 못한 절망감에 미술과의 인연을 끊기 위해서 한 것이었다. 나를 지배하고 속박하는 것으로부터 도망치고자 하는 비겁한 생각과 결정 때문에 했던 일이었다. 그럼에도 끊지 못한 절실함에 다시 화구를 사기 시작해서 그림을 그렸고, 떨어지지 않는 질긴 인연을 끊듯 다시 불살라버리는 과정을 세 번 반복한 뒤에야 가까스로 그 덫에서 벗어났다. 그래서 내겐 습작 몇 점을 제외하고는 제대로 된 작품이 남아 있지 않다. 작품을 태워 없앤 일 때문에 가족과 친구들로부터 질책과 원망을 지겹도록 들었다. 하지만 그 시절의 완성작은 내게는 미완성이었고 그래서 그것을 남길 만한 이유가 없다는 판단을, 그때도 그 후에도 의심하거나 후회하지 않았다. 그 후, 결혼하고 아이를 낳고 십여 년을 보낸 뒤 방향을 돌려 다시 시작한 조형 작품 활동을 십여 년간 더 하기는 했지만 절실히 하고 싶었던 것이 아니라서 전처럼 치열하지 않았다. 지금 생각하면 이십 대 때 내 생의 에너지를 거의 다 소진했던 것 같다. 가까운 사람들에게 그런 나를 이해시킬 수 없는 간격 때문에 나는 말할 수 없는 고독을 느꼈고, 절실히 열망했던 것에서 떨어져 나온 나의 자유는 상실감에 줄곧 초라해졌다. 스트레스에 한 달간 목소리까지 완전히 끊어졌던 그 시기에 『금시조』를 읽었다. 다 읽은 후의 느낌은 무조건 내 역성을 들어주는 대상에게 오랫동안 안긴 기분이었다. 그것이 아마도 문학이 내게 숨통을 열어준, 첫 번째 기억인 듯하다.

내 삶에
배경으로 깔리는
음악과 댄스

○

약간 어두운 대낮, 비가 오는 날이었다. 마주치는 사람들의 눈빛과 목소리까지 축축했다. 나는 기압이 낮은 날에는 기분이 상승한다. 비 오는 날에 라인댄스까지 한다면 내 기분은 급상승한다. 내 안에서는 어떤 자극이 용암처럼 쿨렁쿨렁, 넘친다. 댄스를 하면서 약에 취한 듯 음악에 빠져들 때가 있었다. 그때 나는 이걸 평생 해야겠구나, 하는 생각을 했다.

라인댄스는 여러 명이 줄을 맞춰 방향을 바꾸며 파트너 없이 추는 춤이다. 미국의 서부 개척 시대에 여러 명의 남성이 줄을 맞춰 같은 동작으로 방향을 바꾸며 추던 춤에서 유래했다고 한다. 스텝에는 차차차, 룸바, 맘보, 트위스트, 탱고, 왈츠,

바차타 등 여러 장르가 섞여 있다. 영화나 연극, 뮤지컬 공연에서 흔히 보기도 하고 국제적인 행사나 축제 때, 혹은 플래시몹 공연에서도 모두가 함께 즐기는, 우리 눈에 익숙한 댄스다. 우리 팀 사람들이 라인댄스를 시작하게 된 동기는 운동, 크루즈관광, 강사 준비, 스트레스 해소, 혹은 친구 따라서 호기심으로 하게 된 경우 등 다양하다.

내가 라인댄스를 한 지는 7년이 되었다. 그 기간이면 선생이 되고도 남을 텐데 처음부터 가볍게 즐길 요량으로 해서 그런지 아직도 신경 쓰지 않으면 순서와 스텝이 엉킨다. 춤을 추다 보면 때로는 믿을 수 없을 정도로 무아지경에 빠져들기도 한다. 분명 다른 사람들과 함께 있는데 암전 속에서 나 혼자 춤을 추는 것 같다. 낮에 떠돌던 빛 한 줄기가 핀 조명처럼 내게 비춘다. 내 발끝이 바닥을 터치할 때마다 작은 섬광이 터진다. 그게 무엇이든 내가 필요할 때 한동안 내 주변을 비추다가 사라질 것이다. 나는 잠깐의 환희로 또 그렇게 한동안 견딜 것이다. 정적인 상태에서 음악을 듣는 것과는 달리 댄스는 음악에 맞춰 몸을 움직이는 것이기에 때로 침체된 기분에서 빠르게 활기를 되찾기도 한다.

라인댄스를 하던 중에 탱고에 관심이 생겨 아는 시인을 따라서 밀롱가에 갔다. 많은 사람들이 모여 와인을 마시며 탱고를 추는 자리에서 나는 댄스복도 없이 테이블 앞에 뻘쭘하게 앉아 구경했다. 몇 명의 남자가 다가와 내게 손을 내밀었지만 아무 준비가 돼 있지 않은 나는 거절할 수밖에 없었다. 나중에 나를 초대한 시인이, 밀롱가에서 거절하는 것은 무례한 일이라며 웃었다. 그러니까 밀롱가는 나처럼 탱고를 모르는 사람이 구경하러 가는 곳은 아니었던 것 같다. 당시에는 파트너를 바꿔가며 상체를 밀착해서 추는 탱고가 그다지 끌리지 않았다. 그때는 댄스의 매력보다는 사람이 더 보였던 것 같다. 최근에는 라틴댄스를 넘보다가 공교롭게 그 시기에 발목을 다치는 바람에 중단했다. 라틴댄스는 파트너와 하나가 되어야 한다. 댄서가 스텝을 정확히 알고 있어야 하며 오차 없이 몸이 스텝을 인지하고 있을 때 댄스의 격렬함은 넋을 놓고 바라볼 정도의 아름다움이 된다. 그때는 남자와 여자가 아니라 그들이 만들어내는 댄스가 훌륭한 완성 작품이다. 로맨틱하게 밀고 당기며 밀착, 혹은 적정 간격을 유지하는 탱고와 격정적이고도 농염한 라틴댄스는 비교하기 어려운 각각의 아름다움이 있다.

내가 주로 즐기는 음악은 베토벤과 쇼팽의 곡, 오페라, 뮤지컬이지만 아주 가끔은 샹송, 팝송, 가요도 듣는다. 그러던 중, 책을 읽고 글을 쓰기 위해 음악 없이 조용하게 지내는 시간이 많아졌다. 일상의 번잡한 감정에서 벗어나 집중하기 위해서는 희로애락을 조절하고 생각을 단순하게 하고 감성의 나사를 단단히 조여야만 한다. 지적인 활동에 더해 책을 읽는 사람의 매력은 자기의 환경, 생각, 감정 등을 조절하는 능력에 있다고 생각한다.

로만 폴란스키 감독의 영화 〈피아니스트〉에서 빈집에 숨어 기거하던 피아니스트, 브와디스와프 슈필만이 피아노 건반 위 허공에서 몸부림치며 피아노를 치는 장면이 나온다. 폭발할 것 같은 격정이 억눌려서 분출하지 못할 때 나타나는 광적인 상태와도 같다. 나에게 듣는 것을 통제할 때면 그런 미칠 것 같은 기분이 들었다. 그에 더해 자기애, 연민과도 같은 감정에 젖으면 불안정한 상태가 된다. 그럴 때면 내가 알고 있는 모든 불행, 슬픔, 우울의 기억이 다 소환되어, 그것들이 내 앞에서 굿판을 펼친다. 그러다가 내가 불길에 휩싸여 자연발화하는 섬뜩한 상상도 한다. 마리오네트 인형처럼 음악이 내 몸 여기저기에 줄을 매달아 조종한다. 그렇게 음악을 들을 때면 쉬지 않고 몇 시간도 걸을 수 있고 하루 종일 혼자서도 재미있게 보내기도 한다.

초콜릿을 먹을 때 뇌에서 신경전달물질인 아난다미드(anandamid)가 나와서 우울한 느낌을 일시적으로 차단한다고 한다. 아난다미드는 산스크리트어로 행복을 뜻하는 '아난다'에서 따온 용어인데 '몸속 마리화나'라고 하는 체내 화학물질을 말한다.

중독성이 강한 음악의 혼돈에서 나는 문학을 하면서 가까스로 이성적이 되었다. 그림 그릴 때는 그런 감성 폭발을 즐겼지만 분산되는 감정으로 책의 공간에 들어가는 것은 참으로 어려운 일이다. 그런 분산을 막기 위해 나는 15년 전에 음악을 끊었다. 그렇게 내가 문학을 하면서 대가를 지불한 것은 직전까지 했던 조형 작품 활동이 아니라 생활에서 즐기던 음악이었다.

그러다가 일주일에 한 번 라인댄스를 하게 되었고 다시 음악이 들리기 시작했다. 댄스는 압력 밥솥의 안전밸브처럼 내 안의 격정을 천천히 그리고 조금씩 빼주었다. 음악이 다시 내 삶에 배경으로 깔렸다. 이제는 안다. 춤을 출 때면 무의식 속 리듬을 끌어내며 내 몸이 이미 즐기고 있다는 것을. 음악을 들을 때면 다시 아난다미드가 내 안에서 생성되어 나는 음악에 취한다. 최근에 글을 퇴고하면서 음악을 듣는 것을 시도해보았다. 퇴고하는 속도감은 현저히 떨어졌지만 불편하거나 조급하지 않다. 굳이 빨리 달려서 정확히 도달해야 할 곳이 이제는 없다는 것을 알기 때문이다. 문학은 확실히 내 안의 용암을 서늘하게 식히는 데 많은 기여를 했다.

러시아에 갔을 때 볼쇼이발레단의 공연을 보았는데, 공연장에 모인 러시아인들과 함께 호흡하면서 피부로 느낀 것이 있다. 그리고 내가 놓쳐버린 마이클 잭슨과 퀸의 콘서트, 그

녹화 영상을 반복 재생해 볼 때도 동일한 감동이 있다. 그것은 나와 체질적으로 함께할 수 없는 존재, 가치관이 맞지 않는 사람이 좋은 사람들과 함께 묻어가는 것을 받아들이게 하고 모든 사람이 함께 섞이는 것을 폭넓게 수용하는 것이 음악이라는 것이다. 그 안에서는 나이, 성별, 의식, 가치관, 권력, 재산, 종교, 인종, 국적 같은 것은 전혀 장벽이 되지 않는다. 이렇게 감각으로 이해하고 모두가 같은 마음으로 열려 있기도 한 음악에 더해 댄스도 있다. 음악에 따라 천천히 혹은 격렬하게 춤을 추고 있는 동안에는 모두가 같은 상태에 놓인다. 우리가 누구이며 무엇을 하며 어떻게 살아왔든 하나의 흐름에 동일한 열정과 감각이 열린 모습으로만 존재한다. 그것이 내가 알고 있는 음악과 댄스의 매력이다.

니체는 "음악을 들을 수 없는 사람들은 춤추는 사람이 미쳤다고 생각할 것이다"라고 했다. 음악을 들을 수 있어도 춤추는 사람이 미쳤다고 생각하는 사람들이 있다. 모두가 즐길 수 있지만 모두를 동화시킬 수는 없는 일이다. 다행스러운 것은 그들의 편견으로부터 나는 자유롭다.

나는 음악을 듣거나 춤을 출 때만이 아니라 이제 책을 읽을 때도 아난다미드가 나온다. 내용에 공감하거나 감동이 있을 때의 그것은 며칠 혹은 몇 달간 무한 증식하듯 증폭하기도 한다. 음악과 문학의 색채와 파장은 분명 다르지만, 우리의 감각을 자극하고 고양하는 데는 분명히 일치하는 지점이 있다. 몸 속 마리화나 '아난다미드', 그 합법적이고도 치명적인 중독에는 나를 그냥 방치하고 싶다.

처음에 댄스를 할 때 "춤추지 않고 지나간 하루는 그 하루를 제대로 살았다고 말할 수 없다"(『차라투스트라는 이렇게 말했다』)라고 한 니체의 말을 생각했는데 이제는 안다. 매 순간, 우리가 어떤 상태에 놓여 있든 우리 생의 리듬을 놓치지 않아야 한다는 것을.

내리던 빗줄기는 이제 포르테에서 포르티시모로 세차게 바뀌었다. 피아니시모로 잦아들기를 기다린다. 기다리는 시간에 피아노로 내 구두코에 떨어지는 빗방울, 몇 개의 작은 빗방울의 왈츠를 보며 나는 어느새 탁, 타닥탁 탁 탁, 박자를 따라 간질거리는 발가락 끝의 환희를 터트린다.

황혼 무렵에
들리는 종소리

○

돌이켜 물어보세요. 길이 그토록 어려웠던가? 오직 어렵기만
했던가? 아름답기도 하지 않았던가?

— 헤르만 헤세, 『데미안』(문학동네) 중

아름답기도 하지 않았느냐는 부분에서 나는 잠깐 주춤했
다. 삶이 어렵기만 한 것은 아니었지만 내게 아름다운 것은 멋
진 옷을 입을 때만 그랬던 것 같다. 가끔 새 옷을 입기 위해 나
는 더 살고 싶었다. 그것은 내가 옷 만들기를 포기한 시점부터
였던 것 같다. 나는 양손잡이에다 무엇이든 손으로 만드는 것
을 좋아했다. 직업에 대한 어머니의 편견 때문에 미용과 양재

115

는 못 하고 그림을 선택했지만, 전공과는 달리 한동안 시간이 날 때마다 패턴지를 사다가 밤새워 옷을 만들었다. 그 후, 몇 개의 완성작을 끝으로 그것에 대한 내 짧은 열정은 끝났다. 그 시기의 나는 마음만 먹으면 뭐든 배워서 할 수 있었다. 위험했다. 좋은 천을 보면 가위를 들고 달려들어서 다 조각을 냈다. 그 후로도 낡은 옷을 고치거나 무엇을 자르거나 요리를 배울 때면 변하지 않는 것은 자신감이다. 넘어질 것을 두려워하면 자전거를 배울 수 없듯이 두려움이 없었던 것 때문에 시행착오를 무수히 겪기는 했지만 새로운 것에 도전할 수 있었다.

지금 생각하니 손으로 할 수 있는 모든 것에 대한 용기와 자신감은 태생적으로 가지고 있었던 것 같다. 나는 무엇이 되기보다는 무엇을 하고 싶었는데 결혼한 뒤로는 출산, 육아에 집중하다 보니 할 수 있는 것이 몇 가지로 좁혀졌다. 서양미술에서 보석 디자인, 금속공예, 도예, 테라코타를 하다가 그 후에 미술사학, 조형예술, 시나리오, 수필, 시로 넘어갔다가 요즈음에는 조형 작품과 수필, 시로 축소되었다. 열거해보니 30년간 꽤나 부지런하게 살아온 것 같지만, 이 중에는 배우고 끝났거나 작업으로 들어갔어도 맛만 본 것도 있다. 어떤 것은 친구의 사업에 도움이 되어 얼마간 수입으로 들어온 것도 있었다.

나는 멈춰 있으면 불행을 느꼈던 것 같다. 불행하지 않기 위해 나는 내 시간을 찾았다. 내가 원하는 것은 새 옷이 아니라 나를 소비하는 환경에서 벗어나는 일이었다. 그렇게 손으로 할 수 있는 몇 가지를 하면서 그 치열함에 지치고 허무를 느낄 즈음, 뒤늦게 문학을 선택했다. 문학은 문제와 함께 살아가는 방법을 고민하게 했다. 결국 모든 게 내 안에서 일어나는 회오리였으니 삶의 외적인 변화는 거의 없었지만 가치관이 달라져 나는 다른 인간이 되었다. 그때 다가온 작품이 루이지 피란델로의『아무도 아닌, 동시에 십만 명인 어떤 사람』(문학과지성사)이다. 이 책은 다양함을 추구하며 정신없이 허상을 좇던 내 삶을 정리하는 것에 확신을 주었다. 이 책의 내용을 소개하고 싶다.

비탄젤로 모스카르다는 어느 날 아내의 말을 듣고 코가 휘었다는 것을 알았다. 모스카르다는 자기의 모습이 자기가 알고 있는 것과는 다르게 타인에게는 다른 모습으로 인식되고 기억된다는 것과 자기 안의 타자를 발견한다. 그는 자기 안의 타자를 해체하고 과거와 현재, 그리고 자기의 타자를 부정한다. 그는 자신의 과거, 아버지, 성장한 환경을 부정하고 다른 모습을 가지려고 하지만 여전히 자신이 과거에 바탕을 둔 사람으로 타인에게 보인다는 것을 확인한다. 이를테면 모스카르다는 가난한 예술가 부부에게 집을 선물하는 기부행위를 통해 아버지의 고리대금업의 외형에서 벗어나려고 하지만, 타자에게는 그것 역시 미친 짓을 하는 고리대금업자로밖에 보이지 않는다. 모스카르다는 다양한 실험과 방식으로 자신의 타자를 해체해서 자기를 발견하고 허탈과 공허와 함께 새롭게 재구성된 자기의 실체와 마주한다. 그렇게 모스카르다는 매 순간 죽고 매 순간 다시 태어나 다양한 타자에게 다양한 존재로 기억된다. 자신이 어떤 사람인지 알지만 그 누구도 아니며, 동시에 십만 명인 어떤 사람이라는 것을 깨닫는다. 소설의 마지막 부분을 인용하면 다음과 같다.

도시는 멀다. 때때로 조용한 황혼 무렵에 종소리가 들려온다. 그러나 나는 이제 속으로가 아니라 겉으로 스스로 울리는 종소리를 증오한다. 그 종들은 아마도 종탑 위에 무겁게, 그리고 그렇게 높이 달려서 구름 사이의 바람을 맞거나 제비들이 지저귀는 소리를 들으면서 뜨거운 태양이 떠 있는 파랗고 아름다운 하늘 속에서 즐겁게 울려 퍼질 것이다. 죽음을 생각하면 기도하라. 아직도 이런 욕구를 느끼는 사람들이 있다. 그리고 종을 울리게 하라. 나는 이럴 필요를 더 이상 느끼지 않는다. 왜냐하면 나는 매 순간 죽고, 그리고 아무 기억도 없이 새로 태어나기 때문이다. 내 안에서가 아니라 외부의 모든 사물 속에서 완벽하고도 생생하게.

나는 넘치는 자신감으로 다양하게 하고 싶은 것을 하면서 살아봤지만 그것은 겉으로 울리는 종소리였다. 내가 허세와 체면을 중시하지 않아도 그랬다. 자신감과 열정은 나를 형상화하는 데 어느 정도 역할을 했지만, 나를 해체하거나 재조립하는 데는 영향을 주지 못했다. 문학을 하지 않았다면 그렇게 몇 개의 단어로 나를 수식하면서 단단하게 굳어갔을 것이다. 또한 훌륭한 완성작을 만드는 데 탁월하고 노련한 사람이 되었다면 그것에 갇혀 살았을 것이다. 좋은 천을 보면 가위를 들고 달려들어서 조각내던 기질과 경험 때문에 그나마 '나는 매 순간 죽고 새로 태어나게 했다'는 피란델로의 말에 공감할수 있었다. 그렇게 부족한 어떤 부분의 틈입을 건드리는 문학의 영향으로 해체와 조립, 재탄생의 과정이 있었다. 피란델로의 작품을 받아들일 수 있었던 내 필요와 균열에 대해 생각해보니, 결핍에서 오는 혼돈이 길을 찾고 안착하는 데 도움이 되었다는 것을 알았다. 『아무도 아닌, 동시에 십만 명인 어떤 사람』, 이 책이 절판되었기 때문에, 중고서점에서 찾아보니 이책의 금액은 2만 원부터 10만 원이 넘는 가격까지 다양했다. 그렇게 몇 권을 구입해서 지인들에게 선물했다. 10만 원 주고 구입해도 아깝지 않을 작품이다. 이 책을 선물한 그녀를 내가늘 기억하듯, 내 지인들도 이 책의 가치를 언젠가는 느꼈으면좋겠다. 이 책이 다작으로 유명한 노벨문학상 수상 작가 피란델로 문학 활동의 총결산이라고 하니 나만 느끼는 가치는 아닐 것이다.

　"돌이켜 물어보세요, 길이 그토록 어려웠던가? 오직 어렵기
만 했던가? 아름답기도 하지 않았던가?"라는『데미안』의 한
대목이 다시 내게 던져졌다. 한 권의 책과 몇 페이지의 사유와
몇 줄의 글만으로도 불필요하게 소모되는 파편적인 삶의 요
소들을 도려내고 버리고 정리할 수 있었다. 나는 문학적인 가
치로 하여 삶의 길이 아름답기도 하다는 것을 이제야 느낀다.

남성 우월감과
성차별

○

너는 예뻐서 돈 없어도 시집가겠다, 예쁜 사람은 공부 많이
안 해도 돼, 예쁘면 다 해결돼, 너무 예뻐서 머리는 텅 비었는
줄 알았는데 아니구나, 여자는 예쁘고 애만 잘 낳으면 돼, 여
자는 애를 낳아야 밥값을 하는 거야, 미모는 권력이야, 못생
겼으면 공부라도 해야지, 여자는 어떤 남자를 만나느냐에 따
라 팔자가 달라져, 여자가 집에서 뭐 하느라 애들이 이 모양
이야, 여자가 오죽 못났으면 남자가 밖으로 겉돌까, 너는 여
자답지 않아서 안을 맛이 안 나, 술은 여자가 따라야 제맛이
지, 암탉이 울면 집안이 망한다더니, 하늘 같은 남편한테 감히
부엌데기가, 남자가 가장이고 하늘이야, 여자와 북어는 사흘

에 한 번은 두들겨야 해. 서서 싸는 사람과 앉아서 싸는 사람이 어떻게 같아.

이런 모욕적이고도 여성 비하적인 말은 작정하고 쓰면 열 페이지는 채우고도 남는다. 그 외에도 내가 어릴 때 자기의 꿈은 현모양처라고 말하는 친구도 있었고 어른들은 그 말을 자랑스러워했다. 대부분 집안에서 일어나는 크고 작은 문제의 책임은 여자 몫이다. 아이가 다치거나 남편이 사업에 실패해도 여자 탓을 했다. 아이를 못 낳으면 이혼당하거나 남편의 외도를 감내해야 하는 것은 조선 시대만이 아니다. 위의 말 중에 요즘 바뀐 것이 있다면 표현하는 방식뿐이다. 성차별적인 시부모와 시댁으로부터 정신적으로 학대받는 며느리도 많다. 남자는 호색할수록 평가받고, 여자는 순수할수록 가치 있다. 차별 대우나 성적인 모욕을 당했을 때, 폭로하고 고발하는 자체로 여성은 치욕과 망신을 당하지만, 남성은 관용과 이해를 얻는다. 어떤 여자들은 남자가 예쁘다 섹시하다,라고 말하면 성희롱하는 저의를 모르고 좋아한다. 예쁘다는 말은, 못생겼다는 말과 같은 외모 품평이다. 넌 언제나 섹시해, 여성다워, 쟤는 다리가 너무 짧아, 여자가 가슴이 밋밋해서 남자 같아, 진짜 못생겼어와 같은 외모에 대한 말은 사람을 인격체로 보는 게 아니라 몸뚱어리로 평가하는 것이다. 외모콤플렉스가 있어서 끊임없이 성형에 대한 욕망을 갖는 것이야 개인의 선택이라 그 부분에 대해서는 언급하고 싶지 않다. 하지만 그것이 남성의 성차별적인 태도를 부추길 수 있다는 것을 모르는 것은 심각한 문제다. 여성을 성적 대상화하는 보편적이고도 무례한 말과 대우는 집 안에서도, 밖에 나가서도 너무나 흔하게 겪는 일이다. 아들들 중에 한 아들의 외도로 이혼 얘기가 나오자 며느리의 고통은 안중에도 없는 우리 시어머니는 남자가 잘났으니 그런 일도 겪는다며 웃으셨다. 강의를 하러 간 남편이 자료를 두고 나가서 걸핏하면 내가 서둘러 갖다주었다. 그와 유사한 남편의 모든 뒤처리를 두고 시어머니와 형님은 그게 여자의 일이라고 했다.

우리 부모는 오빠들에게 어느 정도의 권위와 책임감을 준 것 외에 여자는 남성과 동격의 인권을 가진 존재로 교육했다. 내가 인권과 차별에 더 예민한 이유이기도 하다. 하지만 남자와 어른들이 정색하거나 때로 농담처럼 건네는 '여자'에 대한 말들은 나를 사회적인 여성으로 만들고 내 의식을 정형화했다. 한국 여성들이 흔히 그렇게 느끼듯이 특히 결혼 후에 시댁에서 더 많은 차별을 받는다. 보통 남자는 A급이고 여자는 B급으로 대우한다. 그렇게 형성된 의식은 여성 자신도 여성을 대할 때 남자보다 낮춰서 생각했고 여성은 남성의 보조자로만 존재한다고 인식했다. 내가 임신했을 때 태아의 성별이 남아라고 의사가 말했는데 그 말에 나는 아기가 '더' 소중하게 느껴졌다. 어이없게도 내 무의식 속 성차별을 확인하는 순간이었다. 성차별이 보편화되었고 그것을 대부분의 여성이 견디고 당연하게 생각하며 살았다는 것으로 이 문제가 축소되지 않는다. 남성중심주의, 여성 비하는 혈관 속으로 흐르는 혈액과도 같이 바꿀 수 없어 절망하게 한다.

내 남편의 경우 이 사회에 팽배한, 그리고 자신의 의식 전체를 지배하는 성차별을 '인정'하는 데 수십 년이 걸렸다. 그는 나의 치열한 노력과 압박에 가까운 주입식 세뇌 성인지 교육 덕에 '인정' 단계에서 어느 정도 생각이 말랑해졌지만, 본인 스스로 자신을 교육하는 노력을 하지 않는 한, 아마도 '교정' 단계로 넘어가지 못한 채 죽을 것이다. 내가 사회생활하면서 만난 거의 모든 남자에게서는 '인정' 단계조차 찾을 수 없었다. 그 대부분의 남자들은 여전히 남성 우월감 속에서 살다가 '우월한 남성'으로 죽을 것이다. 남자들은 잃을 것이 없고 그로 인해 받는 특혜를 포기하고 싶지 않을 것이다. 그것은 남성의 자존심으로 굳어졌기 때문이다. 흔히 남성의 자존심은 테러와 전쟁 중에 여성을 대상으로 강간, 직장에서 여직원 성추행, 길거리에서 여성 폭행 등으로 왜곡하여 나타난다. '계집애 같다'는 말은 남자에게는 치욕이다. 남성은 여자와 같지 않다는 것을 증명하기 위해 여성을 소유하며 여성의 지배자가 된다.

애인이나 아내가 남자에게서 도망치려 할 때 그녀를 살해하는 남자에게서 그 소유욕은 드러난다. 소유권의 침해를 용납할 수 없기에 떠나려는 여자를 폭행하고 살해하는 것이다.

고대 그리스의 동성애 중에서 '소년애'가 있는데 소년은 무력하고 저항하지 않는 존재이며, 미셸 푸코의 표현처럼 '삽입당하는 자'의 위치에 있다. 많은 남자들이 '삽입하는 자'의 위치에서의 능동, 성적인 주체를 중시한다. 철학자 기 소르망의 최근 폭로에 의하면 동성애자인 미셸 푸코가 소년 성애자이기도 했고 충격적이게도 아동 성 착취까지 했었다니 '성의 역사'에 대한 그의 연구가 근본적으로 그의 관심, 주체의 생성이 아니었을까, 하는 생각이 든다. 성적주체가 되는 남성에 대해 몇 가지 더 추가하면, 남성은 여성의 지배자가 되어 자신의 권리와 명예를 지킨다고 생각한다. 사실상 권위, 남성 우월감, 힘의 과시 등의 이유로 성 학대자들은 지배와 여성 증오, 분노의 표출 등으로 성폭력을 일삼기도 한다. 교도소 내에서 동성 간의 성폭행도 대부분 동성애와 성적인 욕망 때문이 아니라 압제와 지배하려는 목적 때문에 발생하는 것이다. 그런 다양한 사건을 접할 때, 사건을 단지 욕망의 문제로 보며 거세하라고 말하는 것은 문제의 본질을 고민하지 않은 것이다. 욕망의 문제라고 해도 다르지 않다. 언제든지 누구에게나 자기가 원하기만 하면 여자를 취할 수 있다는 의식에 더해 남자는 여성을 무조건 보호해야 한다는 의식까지도 여성을 약자로 인식하는 남성 우월감이며 여성 비하다. 또한 외도하는 남자의 의식 속에는 어떤 결핍과 여성 혐오가 내재해 있다. 힘의 우위와 과시, 섹스를 통한 자기 확인과 폭력성은 부부 싸움 후에 불쾌한 기분이 남아 있는 상태에서 아내를 강간하는 남편에게서도 드러난다. 여자는 아이러니하게도 그런 폭력성을 화해의 표현으로 착각하기도 한다.

우에노 치즈코는 『여성 혐오를 혐오한다』(은행나무)에서 전시 강간과 집단 윤간에 대해 이렇게 말한다.

이벤트를 마치고 쫑파티에 참석한 여학생에게 알코올 도수가 높은 술을 연속해서 '원샷' 하도록 유도, 거의 정신을 잃을 정도로 취하게 만든 다음 멤버들이 돌아가며 윤간을 한다. 지방에서 상경한 신입 멤버에게는 '좋은 경험' 시켜준다며 "자, 이번에는 네 차례야" 하고 부추긴다. 주위에 토사물이 범벅이 된 곳에서 만취해 의식을 잃고 쓰러져 아무런 반응도 보이지 않은 여체에 발기할 정도로 요즘 젊은이들의 '남성 성적 주체화'가 확고한 것이라고 시니컬한 반응을 보여야 할까? 근래에 초식남이란 말이 유행하고 있는데 초식동물뿐만 아니라 문자 그대로 '짐승'들도 재생산되고 있다.

충격이다. 더 충격적인 것은 이런 일들이 친구, 상사, 애인, 오빠, 친부, 남편을 통해 매일 우리의 울타리 안에서 일어난다는 것이다. 이런 잔혹한 사건 이면에 성차별과 남성 우월감이 지배적이다. 그럴 때 남성은 혐오의 대상, 흉기, 포악한 짐승으로 변신한다. 그에 더해 여성 비하의 인식에서 벗어나지 못하는 나이 든 여성, 어머니들이 있다. 남편에게 복종하는 것을 절대적인 미덕으로 알고 불평등을 견디며 살아온 어머니는 아들을 낳고 키우면서 힘을 얻고 성장한 아들을 통해 대리만족을 얻는다. 그래서 며느리가 아들에게 순종하는 것으로, 그 아들의 어머니인 자기에게 굴종할 것을 기대하고 그제야 권력을 갖는다고 착각한다. 억압받은 보편적인 사건을 바라보는 여성의 순응은 이렇게 불완전하며 위험하다. 이런 성차별의 사슬은 나이 든 여자가 죽기 전에 자기의 대에서 끊어야 한다.

성평등을 위해서는 남자가 바뀌어야 한다는 생각이 분명했기에, 나는 아들을 낳았을 때부터 의식적으로 성별의 차이를 두지 않았다. 아기의 침구와 옷의 색상도 다양하게 사용했고 (그래서 돌이 될 때까지 여아인 줄 알았던 동네 어른들도 있었다) 레이스도 많이 사용했는데 정체성의 혼돈이 올 수도 있다는 글을 읽고 레이스는 중단했다. 그리고 너는 남자니까 씩씩해야 해, 남자는 우는 게 아니야, 남자는 용감해야 해, 남자는…,이라는 말을 '단 한 번'도 한 적이 없다. 그런데 초등학교 들어가면서 아이에게서 내가 남자인데,라는 말을 들었다. 너무 놀라 바닥에 털썩, 주저앉았다. 물론 아빠와 조부모, 친척들과의 교류, 종교, 유치원 등 환경적인 영향도 무시할 수 없지만, 당시 아이와 내가 가장 많은 시간을 보냈기에 취학 전에는 별문제 없이 지나갔다. 그런데 초등학생 고학년 때부터 아이의 생각이 달라지기 시작했다. 아이들은 성장하면서 친구와 사회의 영향을 크게 받는다. 아들이 사춘기가 되었을 때는 여성 비하와 남성 우월감에 대한 생각의 차이 때문에 많이 부딪쳤다. 사춘기라서 가치관이 형성되는 과정이니 불안정한 상태였음에도 나는 걱정이 앞섰다. 그즈음 나는 이 사회의 가치관이 아이들을 키운다는 것을 인정해야만 했다. 다행히도 아들이 음악을 전공할 때와는 달리 문학과 철학을 전공하면서 책을 많이 읽고 스스로 교육해서 오히려 내가 배울 정도로 인식이 달라졌다. 그러다가 군대를 다녀오니 성평등에 대한 인식은 변함없지만 징병에 따른 제도적인 성차별에 대해서 얘기한다. 이렇게 환경에 따른 개개인의 경험이 인식에 영향을 주기도 한다. 그 환경을 바꾸려면 우리 개개인이 달라져야 할 테고, 그러려면 정말 오랜 시간이 걸릴 것이다. 그렇다고 해도 평등한 존재, 평등한 사회를 원한다면 무엇이든 해야만 한다. 인종차별에 대항해 싸운 오랜 투쟁과 피 흘림처럼 성차별 문제를 해결하는 것은 지난한 고통과 희생, 기다림을 전제로 하는 일이다. 얼마 전에 사망한 미국 연방 대법관이었던 여성, 루스 베이더 긴즈버그의 실화를 다룬 미미 리더 감독의 영화〈세상을 바꾼 변호인〉을 보았다. 이 영화에서 루스 베이더 긴즈버그는 말한다.

"내 성별에 특혜를 달라는 것이 아니다. 남성들에게 바라는 것은 우리의 목을 밟고 있는 발을 치워달라는 것이다."

●

경계를 넘어간
사람들

○

　나는 안락사와 존엄사, 생명 연장을 거부하는 개인의 선택은 존중해야 한다고 생각한다. 죽음을 선택하는 것은 같지만 그것과는 다른 죽음이 극단적인 선택, 즉 자살이다. 보통 절망과 무기력, 불안과 공포, 허무와 이기심으로 자살을 생각, 선택한다. 자살에 동조하고 감정적으로 접근하는 것은 위험하다. 여기서 우울증과 노년의 생활고, 노환, 질병으로 인한 자살은 논외로 하고 싶다.

　레프 톨스토이가 『안나 카레니나』(문학동네)에서 "행복한 가정은 모두 고만고만하지만 무릇 불행한 가정은 나름 나름으로 불행하다"라고 말한 것처럼, 자살에도 다양한 불행의 원인과 이유가 있을 것이다. "오죽했으면, 얼마나 힘들었으면 그랬을까?"라고 사람들은 말한다. 불쌍하다. 그/그녀가 죽음을 생각하기까지 얼마나 많은 눈물을 흘리며 절망했을지 내가 손 내밀지 못한 게 죄책감으로 남는다. 그/그녀가 나와 지인이든 아니든 간에 자살 소식과 맞닥뜨리면 마음이 서늘해진다. 하지만 그런 안타까움에 더해 배신감도 크게 다가온다. 살아가면서 수십 번, 절망과 고독에 부딪혔을 때 흔히 생의 끝에 이르렀다고 생각하지만 그런 굴욕과 치욕을 가까스로 넘기면 또 살아갈 수 있다. 그래서 나는 자살한 사람보다 살아 있는, 살아남은, 살고 싶어 질척거리는 독한 사람에게 더 마음이 간다.

대부분 생명의 탄생은 가족의 기다림과 축복 속에 이루어지고 그것은 탄생하는 개인에게 생이 부여되는 책임의 순간이기도 하다. 그 이후의 삶은 무수한 갈채를 받으며 펼쳐진다. 그 갈채는 가족의 '시선'이다. 가족은 나를 대신할 수는 없지만 나를 지켜보는 존재이다. 나는 그 시선이 박수라고 생각한다. 단지 매 순간 박수 소리를 듣지 못할 뿐이다. 아장아장 걷는 시기에는 엎어졌다가 일어나기만 해도 모두가 환호하고 지나가던 사람까지 멈춰 서서 박수를 치지만 열 살, 열다섯 살, 스물일곱 살, 서른다섯 살이 되어 엎어졌다가 일어나는 것에는 그냥 지켜볼 뿐이다. 부모의 마음은 더 특별하다. 자식이 나이 들어서 함께 늙어가도 아무것도 아닌 일에 자식을 향해 무한대로 박수를 칠 수 있는 게 부모다. 그런 가족의 존재를 외면한 채 혼자 살아온 것처럼, 혼자 고독하게 견뎌온 것처럼 자기 연민에 빠지거나 자존심의 손상으로 죽음을 선택하는 게 자살이다. 그것은 자기를 향한 따뜻한 시선에 대한 배신이다. 우리 인간은 자존심이나 명예 하나로 살고 죽을 만큼 그다지 멋지지도, 그리 대단한 존재도 아니다. 그냥 내려놓아야만 살아갈 수 있는 존재다. 니체는 "왜 살아야 하는지 이유를 아는 사람은 어떠한 시련도 견뎌낼 수 있다"라고 했다. 왜 살아야 하는지 분명한 이유를 다시 생각해보고 너무 힘들면 환기할 방법을 고민해야 한다. 내게는 모든 인연의 끈을 놓아버린 노숙자가 자살한 사람보다 더 자기 생을 받아들이는 것으로 보인다. 그가 어떻게 살든 그것도 그의 선택이다. 항상 계획하고 치열하게 무엇인가를 성취하는 사람에게만 생의 가치가 부여되는 것은 아닐 것이다. 어떤 사람들은 자살한 사람에게 "그래, 그동안 고생했다, 명복을 빈다"라는 말로 서둘러 마무리 지으려 한다. 나는 타인의 죽음에 빠른 동정을 보이는 시선이 솔직히 소름 끼친다. 먼저 충격을 진정시킬 시간이 필요하지 않을까? 우리는 시간이 지나면 그를 잊어버릴 것이다. 간혹 기억한다고 해도 우리의 치열한 경쟁에서 죽은 자는 제외될 수밖에 없다. 그에 대한 상실감은 자기 생을 극복한, 살아 있는 자들의 존재로 대체된다.

나도 가끔은 인간의 벽, 풀리지 않는 생의 매듭이 너무 단단해 죽고 싶었다. 몇 번은 절실하게, 미치도록 그랬다. 아마 그 절망과 불안, 허무와 고독을 알기에 자살을 얘기하고 싶은지도 모르겠다. 그런 내가 어떤 형태의 중독도 빌리지 않고 독하게 버틸 수 있는 것은, 한 번쯤은 정말 행복해보고 싶은 욕심, 그런 생에 대한 미련 때문이기도 할 것이다.

오래전에 지방을 다녀오면서 시골의 맛집을 찾다가 오지 마을로 잘못 들어간 적이 있었다. 봄이 되어 꽃이 피기 시작한 예쁜 마을이라 잠시 차에서 내려 구경했다. 그러다가 등이 기역 자로 굽은 할머니가 개울에서 올라오는 것을 보았다. 할머니는 겨우겨우 걸음을 뗄 정도로 아주 연로한 상태였다. 몇 번은 소변에 젖었다가 마른 자국이 선명한 고쟁이가 종아리까지 흘러내렸고 뼈만 남은 하얀 엉덩이가 햇볕을 환하게 받고 있었다. 걷지도 못하는 할머니의 손에는 힘껏 비틀어 짠 걸레가 쥐여 있었다. 다행히 밭에서 일하던 며느리가 달려와서 모시고 갔는데 치매가 진행 중이라고 했다. 멀어지는 두 사람을 보며 함께 있던 친구들은 옷이 너무 더럽다고, 할머니를 돌보지 않는 며느리를 탓했지만, 파종하느라 바쁜 가족 탓을 할 일은 아닌 것 같았다. 옷을 추켜올릴 힘조차 없는 할머니가 쥐고 있던 꼭 비틀어 짠 걸레와 뼈가 앙상하게 드러난 할머니의 엉덩이, 흘러내린 더러운 고쟁이를 보며 늙는 일은 끔찍한 형벌이라고 생각했던 것 같다. 이십여 년이 되어가는 기억인데 봄이 되면 뼈만 남은 할머니의 엉덩이 위로 햇빛이 눈부시던 것이 간혹 생각난다. 햇빛이 닿는 것은 무엇이든 환했다. 형벌처럼 다가온 노년과 아름답지 않은 그 분위기가 가끔 생각나서 뭉클해진다. 평생 그 할머니는 그렇게 걸레를 쥐어짰을 것이다. 잘 걷지도 못하는 할머니에게 걸레를 짜는 손힘은 남아 있었던 것이 할머니의 삶을 짐작하게 해 착잡했다. 한편, 할머니가 평생 해보지 못했을 대낮에 엉덩이를 드러낸 모습에 자유로움과 위트까지 느껴지기도 해서 혼자 실실 웃고는 했다. 그것은 노년의 중후한 매력을 생각했던 내 상식을 여지없이 파괴하는 일이었지만 그렇게라도 어머니가 살아 있는 것이 감사한 자녀들에게는 그분의 생이 얼마나 위로가 되는 일일까? 하는 생각이 들었다.

나이가 들어가면서 나도 내 존재를 아까워하는 시선이 있다면, 아니 나를 아까워하는 사람이 없어도 내가 나를 아까워하는 한, 그렇게 찐득거리는 생의 미련을 붙들고 있지 않을까 생각한다.

근래 숱한 성희롱 논란이 불거지자 자살한 공직자가 있다. 그의 죽음을 두고 어떤 사람은 죽음으로 죄를 씻은 것이라고 말한다. 그것은 사과하고 통회하면서 죽었을 때의 얘기다. 싸워보기도 전에 백기를 드는 것은 비겁하거나 피해자를 무시하는 것이다. 죽음은 면죄부가 될 수 없다. 죽음으로 '공소권 없음', '사건 종료' 하는 것은 법적인 해석이다. 그의 죄는 피해자에게는 사건 종료가 아니다. 진실한 사과조차 남기지 않은 자살은 남은 모두를 조롱하는 것이다. 어떤 사람은, 그것은 수많은 업적 중에 하나의 실수이며 오점일 뿐이라고 자살한 사람의 잘못을 축소한다. 하지만 그 말은 남성에게 많은 자유와 특권, 방종을 허용하는 것인 동시에 여성 비하다. 알베르 카뮈는 『시지프 신화』(민음사)에서 "한 인간은 그의 솔직한 충동에 의해서와 마찬가지로 그가 연기하는 연극에 의해서도 정의될 수 있다"라고 했다. 그렇다면 실제 행위인 성희롱, 성폭력 등의 오점은 그의 본질을 드러낸 것이므로 그것으로도 그의 전체를 정의할 수 있지 않을까?

우리 대부분이 나의 삶, 나의 존재가 가족과 타인에게 어떤 영향을 미칠지 생각하며 살아가듯이 죽음에 대한 태도 역시 마찬가지다. 유감스럽게도 자살하는 사람은 자기의 결정이 만드는 파장보다는 죽음으로 자기의 치욕이 끝나는 것에 집중한다. 견디기 어려웠을 것이다. 그렇다면 그의 피해자들은 어떻게 고통스러운 시간을 견뎌야 할까? 우리에게 가해자의 죽음까지는 필요하지 않다. 자살한 사람은 죽음으로 부끄러움을 씻는 것이 아니라 살아서 자기의 추락을 겪으면서 뉘우

쳤어야 한다. 어디까지 올라갔던지 추락을 감당했어야 한다. 그것만이 피해자가 보고 싶은 사죄의 모습일 것이다.

한 여배우가 여러 사람에 의해 끝없이 이어지는 강간을 견디다 못해 결국 자살했다. 어떤 사람들은 그녀의 자살과 성폭행자의 자살을 동일 선상에 놓고 이해한다. 둘 다 불쌍하고 억울하며 슬프고 안타깝게 생각하는 것이다. 이 사회가 둘의 죽음을 큰 차이 없이 애도하는 것을 생각하면, 가해자의 죽음에 면죄부를 주는 우리의 의식이 얼마나 위험한지 보여준다. 가해자의 죽음에 서둘러 술잔을 올리고 조의를 표하며 잘못을 덮어주는 사람이, 세월호가 침몰한 뒤에 촛불 시위에서 불의에 분개하던 그 정의로운 마음인지 정말 궁금하다. 안타까운 자살은 세월호 사건에 책임을 통감하며 자살한 교감선생님과 같은 경우이지 죄를 죽음으로 지우려거나 은폐한 사람에 대한 것은 아닐 것이다. 사과도 진지한 용서도 구하지 않은 자살은 그의 비겁한 잘못에 상처받은 피해자와 우리 모두에게 모욕을 준 이기적인 죽음이다. 나는 법적인 처벌을 받고 교도소에서 대가를 치르고 있는 전직 정치인들이 생을 함부로 버리지 않는 면에서는 더 믿을 만하다고 느낀다. 그들의 뉘우침의 정도와는 상관없다. 적어도 그들은 싸우기 전에 백기를 들고 이 땅에서 사라진 것이 아니라 살아서 사람들의 야유와 질타를 견디고 있기 때문이다.

레프 톨스토이는 『안나 카레니나』(문학동네)에서, 생의 절망과 공포를 대하는 자세에 대해 이렇게 말한다.

그러나 그것은 오류였을 뿐만 아니라 일종의 사악한 힘, 사악하고도 역겨운, 도저히 굴복하여서는 안 되는 힘의 잔인한 조소였다. 어떻게든 이 힘에서 벗어나지 않으면 안 되었다. 그리고 그 수단은 각자의 수중에 있었다. 사악한 힘에 예속되는 것을 그만두지 않으면 안 되었다. 그리고 그 유일한 수단은, 죽음이었다.

이리하여 행복한 가정의 주인이고 건강한 인간인 레빈도 몇 번인가 자살의 문턱으로 다가가서 목을 매게 될까 봐 끈 나부랭이를 숨기기도 하고 권총 자살을 하게 될까 봐 총을 가지고 다니는 것을 무서워할 정도가 되었다.

그러나 레빈은 권총 자살도 하지 않았고 목을 매지도 않았으며 계속 살아가고 있었다.

톨스토이는 삶의 마지막 순간까지 '붉고 하얀 정사각형의 공포'를 떨쳐버릴 수 없었음에도 총을 쏘지도 목을 매지도 않았고 레빈처럼 그대로 계속 살아갔다. 이렇게 늙어서 자기 생을 다하고 죽는 것, 그것이 자기 극복의 완성이 아닐까, 생각한다. 이제는 나도 점점 살아갈 날이 단축되는 것을 인지할 때마다 삶에 대한 미련이 조금씩 자라난다. 젊을 때는 죽음이라는 단어를 쉽게 입에 올렸다. 죽음이 막연했기에 끌어당긴 것 같다. 하지만 나이가 들어가니 쉽게 입에 올리지 못하겠다. 이제 죽음은 너무 가까이 다가와 있어 현실이 될까 두려운 것이다. 살아 있는 사람의 모습, 그것은 온갖 굴욕과 치욕을 견딘 결정체다. 지금 살아 있는 노인이 얼마나 더럽고 추레하든 그는 결코 하찮은 사람이 아니다. 어떤 형태로든 그는 그 나이까지 살아남아 자기 생명에 대한 책임을 고스란히 이행했기 때문이다.

어떻게든 우리가 살아야 한다는 의도를 갖고 쓴 글이지만 삶에는 정답이 없다. 각자 자기의 방식이 있으며 그에 대한 우리의 반응이 긍정과 부정으로 나뉠 뿐이다. 하지만 그것조차 우리의 시선은 중요하지 않다. 어쩌면 누군가의 죽음을 놓고 이렇게 옳고 그름을 얘기하거나 판단한다는 것 자체가 무의미하며 무례하기도 하다. 하지만 한 가지 확실한 것이 있다. 죽음을 받아들이는 태도가 삶의 태도이다. 그래서 어떤 사람은 치욕을 견디고 어떤 사람은 못 견디는 것이다. 우리 삶의 태도를 돌아보아야 한다. 알베르 카뮈의 「여행일기」(『알베르 카뮈 전집 4』, 책세상)에서 "한 나라를 아는 한 가지 방법은 그 나라에서 사람들이 어떻게 죽는지를 알아보는 것이다"라고 했다. 공감하는 말이다. 죽음을 개인 고통의 해결이라고 생각할 때 죽음을 선택하지만, 이 사회가 죽음을 숙고하고 논의해서 다른 답안을 제시한다면 높은 자살률을 낮출 수 있을 것이다.

또한 알베르 카뮈가 『시지프 신화』에서 "자살에는 수많은 동기가 있는데 일반적으로 볼 때 가장 표면적인 이유들이 가장 유력한 이유들은 아니었다. (…) 그러나 바로 그날, 절망에 빠진 사람의 친구 하나가 그에게 무관심한 어조로 대꾸한 적은 없었는지 알아보아야 할 것이다. 바로 그자가 죄인이다. 그것 한 가지만으로도 그때까지 유예 상태에 있던 모든 원한과 모든 권태가 한꺼번에 밀어닥치기에 충분하기 때문이다"라고 했는데 이 말처럼, 자살하는 사람의 상태를 잘 표현한 말도 없을 것이다. 그리고 이 말은 내가 얼마나 매순간 따뜻한 태도를 가져야 하는지에 대해 책임감도 느끼게 한다.

어떤 형태의 삶을 받아들이든 인생의 크고 작은 문제들에 걸려 우리는 자주 엎어지고 자빠진다. 그 외로운 싸움을 포기하고 멈춰야만 했던 학교 폭력에 시달리던 우리 아이들, 생활고와 질병, 고독과 허무, 좌절감에 굴복해 고통을 멈춘 사람들이 있다. 억울하게 이른 죽음을 선택한 모든 자살한 사람들의 아깝고 불운한 생을 위해 이 글로 씻김굿을 대신하고 싶다. 그들 모두 고통에서 벗어나 눈물 없는 세상에서 이제는 진정, 행복했으면 좋겠다.

●

노년의
뻔뻔함

○

얼마 전에 마트와 병원에서 있었던 일이다. 감자를 봉지에 담아 용량에 맞는 가격표를 붙이기 위해 저울에 올리는데 3초 정도 주춤거렸다. 병원에서도 방명록을 기재하는데 또 3초 정도 지체했다. 내가 멈칫한 그 몇 초간 뇌신경 회로의 어느 부분이 자꾸 나를 주저하게 했다. 문단에 등단한 뒤 책을 집중해서 읽은 십여 년의 습관 덕에 숫자를 암기하는 것이나 기억력은 감탄할 정도로 좋아졌는데 움직임에 문제가 생긴 것은 그야말로 충격이었다. 마트 직원의 독촉과 간호사의 불친절에 황당했고 불쾌했는데 집에 와서 생각해보니 3초의 멈칫, 그게 문제였다. 3초면 아주 짧지만 위급할 때 반사작용이 나타나는 것으로는 짧지 않다. 뜨거운 물에 닿았을 때 바로 손을 뺄 수 없어 심하게 화상을 입을 수 있고 교통사고 때 순간 피하지 못해 크게 다칠 수 있는 시간이다. 망막에 들어오는 영상을 뇌가 받고 처리해서 판단을 내리는 것이 지금까지 동시에 작동했다면, 이제는 3초, 5초, 10초로 점점 늘어날 수 있다는 게 두려운 일이다.

몇 년 전, 지하철 승강장에서 줄을 서서 기다릴 때의 일이다. 어느 할머니가 내가 서 있는 앞에 새치기해서 뻔뻔하게 섰다. 그때는 그냥 그러려니, 하고 모른 척 넘어갔다. 노인들은 무릎도 아프고 움직임이 둔하니 지하철 빈자리에 앉으려면 제일 먼저 타고 싶을 것이고 조금 더 젊은 내가 배려해야 한다고 생각했다. 그런데 이제는 내가 남 걱정할 때가 아닌 것이다. 3초의 멈춤이라니, 상황을 판단하고 뇌가 명령을 내리는 것이 동시에 일어나는 것이 아니라 이제는 판단과 명령, 시행이 순서대로 일어난다고 생각하니 나도 머지않아 일부 새치기하는 노인처럼, 개념 없고 뻔뻔한 늙은이가 되는 것이 아닐까? 그럴 때 무질서와 몰염치함에 분개하는 젊은 애를 만나게 된다면? 생각만 해도 두렵고 아찔하다.

나는 '나이를 먹어도 마음은 청춘'이라는 말을 어릴 때부터 안 좋아했다. 그렇게 말하는 어른들이 철이 없고 초라해 보였다. 그래서 내 나이에 맞는 생각을 하면서 살아왔다. 나이를 먹으면 마음도 그에 걸맞은 나이를 가져야 한다. 나는 중년에 접어들면서 적어도 나보다 10년, 20년이나 아래인 사람들에게 '그래도 마음은 청춘이야'라는 말로 치대며 젊음에 편입하려거나 그들의 열정을 훔치는 짓은 하지 않았다. 그런데도 단 3초의 간격에 불안해지니 이제야 '늙어도 마음은 청춘'이라며 그늘로 밀려나고 싶지 않은 노인들의 우울을 이해하게 되었다. 내가 철없던 시절, 노인의 매력은 아량이라고 쉽게 말했던 적이 있다. 그런데 친구들과의 사별을 자주 겪는 나이에 지병까지 있어 이것저것 약을 한 움큼씩 먹어야 한다면, 다른 사람에게 친절하기는 어려울 것이다. 아량도 내가 넉넉해야 생기는 것이다. 내가 사춘기 때 어머니가 "늙는다는 것은 참 쓸쓸한 일이다"라고 말했었다. 그때는 아무 느낌 없었던 노년의 쓸쓸함을, 이제야 조금씩 느낀다. 10년, 20년 후에도 살아 있다면 내 생은 쓸쓸함 그 자체가 될지도 모르겠다. 노화의 변화를 감지하며 보기 싫은 노인의 몰염치도 이제는 그냥 넘어가자는 생각을 해본다. 그리고 내 안에서 뭔가 또 주춤거린다면 그 지체되는 시간도 기다려줘야 할 것이다. 주춤거리는 것은 속도를 줄이는 것이니 젊었을 때의 속도를 줄여가는 것은 나이 들어 당연한 일이다. 조금 더 놀랍고 불안하고 부끄러운 경험을 하게 되겠지만 나만 긍정할 수 있다면 천천히 가는 것도 그리 나쁘지 않을 것이다.

오래전에 읽었던, 쉘 실버스타인의 그림동화 『아낌없이 주는 나무』(청목) 중 「어디로 갔을까, 나의 한쪽은」이 생각났다. 한쪽 이가 빠진 동그라미가 제 몸에 맞는 조각을 찾아 길을 떠나면서 겪는 이야기다. 동그라미는 한쪽이 비어 있어서 빠르게 구를 수 없었다. 그래서 몸에 꼭 맞는 조각을 찾으러 간다. 이가 빠진 동그라미는 벌레와 이야기하고 꽃향기도 맡고 딱정벌레와 달리기도 하고 나비와 놀거나 그 외, 온갖 흥미진진한 모험을 한다. 마침내 몸에 딱 맞는 조각을 만나게 되고 조각을 몸에 끼우자 놀랍게도 멋진 동그라미가 되었다. 짝을 만나 완성된 동그라미는 아주 빨리 질주했다. 더는 벌레와 이야기하거나 꽃향기를 맡거나 경주와 놀이, 두근거리는 모험을 할 수도 심지어는 노래조차 부를 수 없었다. 빨리 구르는 것 외에 아무것도 할 수 없었던 동그라미는 완성되었지만 행복하지 않았고, 급기야 제 몸에 꼭 맞는 조각을 내려놓고 길을 떠난다. 그러고는 이가 빠진 채 굴러가면서 다시 "어디로 갔을까 잃어버린 나의 한쪽 어디로 갔을까 잃어버린 나의 한쪽 히―야―호, 나 여기 가네, 잃어버린 조각 찾아"라고 노래한다.

동그라미가 몸에 꼭 맞는 조각을 만났을 때, 형태로는 완성된 동그라미였지만 실제로 동그라미를 완성한 것은 모양이 아니라 추구하던 생의 방식이었다. 그처럼 찌그러진 채 굴러

가야만 하는 노화도 그런 완성이 아닐까? "빨리 지나가는 사람은 추억이 되지 못한다"는 말이 있다. 천천히 구르면서 어디 한 군데가 비어 있는 동그라미, "잃어버린 조각을 찾아"라고 노래를 부르지만 '잃어버린 조각을 굳이 찾을' 필요가 없는 여정, 그 부분이 노년의 시간이라면 노화의 과정을 놀랍고 불안하게만 느끼지는 않을 일이다.

늙음을 긍정할 수 있는 것이 무엇일까, 생각했는데 그것은 아마 '기억'일 것이다. 염증처럼 깊은 곳에서 올라오는 기억, 나이 들면서 상처가 더 명료해지지만, 그중에 좋은 기억 몇 가지만 걸러낸다면 지루하고 고통스러운 순간을 매번 견딜 수 있을 것이다. 주제 사라마구의 『눈먼 자들의 도시』(해냄)에 나오는 "노인들은 할 수 있는 일이 많지 않지만, 그들이 할 수 있는 일을 멸시해서는 안 된다"라는 말을 굳이 빌리지 않아도 견디고 살아온 시간, 그것만으로도 노년은 가치 있을 것이다.

한 정신과 의사는, 컴퓨터와 비교하면 우리의 정신은 하드웨어이고 마음은 소프트웨어라고 한다. 따라서 마음을 관리하려면 뇌를 잘 관리해야 한다. 우리의 뇌는 매번 똑같이 반복되는 기억을 삭제하기 때문에 아침에 일어나서 학교에 가고 출근하는 수백, 수천 번 반복되는 일상은 기억하지 못한다고 한다. 우리가 특정한 사건이나 장면을 기억하는 것은 그것이 반복되는 동일한 일상이 아니기 때문이다. 그런 특정 장면을 위해 우리는 반복되는 일상에서 벗어나 여행을 하거나 휴식을 취하는 것이 필요하다. 그 강의를 들으면서 마르셀 프루스트의『잃어버린 시간을 찾아서』가 생각났다. 마들렌을 홍차에 찍어 먹을 때 문득, 어떤 상황에 사로잡힌 마르셀처럼, 어떤 매개로 하여 지나간 시간의 상황으로 우리도 순간 이동한다. 이를테면 비 오는 날 화목난로가 있는 훈훈한 카페, 한겨울 시골 민박집의 절절 끓는 온돌방, 어릴 때 먹었던 병 우유와 옥수수빵의 맛, 자녀와의 따뜻한 포옹, 과테말라 안티구아 커피의 화산재 향, 환한 햇빛이 가득한 실내, 오래전에 들었던 노래 등등 그런 사소한 것들에 대한 기억이 노년의 영원을 견딜 수 있게 한다. 마르셀에게 마들렌과 홍차처럼, 내게도 과거로 순간 이동하게 하는 특별한 기억이 축복처럼 늘어나고 있다. 이것은 욕망이 잦아들고 단순함의 가치와 포기, 비움의 연속성이 주는 노화의 과정에서 찾아오는 멋진 일이다. 자기 경험, 이것도 노인의 가치다. 젊은 사람이 죽기보다 듣기 싫어하는 노인들의 훈수는 시행착오를 겪으며 거쳐 온 상처를 보여주는 것이고 대가를 지불하고 얻은 경험을 나눠 주는 일이다. 살면서 얻은 경험과 굴곡을 넘어온 시간은 시련을 담담히 받아들이게 한다. 그래서 불시에 맞닥뜨린 코로나19와 같은 상황이 젊은 시절의 사스와 메르스, IMF 때처럼 암담하지 않다. 견디고 기다리는 맷집이 노년의 매력인 것이다.

이제는 내 하루가 24시간에서 22시간, 20시간으로 줄어든 것 같다. 24시간을 48시간으로 만들어 뛰어다닌 청춘의 시기에 비하면 많이 위축되었고 초라해졌다. 하지만 더 이상 내 삶에 대해 근심을 더하고 싶지 않다. 노년이 주는 뻔뻔함을 갖게 되었기 때문이다. 그래서 시간이 더 지나 우리의 삶이 정지되었을 때 남아 있는 사람들은 노인의 끝에 대해 슬퍼하지 않았으면 좋겠다. 살아오면서 누구라도 3초간의 당황스러움에 더해 사소하고도 특별한 순간들을 기억하며 드문드문 행복했을 것이기 때문이다.

●

2부

○

●

콜 미
바이 유어 네임

○

아버지는 사랑의 열병을 앓고 있는 아들에게 말한다.

너희는 아름다운 우정을 나눴어, 아마 우정 그 이상일 수도
있지. 비슷하게 나도 느껴봤지만 너희 둘이 가졌던 그 감정들을
다 가져보지는 못했단다. 어떤 것들은 일평생 나를 붙들어놓을
수도 있어. 네 삶을 어떻게 살아갈지는 네 일이지만 기억하렴,
우리의 마음과 몸은 오직 한 번만 주어진다는 것을 말이야. 그
사실을 알아차리기도 전에 네 마음은 닳아버린단다. 지금은 슬
픔이 넘치고 고통스러울 거야. 하지만, 기쁨과 함께 슬픔들을 그
대로 느끼렴.

퀴어 문화는 내가 이해하지 못하는 분야지만 영화 〈콜 미 바이 유어 네임 Call Me by Your Name〉을 보면서 적어도 그 감정을 들여다볼 수는 있었다. 그들의 세계는 여전히 존재하며 내 이해나 긍정은 그들에게 별 영향을 주지 않는다. 하지만 내가 어떻게 생각하든 그들의 가치와 감정, 존재가 존중되어야 하는 것은 중요한 일이다. 이 영화를 보면서 그들이 사회에 편입하기 위해 포기하거나 부서져야만 했던 것들에 대해 생각해본다.

"네 이름으로 나를 불러줘, 나도 내 이름으로 너를 부를게."

엘리오는 수없이 반복한다.

"엘리오, 엘리오, 엘리오…."

얼마나 로맨틱한 말인가? 누구하고든 함께 보고 싶은 영화다. 이 영화를 보고 나서 2018년의 봄날은 아무 일 없이 그냥 지나가도 좋겠다고 생각했다.

아들 엘리오(티모테 샬라메 분)가 아버지 펄먼(마이클 스툴바그 분)에게 아버지의 성 정체성을 어머니가 아는지 묻는다.

"엄마도 알아요?"

"엄마는 모르는 것 같구나."

충격적이었다. 대부분의 동성애자와 양성애자가, 이 사회

에 편입되어 살아가기 위해 커밍아웃을 못 하고 이성과 결혼
해 살아간다. 영화를 보면서 이 아버지처럼 자신의 성 정체성
을 숨기고 살아야만 하는 그들의 고통과 그들 배우자의 상처
를 생각했다. 영화 속 아버지는 교수였고 아내와 좋은 관계
를 유지하고 있었지만, 자기의 성 정체성을 부정하고 사는 것
이 고통이었던 것 같다. 아버지의 말에서 동성애자인 아들을
둔 부모의 심정과 동성애자로서 살아가는 사람의 고통을 읽
을 수 있다. 결국 아버지는 "지금 당장은 슬픔이 넘치고 고통
스러울 거야. 하지만, 그것들을 무시하지 말아야 해. 네가 느
꼈던 기쁨과 함께 그 슬픔들을 그대로 느끼렴." 이렇게 아들
에게 조언한다. 물론 아버지가 동성애자니까 공감도가 높았
을 것이고 이렇게 적절한 조언을 할 수 있었을 것이다. 엘리
오에게 열정의 대상이었던 올리버 역시 그의 완고한 부모 때
문에 결혼한다고 말했다. 어느 쪽을 선택하든 고통은 따를 것
이다. 대부분의 동성애자가 부모로부터 이렇게 배려 있고 따
뜻한 조언을 듣지는 못할 것이다. 그만큼 이 사회는 닫혀 있고
그들에게 배타적인 것이 현실이다. 요즈음 유튜브와 사회관
계망서비스(SNS)를 통해 많은 동성애자가 자신의 성 정체성
을 드러내고 동성 결혼과 권리를 위해 활동한다. 최근에는 이
태원과 강남의 동성애자 클럽에서 코로나19 바이러스가 크게
확산하는 바람에 부정적인 인식과 혐오가 증폭되어 많은 사

람들이 분개하기도 했다. 그렇다고 동성애자 전체를 비하하고 공격하는 것은 그들 모두를 일반화하는 것이다. 이성애자들의 사랑과 진실만큼이나 동성애자들에게도 순수한 감정이 존재한다.

20대와 40대 때 내게 다가온 레즈비언이 있었다. 20대 때는 단호하게 말하느라 상대방의 상처를 헤아리지 못했다. 그 후로 나는 편한 친구들끼리도 팔짱을 끼지 않는다. 40대 때는 프랑스 여행 중이었는데 프랑스 여성이 내가 마음에 든다며 우리 여행팀에 며칠간 매일 찾아온 적이 있었다. 그때는 친절하게 거절하고 싶어도 프랑스어를 모르니 소통 자체가 불가능했다. 나이가 든 지금은 내가 무성애자가 아닐까? 할 정도로 이성도 그냥 사람으로 보인다. 단지 나를 보는 그들의 시각에 맞춰서 대할 뿐이다. 솔직히 나와 다른 성 정체성을 지닌 사람들이 다르게 느껴지기는 하지만 그것은 성별에 대해 구별과 차이를 두는 오랜 습관 때문이지 내 의식 때문은 아니다. 내가 그들을 이해하고 수용하는 것은 그들 개개인에게는 중요한 일이 아니므로 배척한다고 해도 그것은 내 문제일 것이다. 하지만 모든 사람은 사회적으로 존중받고 법적으로 보호받아야 한다. 일부 그룹을 차별하거나 인격적으로 모욕을 주는 것은 인종차별, 성차별, 학교폭력과 다르지 않다.

우리는 우리가 이해할 수 없는 것도 사랑해야 한다. 인간은 존재 자체로 존중받아야 하며 제도적으로 보호받아야 한다. 주제 사라마구는 『눈뜬 자들의 도시』(해냄)에서 "권리란 추상적인 게 아니지요. 존중받지 못할 때도 계속 존재하니까요"라고 했다. 우리의 판단에 '선하고 가치 있고 옳은 사람'에게만 존중과 의미를 둔다면 내 가치관이 모든 사물의 절대적인 잣대가 되는 것이다. 그렇다면 그것은 위험하고 편파적인 일이다. 사실 우리의 교육받은 판단이라는 게 얼마나 근시안적이며 불안정한 것인지 조금만 생각하면 인정할 수밖에 없을 것이다. 그것이 '교육받은 판단'이라면, 어릴 때부터 달리 교육받았을 때 우리의 판단 기준도 달라질 것이다.

언젠가 시청 앞 광장을 지나가는데 기독교인들이 동성애자들을 성토하는 시위를 보았다. 그곳을 지나가면서 나는 종교인들의 과격한 표현에 몸서리쳤다. 그들만의 도덕적이고도 종교적인 판단이 어떤 사람에게는 완곡하게 다가갈 수 있다. 모든 사람을 교화시키려는 시도와 자신들의 종교적인 가치관을 요구하는 것은 마치 우리 집 가훈이 좋으니까 너희도 이것을 가훈으로 삼으라고 요구하는 것만큼이나 황당한 일이 아닐 수 없다. 각자의 가치관은 각자 선택한 것을 가지면 되는 것이고 좁힐 수 없다면 내 이해와 상관없이 다른 사람의 선택을 존중해야 한다. 여행을 다니다 보면 종교적인 관습과 지역적인 특수성 때문에 다양한 풍습에 갇혀 살아가는 사람들을 만나게 된다. 인권이 존중받지 못하는 관습이 아닌 한, 그들이 나와 다른 관습을 갖고 있다고 해서 그들이 불행할 거라거나 잘못 살고 있다고 판단하는 것은 오만이며 자기 오류에 갇힌 것이다.

억압하고 금지하고 규제하는 대상은 그들끼리 음지로 내려가서 하나의 사회를 형성한다. 게다가 이 사회에서 밀려났기에 극단적이고 더 과격해지는 양상을 보인다. 위 대사 중에 "아무것도 느끼지 않기 위해서 어떠한 것도 느낄 수 없어지면"이라는 아버지의 말처럼, 감정을 배제한 인간의 삶은 피폐해질 수밖에 없을 것이다. 그렇게 절망에 빠진 사람들을 존중하고 보호하고 인정한다면 아마 이 사회는 더 효율적으로 운용되리라 생각한다.

영화에서 아버지 펄먼은 아내조차 모르는 성 정체성을 갖고 있다. 가장 바람직한 것은 동성과 결혼해야 한다는 것이지만, 동성애자를 배척하는 이 사회의 일원이 되기 위해 이성을 선택할 수밖에 없다면 적어도 아버지가 아내에게 상처가 되지 않게 처신한 것처럼 품위 있게 행동해야 한다. 동성애자인 남자가 이성애자 여자를 마음을 다해 사랑할 수는 없을 것이고 적절한 사랑을 받지 못하는 여자는 평생 고독하고 불행할 것이다. 하지만 이성과 결혼한 아버지가 성실하게 책임을 다하는 모습은 이 영화의 격을 높인다. 만일, 이성과 결혼했는데 여전히 남자가 동성애에 빠져 있다면 이 영화는 삼류로 추락했을 것이다. 적어도 그런 면에서 아버지는 자신의 경계를 넘어가지 않았다. 이 영화는 동성애자의 권리를 옹호하고 존중해야 한다는 평소의 내 의식에 그들의 아름다운 감정을 입힌 작품이다.

나와 다르다는 것, 나와 비슷하다는 것이 절대적인 잣대가 되어 형성하는 사회는 불안정하다. 아기 때부터 유치원, 초등학교, 사춘기 시기의 중고등학교를 거쳐 대학, 대학원, 유학, 직장, 결혼, 이혼, 재혼 등으로 이어지는 모든 인간관계에서 나와 다른 사람들을 배척하고 나와 비슷한 가치를 추구하는 사람끼리 한 사회를 만들어간다. 하지만 나와 다른 집단을 이루며 살고 있는 사람들에 대한 차별과 멸시, 오만과 우월감 속에서 편 가르고 구별 짓는 것은 뫼비우스의 띠처럼 끊임없이 이어진다. 여기에서 나와 그들이 다른 것은 옳거나 그름, 품위 있거나 천박함, 아름답거나 추함이 아니라 그냥 다른 것, 차이인 것이다.

슬라보예 지젝은 『새로운 계급 투쟁 — 난민과 테러의 진정한 원인』(자음과 모음)에서 "적이란 당신이 아직 그의 이야기를 들어보지 못한 사람이다"라고 했다. 이 말처럼, '모든 견해는 경청되어야 마땅하다', 그래서 사회로부터 낙인찍히고 배척당하고 소외되는, 우리와 다른 삶을 살고 있는 사람의 입장에 귀를 기울여야 한다. 우리의 태도가 편파적이어서 그들을 소외하고 배척하는 것은 아닌지 고민해 보면 적어도 어디에 문제가 있는지 알 수 있으리라 생각한다.

영화 〈콜 미 바이 유어 네임〉, 자기 우물에 갇혀 세상을 보는 내 나이의 사람들에게 더 추천하고 싶다.

●

"가요!",
사랑의
또 다른 말

○

리안 감독의 영화 〈색(色), 계(戒)〉는 육체성과 섹슈얼리티를 도전적으로 다뤘기에 세인들의 관심이 집중되었던 영화다. 그 영화가 많은 사람의 가슴에 각인된 것은 아무래도 무삭제인 섹스 장면 때문인 듯하다. 두 남녀의 전라를 그대로 보여주는 데다 수위가 높은 세 차례의 섹스 장면은 실제 정사 논란을 부를 만큼 농도 짙은 베드신이다. 〈색(色), 계(戒)〉는 베니스 영화제에서 황금사자상과 촬영상을 받았다. 〈브로크백 마운틴〉으로 이미 같은 상을 수상했던 리안 감독의 작품이 2년 만에 또다시 그랑프리를 수상했다는 점에서 세계적인 이슈가되었다. 영화제에서 박수 소리가 끊이지 않았고 참석자들은 감독의 연출과 배우들의 연기 모두 완벽의 경지에 올랐다고 입을 모았다.

1938년 홍콩. 영국으로 간 아버지를 기다리던 왕자즈(탕웨이 분)는 아버지가 재혼했다는 소식을 듣는다. 의지할 곳이 없어진 그녀는 허망한 상태다. 그러던 중 그녀는 항일 단체의 광위민(왕리홍 분)에게 호감을 갖게 되어 그가 주도하는 연극부에 가입, 항일연극의 여주인공 역을 맡으면서 그것을 계기로 새로운 삶의 가능성을 찾는다. 그녀는 특별한 정치의식은 없었지만, 연극을 통해 항일운동의 결의를 다진다. 광위민은 친일파의 핵심 인물인 정보부대장 이(량차오웨이 분)의 암살을 계획하고 있었다. 왕자즈는 신분을 위장해서 이의 아내(조안 첸 분)에게 접근한다. 이의 집에서 이와 왕자즈가 처음 마주친 순간, 서로 강하게 이끌린다. 왕자즈는 유부녀로 위장하기 위해 광위민이 아니라 성 경험이 있는 다른 동지와 동침하면서 순결을 버린다. 이렇게 이를 제거할 모든 준비가 되었는데 이가 갑자기 상하이로 발령이 나서 떠나는 바람에 항일단체의 암살 계획은 수포로 돌아간다.

3년 후 1941년 상하이, 광위민이 일상으로 돌아간 왕자즈를 찾아간다. 이를 암살할 치밀한 계획을 그녀에게 전달하자 그녀는 다시 이에게 접근한다. 재회한 왕자즈와 이의 불꽃 튀는 만남이 시작되고 관계가 이어지면서 이는 그녀를 탐닉한다. 몸을 던져 이의 마음을 얻은 왕자즈 역시 사랑에 빠진다. 처음에 이는 왕자즈에게 욕망을 파괴적으로 배설하지만 만남이 거듭되면서 위장과 진실의 구분이 모호해지고 왕자즈를 사랑한다. 왕자즈는 두려워한다. 언어의 한계를 넘는 것이 몸이다. 연인의 관계에서 몸으로 주고받는 감각은 그 어떤 언어보다 더 절실하고 치명적이다. 이를테면 〈파리에서의 마지막 탱고〉, 〈감각의 제국〉, 〈데미지〉 등 다수의 작품에서 몸은 훌륭한 언어로 기능하며 섹스는 상호 근원적 대화이기도 하다는 것을 보여준다. 왕자즈는 이미 이와 사랑에 빠졌다는 것을 항일 단체 저항군 책임자인 우 영감(탁종화 분)에게 고백한다.

"날 안을 때마다 그는 마치 뱀처럼 내 안으로 파고들어요. 내 심장까지…. 난 노예처럼 그를 받아들이고 충실히 내 역할을 다해 그의 마음을 얻어내죠. 그는 매번 내가 피를 흘리고 고통의 비명을 질러야만 만족해요. 그때 자신이 살아 있다고 느끼죠. 그는 내 반응이 가짜가 아니란 걸 알아요."

"이제 그만합시다."

"이러다가, 이러다가 사로잡히는 건 내가 되고 말 거예요. 점점 두려워져요."

"그만!"

"마침내 그가 내 심장에 들어오는 순간 내내 구경만 하고 있던 당신들이 뛰어 들어와서 그의 머리를 쏴버릴까 봐!"

"닥쳐!"

그 후 그들의 '색(色)'과 '계(戒)'의 경계는 이완되어 저항
은 욕망으로, 섹스는 사랑으로 넘어가고 급기야 왕자즈는 동
지를 배신하며 이를 선택한다. 가장 긴장감을 주었던 것은 살
의와 욕망이 반복적으로 교차하는 격정의 시간이 지나고, 홀
로 남은 왕자즈가 거리로 나서는 장면이다. 이가 사준 반지를
보며 늘 그녀를 지켜주겠다는 다짐을 들으며 왕자즈는 동지
를 배신하고 이를 선택한다. 이를 잡기 위해 항일 단체 요원들
이 조용히 숨통을 조여 오는 순간, "가요!" 절박하고도 다급하
게 두 번 반복해서 말하자 눈치 챈 이는 한 치의 오차도 없이
대기한 승용차에 몸을 날려 탈출한다. 이가 '색(色)'에서 '계
(戒)'의 세계로 돌아가는 모습이다. 그리고 조직을 배신한 왕
자즈가 '색(色)'의 중심에 홀로 남아 혼돈의 거리에 서 있는 장
면은, 방치되어 버려진 사랑의 참담함과 쓸쓸함을 보여준다.
왕자즈가 간신히 잡은 인력거에 탄 채 거리를 달릴 때의 혼
돈, 그리고 옷깃에 숨겨놓은 독약 캡슐을 만지작거리던 고독,
이렇게 연결되는 전율 넘치는 장면이 영화의 긴장감을 더한
다. 사랑의 종말로 여지없이 드러나는 '색(色)'의 실체가 극도
의 서늘함을 안겨준다. 잔혹한 상황으로 이어진 사랑, 그녀가

사랑으로 얻은 희생과 변절, 대가로 지불한 것은 죽음이다. 항일저항운동을 하던 동지들은 고결한 투쟁을 하다가 왕자즈와 함께 처형된다. 이는 그녀가 기거했던 방 침대에 앉아 있고 그 장면을 마지막으로 영화가 끝난다.

이 영화는 '색(色)'과 '계(戒)'가 끝없이 반복하면서 이어진다. 서로에게 중독되기 전, 두 사람은 이성적인 '계'의 경계에서 격정적인 '색'의 중심으로 넘어가면서 일대 혼란이 온다. 결국 이는 '색(色)'에서 '계(戒)'의 세계로 복귀, 삶을 택하고 왕자즈는 '색(色)'의 중심에 남아 죽음을 선택한다. 왕자즈가 기거했던 방 침대에 이가 앉아 있는 영화의 마지막 장면은 다시 반전이다. '색(色)'을 선택한 왕자즈는 '계(戒)'의 중심으로 돌아가 죽었고 '계(戒)'로 돌아온 이는 살았지만 죽을 때까지 '색(色)'의 중심에 갇힌 것이다. 사랑의 상실에 승자와 패자가 없듯이 생명과 죽음도 그들에게는 동일한 것이 아닐까? 하는 생각을 해본다.

감독 리안은, 영화 〈색(色), 계(戒)〉가 장아이링의 원작을 각색한 것이 아니라 재연한 것이라고 말했다. 그는 "장아이링의 작품은 덫, 너무나 진실하면서도 잔혹한 비극이다. 가끔은 그 강렬한 매력에 붙잡혀 그녀를 미워할 정도이며, 장아이링이 창조한 그 이미지를 재연하기 위해 그녀의 내적 자아로, 그녀가 진정 그리워하고 갈망하는 자아의 이면으로 그는 들어가야만 했다. 그런 재연 작업은 그녀의 삶이라는 덫 안에서 사는 듯한 기분을 주었다"라고 말했다.

대부분이 빠져나간 극장을 나왔다. 빗방울이 떨어지는 밤 거리에는 찬 바람만이 내 주위를 겉돌았다. 외로움과 치명적인 사랑, 선택, 그리고 죽음은 살아남은 자의 절망과 고독으로 인간관계 안에 늘 하나의 패턴처럼 돌고 있다. 빠르거나 천천히, 단지 속도의 차이만 있을 뿐이다. 늘 확인하고 인정하면서도 인간은 그 덫에 자신의 발을 다시 들이밀고 또 혼자 남아 쓸쓸해진다. 미친 듯이 폭주하는 욕망, 공식처럼 이어지는 배신과 파멸, 그리고 현란하고도 화려하게 터지는 폭죽처럼, 폭죽이 꺼진 뒤의 암흑 속으로 생은 빠르게 사라진다. 내 생의 폭죽이 터진 뒤, 짧은 암흑의 순간을 맞이할 즈음, 생각날 것 같은 멋진 영화다.

●

실수한다면,
그게 바로
탱고죠

○

"만약, 실수한다면 스텝이 엉킬 테고 그게 바로 탱고죠"

마틴 브레스트 감독의 영화 〈여인의 향기〉에 나오는 대사
다. 프랭크 슬래이드(알 파치노 분)는 군대에서 시력을 잃고 중
령으로 전역했다. 그는 알코올의존증에다 부정적이며 삶의
회의에 빠져 있다. 그는 피폐해가는 삶을 끝내려고 한다. 그리
고 그동안 소원했던 가족을 방문하는 마지막 여행을 계획한
다. 그 여행에 17세의 고등학생이 아르바이트로 동행하게 되
는데, 하버드대학 진학을 앞두고 있는 장학생 찰리 심스(크리
스 오도널 분)다.

찰리가 다니는 베어드 명문 고교에서 몇몇 학생이 학교장

의 승용차에 페인트를 끼얹는 심각한 장난을 했다. 조사 과정에서 찰리가 목격자라는 것을 알게 된 교사는 찰리에게 비행 친구들의 이름을 밝힐 것을 종용한다. 협조한다면 하버드대 입학을 추천할 것이고 거절하면 퇴학시키겠다고 협박한다. 그 상황에서 추수감사절 연휴가 시작하고 찰리는 아르바이트를 하기 위해 프랭크 슬래이드를 찾아간다. 프랭크는 찰리를 데리고 생의 마지막 여행을 떠난다.

프랭크 슬래이드는 자살하기 전에 해보고 싶었던 몇 가지 경험을 한다. 리무진을 타고 최고급 호텔에서 숙박하고 멋진 레스토랑에서 식사하며 불편한 형의 가족을 만난다. 여자와 섹스하고 스포츠카를 운전하며 위험천만한 질주도 한다. 그러던 중에 술을 마시러 들어간 한 레스토랑에서 애인을 기다리고 있는 여자의 향기를 맡는다. 그녀는 맹인의 요청을 거절하지 않을 만큼 심성이 고운 여자다. 탱고는 처음이라며 실수할 것을 걱정하는 그녀에게 프랭크는 말한다. "탱고는 실수할 게 없어요, 인생과는 달리 단순하죠. 만약, 실수한다면 스텝이 엉킬 테고 그게 바로 탱고죠."

그녀와의 즉흥적인 탱고는 이 영화에서 숨 막히는 아름다움을 준다. 이 영화가 상영된 이후 탱고를 배우는 것이 많은 여성들의 로망이 될 정도였으니, 그 장면에서의 가슴 떨림을 짐작할 수 있을 것이다.

프랭크 슬래이드는 찰리에게 심부름을 보낸 사이 군인 제복으로 갈아입고 권총으로 자살하기 직전, 미심쩍어 되돌아온 찰리에게 들킨다.

— 생명이 귀한 줄 아셔야죠.

— 무슨 생명? 난 생명이 없어. 난 어둠 속에 있단 말이야, 어둠뿐이란 말이야… 내가 살 이유를 하나만 대봐.

— 두 개를 대죠, 누구보다도 탱고를 잘 췄고 페라리를 잘 몰았어요.

— 이제 난 어디로 가지?

— 스텝이 엉키면, 그게 탱고예요.

아주 힘겨운 과정을 거치면서 찰리와 프랭크 슬래이드는 서로 신뢰하게 되고 그들은 험난한 여정에서 살아 돌아온다. 낯선 여인과 탱고를 추는 로맨틱한 장면에 두근거렸다면, 아주 통쾌했던 것은 영화의 후반부다.

여행에서 돌아온 찰리는 곧장 학교 징계위원회에 회부된다. 학교 강당에서 열린 징계위원회는 부당하게도 잘못한 아이들이 아니라 그들의 이름을 밝히지 않는 찰리를 집중 추궁하고, 학교의 명예를 더럽힌다며 찰리를 퇴학시키려고 한다. 그때 프랭크 슬래이드가 예고 없이 강당에 나타난다. 찰리 부모의 친구라고 자신을 소개한 프랭크 슬래이드는 안내를 받아 단상에 올라간다. 노골적으로 무시하는 교사들의 태도에 아랑곳하지 않고 프랭크 슬래이드는 논리적이고도 설득력 있게 말한다. 그는 찰리를 확실하게 구원한다. 그 장면은 십 년 묵은 체증을 순식간에 내려가게 했다. 그야말로 유쾌, 상쾌, 통쾌한 장면이다.

교장 : 찰리 심스 군, 자넨 은닉자이며 거짓말쟁이야.

프랭크 : 그러나 밀고자는 아니죠!

교장 : 뭐라고요?

프랭크 : 나라도 그랬을 거요.

교장 : 프랭크 씨!

프랭크 : 이건 정말 개수작이오!

교장 : 말조심하세요, 프랭크 씨. 여긴 베어드 고교지 군대가 아닙니다. 심스 군, 말할 수 있는 마지막 기회를 주겠네.

프랭크 : 심스는 원치 않습니다. 가치 있는 베어드의 학생이라고 불러줄 필요도 없어요. 이게 뭡니까? 이 학교 교훈이 뭐요? 급우의 비행을 밀고해라, 숨기면 너희를 화형에 처하겠다, 자신에게 위기가 닥쳤을 때 누군 달아나고 누군 남아요. 찰리는 위기와 맞섰고 조지는 아버지 주머니 속에 숨었죠, 그런데 어찌 됐죠? 조지에겐 상을 주고 찰리는 파멸시킨다고요?

교장 : 끝나셨나요?

프랭크 : 아뇨, 이제 겨우 시작한 겁니다. 난 누가 여기 이 학교를 세웠는지 모릅니다. 윌리암 하워드인지 윌리안 제닝스 브라이안트인지 그의 정신은 죽었어요. 만일 정신이 있었다면 사라진 거죠. 당신이 이곳을 밀고자 소굴로 만들었잖소. 만일 학생들을 남자답게 만들고 싶다면 다시 생각하시오, 내가 보기에 당신은 이 학교의 정신을 죽이고 있는 거요 망치는 거요? 오늘 이 자리에서 벌이는 이 쇼가 대체 뭡니까? 교훈이 될 것이라곤 내 옆에 있는 이 아이뿐이오. 이 아이의 영혼은 정말로 순수하고 타협을 모릅니다. 당신은 아시죠? 밝힐 수 없지만 누군가가 그의 영혼을 사려고 했소, 그러나 찰리는 팔지 않았습니다.

교장 : 지나치시군요.

프랭크 : 지나친 걸 한번 보여드릴까요? 당신은 지나친 게 뭔지도 모를 거요, 그걸 보이기엔 내가 너무 늙었고 피곤하고 앞도 못 보죠. 만약, 5년 전이었다면 난 이곳에 불을 싸질렀을 거요! 지나치다니, 지금 누굴 보고 하는 소리요? 내게도 당신같이 볼 수 있었던 시절이 있었소, 그때는 이런 소년들이 그리고 더 어린 소년들이 팔다리가 찢겨 나가는 것을 본 적도 있습니다. 그러나 그들의 기를 꺾으려는 사람은 본 적이 없소. 그건 치료하는 것이 아니오. 당신은 이번 일이 단지 이 젊은 병사를 퇴학시켜서 오레곤으로 보내는 것으로 끝난다고 여길 테지만 분명히 말하는데

그건 그의 영혼을 죽이는 짓이오. 왜냐? 그는 나쁜 인간이 아니니까. 이 애를 해치는 당신은 베어드의 얼간이요, 모두가 악한이요, 그리고 해리, 지미, 트랜트, 어디 있는지 몰라도 모두 엿같은 놈들이야.

교장 : 그만하세요, 프랭크 씨!

프랭크 : 아직 안 끝났어요, 난 여기 왔을 때 이 학교가 지도자의 요람이라는 말을 들었죠, 그러나 이곳에서 요람은 추락했소. 사람을 만들고 지도자를 만드는 분들, 자신들이 어떤 지도자를 만드는지 생각해보시오. 난 모르겠어요, 오늘 찰리의 침묵이 옳은지 그른지를. 난 판사가 아니니까. 그는 자기 미래를 위해서 누구도 팔지 않았소. 그리고 여러분, 그건 바로 순결함이고 용기죠. 그게 지도자들이 갖추어야 할 덕목이오. 난 지금도 인생의 갈림길에 서 있어요. 언제나 바른 길을 알았죠. 잘 알았지만 그 길을 뿌리쳤어요. 왜냐? 그 길은 너무 어려워서죠. 여기 있는 찰리도 지금 갈림길에 있어요. 그가 지금 선택한 길은 바른 길입니다. 신념을 바탕으로 만들어진 길, 바른 인격으로 이끄는 길이죠. 그가 계속 걸어가게 하세요, 여러분들 손에 그의 장래가 달렸습니다. 위원님들, 가치 있는 그의 미래를 날 믿고 파괴하지 마세요. 보호하고 포용하세요. 언젠가는 그걸 자랑으로 여기게 될 겁니다.

인생의 종착지를 향해가면서 암흑 속에서 죽음을 선택하려고 했던 늙어가는 남자와, 인생의 출발점에서 생의 용기와 인간에 대한 확신을 배우는 청년의 모습은 극명한 대비를 보이지만 그렇게 공존하는 것이 우리의 삶일 것이다. 삶을 진정으로 가치 있게 해주는 것은, 우리를 둘러싼 배경이나 조건이 아니라는 것을 다시 생각하게 하는 영화다.

우리는 때때로 절망한다. 사람 때문에 절망하고 사람 때문에 절실하다. 한 편의 영화, 한 권의 책, 그리고 한 페이지의 글, 혹은 몇 줄의 짧은 문장이 여러 갈래의 길 앞에서 갈등하는 우리를 곧바로 요점에 이르게 한다. 글과 영화에 녹아 있던 작가의 의식 덕분에 그와 동시대를 살아보고 싶은 갈망을 갖기도 한다. 이 영화를 통해 인간이 절대적이라며 추구해왔던 삶의 목표와 방식이 근본적으로는 우리를 구원해주지 못한다는 것과, 치열하게 살아오면서 놓쳤거나 외면했던 가치는 역시 인간에게서 나오는 향기라는 것을 다시 확인한다.

영화 〈여인의 향기〉는 몇 번을 봐도 인간과 관계의 아름다움에 마음이 충만해진다. 몇 가지의 영상을 기억해내는 것만으로도 내 심장이 빠른 박동을 하며 반기는 감동적인 영화다. 프랭크 슬래이드가 절망 속에서 만난 찰리 심스, 향기로운 여인과의 탱고, 그리고 그의 힘 있는 강력한 발언은 영화가 상영된 지 30년이 되어가는 지금도 말할 수 없는 충만과 감동으로 내 영혼을 흔든다.

●

아름다움이
도달하는 지점

○

로만 폴란스키 감독의 영화 〈피아니스트〉. 1939년 폴란드
의 바르샤바, 피아니스트 브와디스와프 슈필만(에이드리언 브
로디 분)은 폴란드가 사랑하는 음악가다. 그가 방송국에서 쇼
팽의 야상곡을 연주하던 중, 방송국은 폭격을 받는다. 나치의
점령에 따라 유대계 폴란드인인 슈필만과 가족은 그 지역에
서 축출당해 죽음의 행렬로 들어선다. 게토에서 수용소로 이
동하기 전, 슈필만의 아버지는 작은 캐러멜을 사서 여섯 조각
으로 잘라 가족에게 나눠 준다. 모여 앉은 가족이 손톱만 한
캐러멜 조각을 하나씩 입에 넣고 우물거리는 장면에서는 불
안과 참담한 상황에서 가족의 결속을 느끼게 한다.

독일군의 앞잡이(인 유대인)들이 죽음의 수용소행의 대열 속에서 슈필만을 빼돌려 구한다. 가족과 헤어져 홀로 남은 슈필만은 매번 극적으로 위기를 모면한다. 그는 지인의 도움으로 독일군 진영 중심에 있는 건물 속에 은신하고 병에 걸려 외로움과 공포, 굶주림을 견딘다. 빈집에 숨어 있던 슈필만은 그 집의 피아노 건반을 터치하듯 허공에서 손가락을 움직이며 몸부림친다. 그렇게 불안과 암울함을 견디는 장면은 많은 사람이 살해당하는 장면만큼이나 충격적이고도 가슴 저리다. 그 와중에 슈필만을 위한 구호 운동에 사람들이 비밀리에 동참하지만 그 일을 맡은 사람이 돈을 가로챘고, 도움을 받지 못한 슈필만은 허기와 공포 속에서 컴컴하게 꺼져간다. 폭격으로 무너져가는 건물에서 가까스로 탈출해 폐허 속에서 죽어가던 슈필만은 허기져 덜덜 떨리는 손으로 오래된 통조림을 따는데 그때 독일군 장교에게 발각된다. 어떤 서스펜스보다 더한 긴장감에 질식할 것 같은 장면이다. 뭐하는 사람이었냐는 장교의 질문에 슈필만이 피아니스트였다고 말하자 그는 먼지 뿌옇게 내려앉은 피아노를 가리키며 연주하라고 한다. 오랫동안 연주하지 못했고 게다가 허기진 슈필만이 독일군이 지켜보는 데서 조율조차 안 된 피아노 앞에 앉아 쇼팽의 〈발라드 1번〉을 혼신을 다해 연주한다. 그의 선율은, 파괴되고 뼈대만 남은 건물 잔해를 건드리고, 희망의 빛줄기 하나 내려오지 않는 잿빛 세상에 울려 퍼진다(슈필만의 자서전에는 "제대로 조율도 안 된 피아노 줄의 탁한 울림이 텅 빈 집과 계단을 지나 길 건 너편에 있는 빌라의 폐허에 부딪혀 맥 빠지고 우울한 메아리가 되어 돌아왔다. 연주를 끝내자 그 침묵은 전보다 한층 더 음울하고 괴괴했 다. 거리 어딘가에서 고양이 울음소리가 들려왔다. 건물 밖에서 총성 과 함께 사납게 짖어대는 독일인의 목소리가 들렸다"라고 쓰여 있다). 슈필만의 연주를 들은 독일군 장교는 독일이 전쟁에 패하고 퇴각할 때까지 먹을 것을 몇 번 가져다주고 겉옷까지 남겨주 어 슈필만은 가까스로 목숨을 부지한다. 전쟁이 끝나고 브와 디스와프 슈필만은 전쟁 포로수용소에서 독일군 장교를 찾아 다니지만 이름조차 모르는 그를 끝내 찾을 수 없어 도움을 주 지 못한다. 슈필만이 사람들로 가득한 콘서트홀에서 연주하 는 것으로 이 영화는 끝난다.

슈필만에게 도움을 준 독일군 빌름 호젠펠트 대위는 전쟁 이 끝난 후 1952년에 소련의 포로수용소에서 사망했다고 한 다. 슈필만은 그가 겪은 일을 『도시의 죽음』이라는 제목으로 자서전을 썼고 1998년에 『피아니스트』라는 제목으로 재출간 했다. 그 내용을 토대로 2002년에 로만 폴란스키 감독이 영화 로 만들었다.

이 영화는 32회 아카데미 3개 부문(감독, 남우 주연, 각색) 수 상, 55회 칸영화제 황금종려상을 수상했다. 함부로 떠벌리기에는 너무 소중해서 마음 깊이 아껴둔 영화다. 브와디스와프 슈필만의 가치는 이념과 사상을 넘는다. 극단적인 나치주의자들조차 그를 죽음의 행렬에서 빼내고 독일군 장교도 그를 보호한다. 그의 자존감은 죽음의 늪에서 생을 포기하지 않게 했다. 이런 이유로 나는 이 영화를 일곱 번 봤고 내 삶이 흐릿해질 때면 더 보게 될지도 모른다.

피비린내 나는 혼돈과 위태로운 상황, 사랑하고 신뢰했던 사람조차 얼마든지 적으로 변하는 참담한 지옥에서 누구도 브와디스와프 슈필만의 죽음을 원하지 않았다. 그는 그런 가치였다. 끝이 보이지 않는 절망 속에서 슈필만 또한 자신을 절대로 버리지 않는 책임감과 자존감을 갖고 있었다. 이것은 그 어떤 아름다움도 능가한다. 절망과 불명예, 경제문제 혹은 또 다른 이유로 서둘러 생을 마감하는 정치인, 연예인, 그 외 사람들의 극단적 선택에 대한 뉴스를 접할 때마다, 나는 브와디스와프 슈필만의 가치, 그의 고고한 자존감을 생각한다.

최근에 노벨상 수상 작가 토니 모리슨의 부고를 읽었다. 유가족은 "우리는 그의 삶에 대해 감사한다"라고 했다. 나는 고전을 읽으며 알베르 카뮈의 이른 죽음을 애도했고 조지 오웰, 도스토옙스키, 톨스토이 등 여러 문호들의 삶에 대해 감사했다. 그처럼 누군가의 삶은 나에게, 또 누군가에게 참으로 감사한 일이다. 물론 우리의 생이 훌륭할 때만 가치가 있다고 말하려는 것은 아니다. 특별하지 않더라도 우리의 삶이 누군가에게 감사한 일이 되었다는 것은 우리의 생을 성실하게 이루었다는 의미일 것이다.

황폐한 생의 극단에서 생존한 브와디스와프 슈필만은, 정치적인 사상과 이념을 넘어선 보호를 받았고 그에 따라 스스로의 가치를 보여준 사람이다. 작가 토니 모리슨을 애도하며 유가족이 한 말처럼, 나는 브와디스와프 슈필만의 생에 대해 감사한다. 내 입에서 마지막 날숨이 빠져나온 뒤, 남아 있는 가족 혹은 또 다른 누군가가 나의 생에 대해 감사한다고 말할 수 있게, 아니 살아 있는 지금 아무도 내가 죽기를 원하지 않을 그런 존재가 되기 위해, 브와디스와프 슈필만을 향했던 시선을 지금의 나에게 돌린다.

●

무지에 대한
경계와
면책권

○

영화 〈더 리더〉의 원작은 베른하르트 슐링크의 장편소설이다. 독일 현대사의 상처를 다룬 소설을 원작으로, 감독 스티븐 데이비드 돌드리가 만들었다.

15세 소년 마이클(데이비드 크로스 분)은 비가 억수로 쏟아지던 날 귀갓길에서 구토하고 열이 오른다. 36세의 한나(케이트 윈즐릿 분)가 지나가다가 마이클을 도와준다. 마이클은 열병에서 회복되자 꽃을 들고 그녀의 집으로 찾아간다. 서로에게 이끌린 두 사람은 격정에 빠진다. 그 후로 글을 모르는 한나는 성관계를 갖기 전에 마이클에게 책을 읽어달라고 요청하고, 읽어주는 이야기를 들으며 펑펑 울거나 즐거워한다. 이 영화

는 금기를 넘은 둘의 위태로운 욕망과 관능 속에서 지적인 갈
망과 공감을 보여준다. 둘의 관계가 깊어가던 어느 날, 한나는
아무 말도 남기지 않고 사라진다. 그녀의 잠적에 분개하며 배
신과 상실감으로 방황하던 마이클은 몇 년이 지나 법대생이
되었고 그가 참관하게 된 전쟁범죄의 한 재판정에서 피고인
으로 나온 한나를 보고 충격에 빠진다.

한나는 미성년자인 마이클을 떠나 나치 수용소의 감시원
이 되었다. 그녀의 업무는 새 수감자들을 수용할 공간을 확보
하기 위해 오래된 수감자들을 골라내어 가스실로 보내는 일
이었다. 게다가 교회에 불이 나서 모두가 타 죽을 때 감시원인
그녀는 문을 열어주지 않았다. 재판정에서는 친위대에 보낼
보고서를 그녀가 작성했는지의 여부를 묻는데 본인이 감시원
이었고 보고서도 작성했다고 거짓말을 한다. 한나는 다른 나
치 전범에 비해 중형을 선고받는다. 마이클은 그녀가 보고서
를 작성할 수 없는 문맹이라는 것을 밝히면 무기징역에서 감
형받을 것을 알지만, 한나가 많은 사람들을 죽게 한 자기 행위
에 죄의식을 갖지 않는 것에 번민하면서 판결을 관망한다. 마
이클이 과거에 사랑했고 욕망했던 한 여인이 초라하고도 위
태롭게 늙어가는 모습과, 적극적으로 도울 수 없는 마이클의
도덕적인 양심, 그녀에 대한 연민 등의 감정은 죄책감과 갈등
으로 어지럽게 뒤섞인다.

중년이 된 마이클(레이프 파인스 분)은 오랜 감옥 생활 속에서 늙어가는 한나에게, 책을 읽은 녹음테이프와 녹음기를 보내주면서 연민의 끈을 놓지 않고 있다. 그의 마음은 점점 쇠락하는 인간과 현실적인 자아의 괴리 속에서 조금씩 달라진다. 20년의 형기를 마치고 출옥을 앞둔 마지막 면회 때, 그들 사이에 존재하는 쓸쓸한 현실적인 간격을 느낀 한나는 출옥하기 직전에 자살한다. 마이클은 그녀의 죽음을 비통해하지만 침착하게 받아들인다.

이 영화는 나치의 전범 사건을 가해자의 위치에서 조명했다. 한나와 마이클의 사랑으로 내용을 이어가지만, 피와 통곡과 분노가 치솟던 역사의 현장에서 무기력하게 죽어가던 유대인의 죽음과 가해자들의 무지의 폐해를 모티프로 하고 있다. 많은 격차가 있는 전범의 피해자와 가해자의 시각, 몸서리치는 전범의 잔혹성에 비해 그들은 죄책감을 느끼지 않는다.

한나는 말한다. "내가 어떻게 느끼거나 생각하는지는 중요하지 않아, 죽은 사람은 죽은 사람일 뿐이야." 한나는 자신이 무슨 일을 했는지에 대해 인식이 없다. 아니면, 언어적인 표현 이면의 다른 진실이 있었을까? 자신의 잘못을 인정하면 그녀가 선택한 직업적인 오류를 인정해야 했고 그다음엔 그 선택을 한 이유가 미성년자와의 부적절한 관계에서 벗어나기 위함이라는 것을 인정해야 했기에 함구한 것일까? 하지만 영화

전반에 나오는 한나의 태도와 마이클의 번민을 본다면 이 추측은 안타까움일 가능성이 크다.

유대인 박해의 실무 책임자였던 아이히만이 1960년에 이스라엘 정보기관에 의해 체포되었고 재판을 받았다. 그는 자기가 유대인을 살해한 것은 상부의 지시에 따른 것이라고 말했다. 물론 전혀 설득력이 없었고 오히려 대중의 격렬한 분노를 샀다. 아이히만의 항변처럼 영화에서의 한나도 자신이 한 범죄는 단지 직업에 불과했고 책임에 충실했을 뿐이라고 말한다. 하지만 마이클의 번민을 통해서 배울 수 있는 것은 단지 성실하게 사는 게 아니라 제대로 인식하며 사는 게 얼마나 중요한 일인가 하는 것이다. 마이클은 그녀를 법적인 처벌에서 구출하고 싶었지만, 지적인 판단과 도덕성으로 자신의 감정을 이겼다. 이것이 이 영화의 격을 높인다. 한때 그녀는 때때로 가슴에 끓어오르듯 마이클의 서정을 자극하는 대상이었다. 하지만 그것이 면책의 사유가 될 수 없다는 그의 분명한 결정이 지적인 안정감을 주며 정사 장면보다 더한 매력에 전율하게 한다.

한나 아렌트는 유대인 학살의 전범으로 기소된 아이히만의 재판을 취재한 책 『예루살렘의 아이히만』에서 "아이히만은 평범한 인상이었으며 어리석지 않았다. 그를 범죄자 중의 한 사람으로 만든 것은 무사유였다"라고 썼다. 이 내용처럼 영화의 장면 중, 한나에게 책을 읽어주는 부분에서도 비상식적인 뻔뻔함과 무지의 폐해에 대해 지적한다. 격정적인 마이클의 감정이 환경, 시간, 갈등을 여과로 했을 때 이성적인 성숙의 자리로 안착하는 과정을 보여준다. 이 영화는 이렇게 한때의 불장난이 성숙의 과정을 거쳐 사회적인 판단과 이성에 따른 삶을 선택한다는 점에서 안정을 준다. 인간 사회의 도덕과 규범을 벗어난 격정, 혹은 사랑의 이름으로 광분하는 극단적인 픽션은 태풍을 동반한 폭우처럼 이 사회를 강타하고 범람한다. 그런 탁한 공기를 마시며 진실하고 숭고한 사랑을, 사랑 안에서 진실성을 찾아낸다는 것은 더는 쉬운 일이 아닐 것이다. 그렇다면 영화 〈더 리더〉의 마이클이라도 오늘은 한번 더 만나보고 싶다.

●

부모에게
살해당하는
아이들

○

"주드가 날 용서할까요? 난 나 자신을 용서할 수 있을까요? 내 신념대로 했고 지금도 그 생각은 같아요." 이것은 며느리 미나를 살해한 주드의 어머니가 한 말이다.

우리는 각자의 신념대로 살아간다. 그 신념이 많은 부분, 합리화의 벽 안에 갇혀 관계를 망치기도 한다. 자기의 신념을 따른다는 것, 그 의지가 가족을 위협하고 부모의 의무를 유기하는 것이라면 아주 위험한 일일 것이다. 영화 〈헝그리 하트〉(감독 사베리오 코스탄초)에서는 미나의 편협한 신념이 불행과 파멸의 나락으로 떨어지는 것을 보여준다. 무슨 무슨 주의,라는 것이 이렇게 역겹게 다가온 적이 없었다. 그것은 아마 내가 아이를 키우는 엄마라서 평정을 찾기가 힘든 탓이기도 할 테고, 나도 어떤 신념 때문에 한동안 나를 객관화하지 못한 오류가 있었기 때문일 터였다.

미국 남자 주드(애덤 드라이버 분)와 이탈리아 여자 미나(알바 로르바케르 분)는 뉴욕의 한 건물 화장실에 갇혀 있다. 밀실이 만드는 긴장감과 질식할 것 같은 불안, 화장실의 악취가 고스란히 느껴지는 장면이다. 아이러니하게도 악취 나는 밀폐된 좁은 공간에서 둘은 순식간에 가까워져 격렬한 연애에 빠진다. 그 후, 결혼과 임신, 출산의 과정을 거치면서 아기에게 채식만 주고 의료 처치를 거부하는 등, 미나의 그릇된 육아로 인해 아기는 영양실조에 걸려 말라가고 성장이 멈춘다. 생명이 위태로워진 아기를 미나와 분리하려는 주드와의 갈등이 벌어진다. 결국 미나의 극단적인 신념이 주드와 미나, 아기, 시어머니와의 관계에 치명적인 영향을 미치며 파국에 이른다.

부모에 의해 살해당하는 영유아들이 점점 더 늘어나고 가정은 속속 붕괴하고 아름답게 인생을 시작한 이들은 자기의 삶을 파괴한다. 나라마다 자녀를 입양하기 원하는 양부모의 환경과 조건을 꼼꼼하게 심사한다는데, 이 영화를 보면서 배우자와 부모가 되는 것도 그렇게 교육하면 좋겠다는 생각을 했다. 제도적인 경제 지원을 하는 것에 더해 자녀를 양육하는 방법에 대해 부모를 교육한다면 부모에 의해서 결정되는 아이들의 생과 죽음까지도 보호될 것이다. 최근에 많이 발생하는 사건으로, 부모에 의해 살해당하는 아이들에 대해서는 생각만 해도 참담하다. 때로는 나도 현명한 부모가 되는 교육을 받았다면 어설픈 양육 때문에 오는 죄책감과 혼란은 없었을 것이라고 생각한다. 부모가 되기 전에 먼저 내가 성숙한 인간이 되었다면 아이는 안정적으로 잘 성장했을 것이다. 아이와 함께 뒤늦게 성장하다 보니 뒷수습하는 방식도 있었고 최선을 다했다고 생각했지만 어설프고 부족했다. 내 입장과 내 기준에서 최선을 다하는 것처럼 무지한 일도 없는 것이다. 나는 그래서 최선을 다한다는 말을 싫어한다. 때로 최선을 다하는 사람의 열정이 누구를 위한 최선인지 불분명하기도 하고 상대를 파괴하기도 하기 때문이다.

언젠가 읽은 우화가 있는데, 소와 사자의 이야기이다. 풀만 먹는 소와 고기만 먹는 사자가 서로 사랑해서 결혼했다. 둘은 부모에게 배운 대로 최선을 다하면 무슨 문제든 극복할 수 있을 것이라 여겼다. 소는 양질의 풀을 뜯어다가 사자에게 먹였다. 사자는 사냥한 고기를 소에게 주었다. 둘은 사랑하는 상대를 위해 자기가 할 수 있는 최선을 다했다. 처음에 소는 사자가 주는 고기를, 사자는 소가 주는 풀을 먹기 위해 노력했지만 그것도 한두 번이지 현실로 돌아온 그들은 결국 최선을 다

했음에도 이혼했다. 각자 자기가 알고 있는, 자기가 하고 싶은 방식으로 최선을 다했기 때문이다.

사람이 헤어지는 모든 이유는 최선을 다하지 않아서가 아니다. 상대방을 배려하거나 이해하지 못한, 내 방식대로 최선을 다했기 때문에 헤어지는 것이다. 육아와 관련해서는 내가 양육 받은 방식대로, 내가 알고 있는 방식대로 하기에 문제와 폭력에 더해 자녀와의 단절까지 이어진다.

남편이 유치원에 갈 아이를 깨울 때의 일이다. 아이를 깨우기 위해 덮고 있는 이불을 다 벗겼다. 어릴 적 아버지가 자기에게 그렇게 했다고 한다. 나는 말했다. 그것은 한참 포근한 상태에 있는데 찬물을 끼얹는 것과 같은 일이다, 내가 그렇게 일어난다면 그날의 기분을 망칠 것 같다, 그것은 폭력이라고 말했다. 아이의 볼에 뽀뽀도 하고 엉덩이도 토닥거리며 사랑을 느끼게 해야 한다고 말했다. 그것은 고작 5분, 10분의 차이이고 부모의 마음에 인내를 더한다면 가능한 일이다. 몇 차례의 설득이 필요했고 결국 내 방식으로 하기로 합의를 봤다.

우리 아들은 다행히 그런 폭력적인 방식으로 아침을 망치지는 않았다. 소와 사자처럼 처음부터 결혼해서는 안 되는 사람이 부부가 된 가정, 자기 방식만 주장하고 상대에 대한 존중과 배려가 없는 사람들이 부부가 된 가정에서 성장한 아이들은 불행할 수밖에 없고 그 불행을 여과 없이 고스란히 배운다.

심각하게도 그것은 대부분 이 사회에 흉기가 된다. 많은 경우, 문제가 많은 가정에서 성장한 아이들은 왜곡된 성정으로 살아가게 된다. 그것은 아이들의 문제가 아니라 무지한 어른들 때문에 발생하는 일이기도 하다. 불완전한 부모의 행복과 불행에 따라 아이들의 미래가 결정되는 일은 정말 부당하고도 가슴 아픈 일이다.

이 영화를 집에서 볼 때 불편해서 일어났다가 앉기를 반복했다. 식단에 따른 어설픈 신념이 아이의 양육으로 이어지지만, 근본적인 문제는 미나의 의식이다. 불안정한 의식은 많은 문제의 요인이 된다. 가정은 폭력이 일어나도 은폐되기 쉬운 구조이며 법적으로 부모의 권위와 권리를 더 우선으로 하기 때문에 불안정한 환경의 아이들은 언제나 위태롭다. 다행히 주드처럼 뒤늦게라도 적극적으로 아이를 보호하려는 의지가 있는 아버지가 있다면 모를까, 부부는 대부분 비슷한 환경과 의식을 가진 사람이 만나기 때문에 양쪽 부모 모두가 가해자가 되는 경우가 많다. 부모에 의해 살해되고 부모의 방임으로 사고가 나고 부모의 지나친 관여로 정신이 피폐해지는 아이들에 대한 뉴스를 볼 때마다 화가 나고 슬프다. 부모가 성숙해야 자녀들도 제대로 성장할 테고 그들로 구성될 이 사회도 건강하리라 믿는다.

내가 살면서 만난 많은 사람들, 몸은 늙었는데 성장 과정에서 어딘가는 한쪽이 부서지고 망가진 채 몸뚱어리만 어른인 사람들이 너무나 많다. 억압과 폭력적인 환경에서 성장한 것은 대를 이어 문제를 일으킨다. 엄격하고 집안이 훌륭하다고 자부하는 환경에서 성장한 친구들은 자존감으로 포장하고 있지만, 이제는 사적인 자리에서 그런 차별과 억압에 대해 솔직하게 얘기한다. 자기의 오류를 인정하지 않는다면 그녀의 자녀와 손자, 그다음 대까지 적절하지 못한 육아 방식으로 피해를 입을 것이다. 나는 자신의 문제를 솔직하게 인정하는 부모가 있는 한, 그리고 이런 영화를 만드는 감독이 있는 한, 달라질 것이라고 믿는다.

〈헝그리 하트〉, 처음엔 로맨틱하게 시작해서 스릴러 범죄영화처럼 전개되어 어리둥절했지만, 전달하는 메시지가 있어서 의미 있게 보았다. 현실은 소설이나 영화보다 더 심각하다. 자신의 양육 방식을 돌아보게 하는 영화다. 좋은 부모가 되고 싶다면, 아니 자식을 더는 망치고 싶지 않다면 꼭 봐야 할 영화다.

세상의 끝

○

자비에 돌란 감독의 영화 〈단지 세상의 끝〉에서 시한부 선고를 받은 작가 루이(가스파르 울리엘 분)는 죽기 전에 가족을 만나러 12년 만에 집으로 간다. 하지만 그를 맞이하는 가족들은 상처로 얼룩진 제각각의 기억 속에 갇혀 그를 대한다. 결국 루이는 자기가 곧 병으로 죽게 될 거라는 얘기는 꺼내지도 못한 채, 어머니의 집에서 나온다.

세상이 다 나를 버려도, 어머니만은 나의 편이 되어주지 않을까? 내 곁에서 마지막으로 나를 지지하는 사람은 절절한 연애 대상도, 애증으로 묶였던 남편도, 무한한 사랑을 줘야만 하는 자식도 아니다. 이제는 무기력한 노인이 되었어도 사랑하는 마음 하나만은 오롯이 남아 있을 어머니라는 존재만이 우리를 위로해줄 수 있다고 생각하고 싶다. 하지만, 이 영화에서는 확실히 아니다. 그 사실을 확인시켜주는 장면이 수술하기 위해 배 속을 벌려놓은 듯 적나라하게 펼쳐진다.

언제 터질지 모르는 폭발물을 다루듯, 12년 만에 재회한 가족 사이에 긴장감이 감돈다. 가족이 가장 소중하고 푸근할 것이라는 기대는 처음부터 불안하게 흔들린다. 가족은 가장 직접적인 상처와 막말, 폭력의 온상이다. 그로부터 받은 상처는 누구든 벼랑 아래로 밀어내기 딱 좋다. 가족이 감정적으로 부딪칠 때는 이기주의와 자기중심적인 성향이 여과 없이 드러난다. 그래서인지 이 영화는 공감도가 높다. 우리는 가족이라는 울타리 안에 섬과 같은 존재로 제각각 홀로 떠 있을 뿐, 절망의 늪에서 아무도 우리를 구원하지 못한다.

기억은 조작된다. 자기 편리한 방식으로 미화하거나 특정 대상에 대한 상처와 피해의식으로 생긴 불쾌감으로 각색되기도 한다. 그것이 어릴 때 기억이면 더 대책 없다. 어릴 때는 상상력이 풍부한 데다가 상황 판단 능력이 부족하고, 단편적인 기억에 더해 이성적인 판단이 부족하기 때문이다. 성인들도 동일한 장소에 앉아 함께 대화했는데 각자 자기 판단과 입장, 해석에 따라 다르게 기억하기도 한다. 따라서 가족 간의 뒤섞인 상처에 대한 기억을 각자는 주관적인 해석으로 끌어안고 있다. 피해자는 트라우마 속에서 평생 고통을 겪는데 그러면서도 그래도 '양심이 있으니까' 가해자도 괴로울 것이라고 생각한다. 하지만 그것은 우리의 착각이다. 가해자는 자기가 한 악행을 깨끗하게 삭제한다. 놀랍게도 전혀 기억하지 못하는 경우도 있다. 그래서 대부분 피해자가 용서할 의지가 없으면 관계는 회복되지 않는다. 가족도 예외가 될 수 없다.

가족은 나를 대신하는 존재가 아니라 내가 달릴 때 박수치고 내가 넘어졌을 때 손 내밀고 내가 슬플 때 곁에 앉아 기댈 어깨를 내어주는 존재라고 한다. 그런데 이 영화를 보면서 그조차 되지 않는 가족이 얼마나 많은지 다시 생각했다. 이제는 힘들 때 생각 속에서 존재하는 것으로 '가족'을 정의해야 할지도 모르겠다. 그들로 인해 우리의 가치가 결정되는 것이 아니므로 관계를 미화시키지도 포장하지도 말고 필요하다면 루이의 12년 동안의 공백처럼 적정 거리를 두고 살아야 한다. 선하고 아름다운 것에 더해 고통과 참혹은 포용할 수 있을 때만 비로소 관계가 가능하기 때문이다.

나는 젊은 시절, 인간의 모습을 긍정하면서 희생하고 나눠주고 살아온 경험이 있어서 영화의 그 부분이 이해되었다. 그 당시에는 운 좋게도 좋은 사람들 틈에서 안락하게 살았다고 생각했지만 나중에 깨닫게 된 것은, 그것은 내가 보고 싶은 대로 관계와 세상을 각색한 것이었다. 나는 내가 생각하고 싶은 세계를 만들어 그 안에서 살았다. 나이가 점점 들어가면서 실체를 보게 되었고 인간은 외로운 존재라는 것을 인정한다. 물론 이 세상에 '즐거운 우리 집'은 존재한다. 하지만 그런 '즐거운 우리 집'에 대해서는 별로 얘기하고 싶지 않다. 그런 집이 누군가의 희생과 참을성, 침묵을 담보로 겨우겨우 버티고 있는 것이 아니라 서로 존중하고 배려하는 성숙한 사람들로 이루어진 결과물이라면 그다지 걱정할 것이 없기 때문이다.

부모와 자녀 사이나 형제간에 혈연이라는 이유로 여과 없이, 혹은 폭력적으로 감정을 드러내는 관계는 우리를 고통스럽게 한다. 루이처럼 세상의 끝에 도달해본 사람은 상처를 치유할 때까지 기다린다. 관계에 공백을 두면 우리는 '단지' 세상의 끝에 닿았을 뿐이며 다시 고독하게 일어나야 한다는 것을 알게 된다. 12년 후의 루이처럼 다시 그 '세상의 끝'을 재확인할지 말지는 개인의 선택이다. 가족 관계의 정의를 수용할 준비가 되지 않았다면 루이처럼 그 '세상의 끝'을 또 경험하게 될 것이고 상처와 절망 또한 느끼게 될 것이다.

영화 〈단지 세상의 끝〉은 루이의 시한부 삶이라는 설정으로 삶의 끝을 보여주는 것은 아닌 듯하다. 삶의 끝보다 더 참혹한 것은 루이가 다시 겪은 관계의 끝일 것이다. 루이는 가족의 공격성과 원망을 통해 12년 만에 다시 관계의 끝을 재확인했다. 루이의 삶은 끝나가고 있었고 그 상황에서 관계의 끝을 느꼈을 그의 고독은 어쩌면 죽음의 압박보다 더 끔찍했을 것이다. 관계를 이어가는 것은 핏줄이 아니라 그의 가치관이다. 서로 존중하고 배려하는 마음일 것이다. 영화는 점점 와해되는 가정과 분해되는 가족을 조명하면서 우리가 겪고 있는 문제를 드러낸다. 싸우고 화해한 뒤에 시간이 지나면 자연스럽게 결속될 것이라는 기대는 우리의 희망일 뿐이다. 폭언과 고성과 공격적인 말은 실제로 주먹으로 때리는 것과 같은 고통을 느낀다고 한다. 그런 폭력이 이어진다면 가족이라도 루이처럼 돌아서 나와야 한다. 그로 인해 극도의 외로움과 대면한다고 해도 그것이 자신을 지키는 일일 것이다.

소년의
선택

○

　영화 〈칠드런 액트〉(감독 리처드 에어), '칠드런 액트(The Children Act)'는 1989년 영국에서 제정한 유명한 아동법이다. 그 법은 미성년자를 다룰 때 '아동의 복지'를 고려해야 함을 명시하고 있다. 이언 매큐언의 소설이 원작인 이 영화는 종교교리 때문에 수혈을 거부하는 백혈병에 걸린 소년과 그 재판을 맡은 판사, 그리고 아동법 '칠드런 액트'를 다루면서 무엇이 아동의 복지인지 우리에게 질문한다.

　존경받는 판사 피오나(에마 톰슨 분)는 수혈을 거부하는 소년, 애덤(핀 화이트헤드 분)의 재판을 맡는다. 애덤은 이틀 안에 수혈을 받지 않으면 죽을 수 있는 위급한 상황이다. 피오나는 수혈 거부가 애덤의 자기 결정인지 확인하기 위해 애덤이 입원한 병원을 방문해서 소년과 이야기를 나눈다. 병실에서 애덤이 치는 기타 연주를 듣고 피오나는 예이츠의 「버드나무 정원을 지나」라는 시가 그 곡의 가사라는 것을 가르쳐준다. 그리고 수혈을 하지 않을 경우에 사망하거나 후유증으로 실명, 혹은 평생 장애를 갖게 될 수도 있다는 것을 애덤이 알고 있는지 묻는다.

애덤이 흔들리는 것을 보고 피오나는 인간의 존엄성보다 생존권을 선택하기로 하고 애덤에게 수혈하라고 판결한다. 수혈을 받고 회복이 된 애덤은 자기의 종교적 신념에 회의를 갖는다. 그에 더해 죽을 수도, 평생 후유 장애를 겪을 수도 있는 것을 알면서 자기를 방치한 부모와 종교를 더는 믿지 않는다. 그리고 그것을 깨닫게 해준 피오나에게 애착을 갖는다. 피오나는 애덤의 재판 전에 삼쌍둥이에 대한 판결을 내렸는데 수술하지 않는다면 둘 다 생존 확률이 낮은 상태였다. 그래서 분리 수술을 해서 한 명은 포기하고 한 명을 살리라고 판결했다. 그 일로 '살인자'라는 비난을 받게 되어 법원 뒷문으로 출입하는 등, 업무와 관련된 긴장이 이어진다. 영화는 결혼 생활의 위기, 판결의 책임감, '아동의 복지'를 우선으로 하는 데서 한계와 도덕적인 갈등을 겪는 피오나의 상황을 다룬다.

대부분의 미성년 자녀는 부모의 보호 아래 있고 따라서 부모가 만들어주는 환경이 아이의 환경이다. 아이가 사회성과 가치관을 갖는데 그 환경이 바람직하다면 다행이지만 그렇지 않을 경우, 아이는 불안정한 가치관을 갖고 성장할 수밖에 없다. 애덤의 부모는 선량하지만, 종교적인 원칙과 교리를 절대적인 선으로 여기는 편중된 가치관을 갖고 있다.

애덤은 건강하게 살고 싶었고 다양한 교육의 혜택을 받고 싶었지만 미성년이고 환자이므로 부모의 보호 아래 있어야 했다. 하지만 수혈을 받은 이후 부모가 자기보다 우위에 둔 종교적인 신념과 결정을 의심한다. 애덤은 이미 종교적인 신념에서 벗어나 의식이 달라졌고 반면에 그의 부모는 종교적인 신념을 최고의 가치로 두고 있기에 매번 부딪친다. 애덤은 더는 부모와 함께 살 수도, 백혈병 치료를 하면서 혼자 살 수도 없었다. 결국 몇 달 뒤에 성년이 된 애덤은 수혈을 거부하는 것으로 믿음을 선택한 것처럼 보인다. 하지만 애덤은 사회와 종교, 어느 쪽에도 편입될 수 없어 극단적인 선택 즉 자살을 한 것이다.

나는 영화를 보고난 후에 작가의 사유와 통찰에 소름이 돋았다. 그리고 소름 돋았던 내 이해가 맞는지(확실했다고 생각했지만) 책을 주문해서 읽었다. 책에서도 작가의 의도를 다시 확인할 수 있었다. 피오나는 남편에게 "내 생각엔 그건 자살이야"라고 말했다. 병이 재발한 애덤은 부모와 자기 신앙으로 돌아가고 그것은 자기 파괴의 완벽한 눈속임이었다고 작가는 『칠드런 액트』(한겨레출판)에서 말한다.

가정이라는 내밀한 영역이 도덕, 감정, 종교 등 폐쇄적인 환경이 되면 억압받는 아이들이 성장해서 또 그런 부모가 된다. 그에 따른 적절한 개입과 제도적인 보장을 하는 유일한 수단은 법이라고 이언 매큐언은 말한다. 가정의 갈등과 비극, 그로인해 절박한 처지로 내몰려 죽음을 선택하거나 죽음과도 같은 삶을 살아가는 미성년 아이들, 학업 스트레스와 교내 폭력, 부모의 불화, 폭행, 강간 등등 사례는 일부러 수집하지 않아도 차고 넘친다. 게다가 부모가 가진 가치관이 아이를 결박한다. 특히 그것이 종교일 경우, 종교가 절대적인 선이라고 생각하는 부모는 자녀에게 다른 지식을 차단한다. 알베르 카뮈는 『페스트』(문학동네)에서 이렇게 말한다.

세상의 악은 거의 다 무지에서 나오며 양식이 없다면 선의도 악의와 마찬가지로 많은 피해를 입힐 수 있다. 인간은 악하지 않고 오히려 선한 존재지만, 사실 그것은 문제가 되지 않는다. 인간은 많이 알 수도 있고 모를 수도 있는데, 그것을 미덕이나 악덕이라고 부른다. 가장 절망적인 악덕은 자기가 모든 것을 알고 있다고 믿고 사람을 죽이는 것을 스스로 허용하는 무지의 악덕이다. 살인자의 영혼은 맹목적이며, 통찰력을 최대로 발휘하지 않으면 진정한 선도 아름다운 사랑도 없는 법이다.

이 내용처럼 인간의 선량함과 무지는 같은 의미를 갖는다. 누군가를 길들이고자할 때 아이러니하게도 의식 없이 베푸는 무조건적인 친절과 무지는 폭력이다. 작가는 특정 종교를 비난, 공격하기 위해 글을 쓰지 않는다. 따라서 이언 매큐언은 종교와 부모의 편협한 의식, 가치관 전체가 아이들의 생존권에 문제가 될 수 있음을 말하기 위해서 실제 문제가 될 수 있는 특정 종교의 신앙을 예로 선택했다. 종교의 교리 이외에도 신앙에 빠져 있는 정도가 문제가 되기도 한다. 그것은 사랑하는 대상, 사랑에 빠진 정도가 치명적인 독이 되어 인간을 파멸시키는 것과도 같다.

종교심이 깊은 한 친구는 최고의 선과 기쁨과 자유는 신앙에서 온다고 말한다. 종교인에게서 많이 듣는 말이다. 그 부분에 대한 의견은 사람마다 다를 것이고 그 다름은 존중할 수 있다. 하지만 자기의 신념이 절대적이며 그 외의 것은 무가치하거나 가식, 혹은 부도덕하다고 주장한다면 확실히 문제가 있다. 신앙을 갖고 있을 때는 맹목과 편중된 생각에 분별을 잃는다. 게다가 다양한 종교 내에서 일어나는 소년애, 성폭력과 권력 혹은 상속 다툼, 위선과 비리에 대한 기사는 읽고도 모르거나 알아도 대수롭지 않게 여긴다. 교리의 엄격함, 종교적인 억압 속에서 일부 성직자들조차 도덕적으로 자유롭지 않다는 것을 우리는 이미 알고 있다. 종교가 제시하는 절대 선은 인간을 선하게 만드는 것보다 위선적인 인간으로 만드는 것에 더 가깝다. 왜냐하면 인간은 완벽한 선을 이룰 수 없기 때문이다. 전에 기차여행 중에 옆에 가톨릭 신부가 앉았는데 처음에는 가볍게 대화하다가 선과 악, 고해에 대한 얘기로 들어갔다. 신부도 인정할 수밖에 없는 고해성사의 한계와 인간의 악함, 모순에 대한 긴 대화였다. 내가 관찰한 그들의 선택은 솔직하게 인정하든지 아니면 더 위선적이 되는 것이었다. 나는 해리 왕자가 영국 왕실을 떠나게 되었을 때 비로소 깨닫게 된 것에 대해 오프라 윈프리와의 인터뷰를 보고 이해했다. 그가 왕실에 있을 때는 문제를 전혀 못 느꼈고 긍정했던 모든 것들이 결혼한 후에 아내의 문화와 충돌하는 것들을 보면서 비로소 다른 관점과 가치관을 갖게 된 것이다.

"난 그때 젊고 어리석어 이제야 온통 눈물로 가득하네요."

영화에 나오는 시의 자막을 읽으며 내게도 있었던, 젊고 어리석어 후회되었던 일들을 생각한다. 자녀 교육과 관련해서 내가 생각했던 권리와 그 외의 선택과 결정에 대해서도 돌아보았다. 그리고 이 사회에 흡수되고 싶지만 소외되었거나 방치된 환경에서 겉도는 미성년의 아이들을 생각한다. 누구에게나 실패할 권리가 있지만 다른 사람(자녀)을 실패하게 할 권리는 없다. 살면서 어찌할 수 없었던 환경, 위태로웠던 순간, 몇 번은 되돌리고 싶었던 선택, 그리고 그 모든 것에 대한 저항이 우리를 만든다. 문제와 갈등을 최소화하는 과정에서 부모와 가족, 친구의 손길은 언제나 절실하게 필요하다. 그것이 매번 우리가 원하는 길로 곧장 도달하게 하지는 않겠지만, 필요할 때 곁에 있어 준 누군가로 하여 또는 우리의 실수와 잘못을 그냥 넘어간 누군가로 하여 우리는 지금 살아 있다. 그 누군가에게 내가 불합리한 잣대로 통제와 억압, 요구를 하지는 않는지 진지하게 돌아보아야 한다. 그러면 적어도 어느 쪽에도 설 자리가 없는 애덤과 같은 아이들, 사람들이 내 주위에 있는지 살피는 데 도움이 되지 않을까 생각한다.

●

쓸쓸함은
줄어들지 않는다

○

패션 사진작가인 로맹은 서른한 살이고 자기 일에 열정이
넘치는 사람이다. 그는 시한부 암 선고를 받아 3개월 정도 더
살 수 있다. 로맹은 치유 가능성이 5%도 안 되는 것에 의학적
치료를 받는 대신 하고 싶은 것을 하며 남은 시간을 보내기
로 결정한다. 그는 주변을 정리하고 친할머니를 만나기 위해
여행을 떠난다. 여행 중에 식당에서 일하는 한 여자를 만나게
되는데 그녀와 남편은 아기를 원하지만 남편은 무정자증이라
아이를 가질 수가 없다. 그녀는 로맹에게 정자 기부를 요청하
고 죽어가는 로맹은 그 부부를 돕기로 한다. 동성애자인 로맹
은 성적인 자극을 받기 위해 그녀의 남편이 필요했고 여자는

로맹의 정자를 받기 위해 셋은 동침한다. 로맹은 죽게 되지만 아이를 남길 수 있게 되었다. 그녀가 임신한 것이다. 로맹은 아이에게 자기의 재산을 상속할 법적인 절차를 끝내고 해변에 누워 편안하게 죽음을 맞는다. 해변에서 혼자 죽음을 맞이하는 로맹에게 안식이 찾아온다. 영화 〈타임 투 리브〉(감독 프랑수아 오종)의 내용이다.

우리는 혼자라는 걸 인정하고 받아들일 때 더는 외롭지 않다. 혼자서 맞는 안식은 참으로 평온하다. 둘 이상이거나 누군가가 옆에 있다는 것이 위안이 되는 심리는 어쩌면 집단에 길들여진 익숙한 습관 때문일 수도 있다. 때로는 자신과 홀로 맞서는 것이 두렵다. 자식을 낳는 것은 함께 살 가족이 필요하고 나를 기억할 누군가를 남기기 위해서라고 한다. 하지만 그렇다고 해도 우리를 추억하는 것은 손자녀 대까지 짧게 이어지다가 부모에 대한 애틋한 기억은 끊어질 것이다.

우리나라 진도에서는 장례를 치를 때 춤을 추고 노래하며 애도한다. 몽골의 장례는 노출장으로 사람이 죽으면 시신을 들판에 버리고 온다. 얼마의 시간이 지난 뒤에 들판으로 가서 짐승들이 시신을 깨끗하게 먹었으면 기뻐하고 시신이 그대로 있으면 안타까워한다. 티베트의 장례는 조장(鳥葬)이다. 조장은 천장(天葬)이라고도 하는데 시신을 독수리, 까마귀와 같은 새들의 먹이로 잘라 던져주는 장례 의식이다. 조로아스터교,

티베트 불교의 장례 풍습이기도 하다. 이에 대한 몇 가지 설이 있는데 그중 하나는 조류의 왕인 독수리가 조각난 시신을 물고 하늘 높이 날아오를 때 죽은 자의 영혼도 승천한다고 한다. 그래서 독수리가 시신을 물고 가다가 떨어뜨리지 않게 작게 조각을 내서 던져주는 것이다. 남미, 극지방 사람들은 시신을 북극곰의 먹이로 내준다고 한다. 인간이 짐승을 취했듯이 굶주린 동물에게 죽은 육신을 내주는 것은 인간이 자연에게 그 빚을 갚겠다는 의미이기도 하고 땔감이 부족해 화장하기 어려운 환경 때문에 관습이 되었다. 결국 환경과 종교적인 의미의 결합이 풍습이 되었다고 할 수 있겠다. 이런 다양한 장례 풍습이 생소하다 못해 끔찍했는데 그것은 나와 다르기에 다가온 충격이었지 의미를 생각하면 이해 못 할 일도 아니다. 생과 사를 어떻게 이해하느냐에 따라 긍정하며 수용할 수 있다.

종종 노인이 고독사하는 것을 뉴스를 통해서 듣는다. 그 뉴스를 보면서 누군가가 내 임종을 지켜주고 예를 갖춰서 애도하는 것이 정말 잘 죽는 일인지 의문이 들었다. 그렇다면 좋겠지만, 죽는 순간에 가족들을 다 거느리고 떠나야 하나? 나는 아들이 내가 죽는 고통의 순간을 기억하는 게 싫어서 그 순간은 혼자 있는 것을 선택할 것 같다. 어떤 사람은 부모의 임종을 지키지 못한 것을 불효로 생각하여 평생 죄책감을 느낀다. 고인이 마지막으로 남긴 말에 의미를 두며 집착하기도 하고 편하게 임종했으면 그것을 위안으로 삼기도 한다. 하지만 평소에 따뜻함을 나눴다면 죽음의 순간 함께하지 못했다 해도 크게 문제 될 것은 없다고 생각한다. 생각해보면 우리가 누군가와 모든 순간을 함께하는 경우는 평생에 몇 번 되지 않는다. 가령 갓난아기를 돌볼 때와 가족이 위독할 때, 그리고 사랑에 빠져 있는 짧은 몰입의 순간이 그럴 것이다. 그러므로 임종을 지키는 가족이 곁에 있는 것보다 혼자 죽음을 맞이하는 사람이 더 많을 것이다. 임종이나 유언을 붙들고 있는 우리에게는 고독사하는 것이 안타까운 게 아니라 고생하며 살았던 것, 사망 후에 시신이 방치된 것, 평소에 살갑게 대하지 않은 것이 마음 아픈 것이 아닐까, 생각한다.

유교적인 장례 문화에서 벗어난 어른들은, 죽은 뒤에 제사 지내는 대신 살아 있을 때 재미나게 잘 살자고 한다. 우리 시부모님도 그걸 원하셔서 살아계실 때 자녀들이 자주 모였고 나는 질리도록 많은 일을 했다. 그 덕에 결혼한 지 6개월이 되었을 무렵부터는 혼자서 삼십 명분의 한식을 두세 시간 만에 차릴 정도로 요리에 능숙해졌다. 부모를 모시고 산 기간도 있었고 가족들이 자주 모이고 휴일이나 주말이면 며칠 동안 함께 지내기도 해서 나는 어머니를 기억할 것이 너무나 많다. 많은 기억이 주로 내 가사노동에 묻혀 있다. 내가 어머니의 나이가 되어보니 어머니는 지금의 나보다 더 나은 노후를 보냈다는 생각을 한다. 며느리들이 어머니의 수족처럼 일을 했으니 그 일부분이라도 젊을 때 고생한 한을 덜어드렸다는 생각이다. 이제 병환으로 돌아가신 어머니보다 내가 건강하게 오래 산다면 자식으로서 내 몫을 하는 것이다.

어머니는 떠났고 아직 남아 있는 나는 어머니를 기억한다. 그리고 내게는 나를 기억할 아들이 있다. 그런데 내가 기억할 누군가가 있고 나를 기억할 누군가가 있어도 우리의 쓸쓸함이 줄어들지는 않는다. 영화 〈타임 투 리브〉에서 "살아간다는 것은 오늘도 내가 혼자임을 아는 것이다"라고 한 말에 동의한다. 우리 대부분은 태어나 죽을 때까지 사랑하는 사람이 있어 외롭지 않지만 그래도 중요한 순간, 특히 고통을 느낄 때는 언제나 혼자다. 가족 중에 내 고통을 감지하는 사람이 있다고 해도 그것을 동일한 무게로는 절대 나눌 수 없는 일이다. 그래서 우리는 순간순간 혼자다. 그것은 누구의 잘못도 아니다. 하지만 죽음의 순간, 우리가 홀로 있음을 편하게 받아들이고 남은 사람이 그것을 담담히 받아들이려면, 우리에게 사랑하는 사람들과 함께 보낸 시간이 많아야 할 것이다. 그렇다면 떠나는 날만큼은 혼자 있어도 가엾지 않을 것 같다.

이 영화는 삶을 미화하거나 관계를 과장하지 않는다. 감독 프랑수아 오종의 작품은 거침없고 과감한 매력이 있다. 그래서 문란해 보이는 상황 설정이 우리의 상식적인 의식에 부딪힌다. 하지만 가능한 얘기다. 현실은 생각하는 것만큼 도덕적이거나 규범적이지 않다. 특히 죽음을 앞에 둔 사람의 입장에서는. 그래서 공감이 더 가는 작품이다.

이 영화를 보면서 죽음을 받아들이는 자세에 대해 생각했다. 병원에서 치료받다가 죽음을 맞이한 친정어머니의 죽음을 생각하니 임종이 좀 더 편안한 환경이었으면 좋지 않았을까, 하는 후회가 앞선다. 교통사고나 대수술을 받다가 병원에서 죽음을 맞이하는 어쩔 수 없는 이유만 아니라면 삶의 마지막 순간을 로맹처럼 자연을 느끼며 떠나는 것이 큰 축복이라고 생각한다.

●

길을
비켜 가다

○

〈도그빌〉은 라스 폰 트리에 감독의 영화다. 라스 폰 트리에 감독의 작품 중에서 〈어둠 속의 댄서〉, 〈백치들〉 다음으로 〈도그빌〉은 내가 본 세 번째 작품이다. '도그빌'이라는 제목과 아래 인용하는 표현만으로도 그곳이 어떤 곳인지 짐작할 수 있다.

톰 : 모두 들을 줄은 모르고 자기 방어에만 급급하군요, 정말 충격이에요, 내 친구들이 이렇게 야만적이라니.

그레이스 : 원한다면 날 가져요. 다른 사람들처럼 날 협박해요, 경찰과 갱단에 넘긴다고. 그러면 날 가질 수 있어요. 자신을

못 믿는 건 죄가 아니지만 자신을 믿는다니 다행이군요.

아빠 : 넌 너무 쉽게 사람들을 용서하고 있어, 인정을 베풀지만 네 기준을 잊어서는 안 돼.

총소리와 함께 쫓기듯 도그빌로 들어온 그레이스를 도그빌 사람들은 숨겨준다. 시간이 흐르면서 그레이스는 그들을 위해 노동하며 협박, 강압, 설득, 구걸, 사랑이라는 가면을 쓴 남자들에게 강간당한다. 그녀를 강간하기 위해 남자들은 각기 다른 얼굴로 다가온다. 결국 강압에 의한 욕망은 동일한 폭력성을 갖는다. 도그빌은 평온한 작은 마을이고 그런 마을의 특성상 가족적인 분위기지만 미모의 매력적인 여자의 등장으로 그들 내부에 웅크리고 있던 야만적이고도 비열한 모습이 드러난다. 자기의 가족은 건드리지 않지만 낯선 사람에 대해서는 도덕적인 책임을 느끼지 않는 것일까? 도그빌의 남자들 모두가 한 여자를 유린한 것은, 남해의 어느 섬에서 한 여선생이 학부모가 포함된 몇 명의 남자들에게 윤간을 당했던 사건과, 이스라엘에서 16세 소녀를 집단 성폭행하기 위해 30여 명의 남자들이 호텔 앞에 줄을 섰다는 뉴스를 봤을 때의 악마성이 떠올랐다. 스스로 교육하지 않는 욕망만 남은 인간은 이 사회의 흉기다. 인간관계의 시작 부분에서 관계가 멈추면 우리는 때로 그리워할 여지라도 있지만, 시간이 더 지나 그의 바닥까지 내려가보면 인간의 모순과 이기심에 극도의 환멸을 느끼게 된다. 스스로 경계하지 않는 사람도 결국엔 폭압적인 인간에게 동조하면서 동질의 동물성을 갖는다.

요즘 속속 드러나는 '미투' 고발을 통해서 우리가 확인하는 인간의 민낯을 도그빌에서도 볼 수 있다. 최근에 알게 되었지만 라스 폰 트리에 감독도 '미투' 고발에서 자유로울 수 없었다. 그는 상쇄하고 싶은 자신의 환멸을 영화에 투영시켰는지도 모르겠다. 정치인, 연예인, 스포츠인, 교육자, 공무원, 작가, 감독 할 것 없이 굴비처럼 줄줄이 엮이는 성추행자들의 보도를 보면서 그런 사람과 아닌 사람을 가르는 것은 어쩌면 무의미한 일인지도 모르겠다는 생각을 한다. 아예 들통난 사람과 그렇지 않은 사람으로 분류하는 게 더 현실적인 구분이 아닐까?

그레이스(니콜 키드먼 분)는 더 나은 세상을 위해 권력을 쓰고 싶다고 말하지만 그녀 역시 권력으로 폭력을 선택한다. 인간 전체를 교화해서 선한 사람으로만 이루어진 파라다이스를 만든다는 종교적인 이상은 비현실적이다. 법과 행정력이 절대적으로 필요하며 그것은 보호와 처벌을 위해 양극의 집단이 존재함을 뜻한다. 권력으로 이어지는 폭력의 순환은 끊을 수 없는 악의 고리이다.

슬라보예 지젝은 『새로운 계급투쟁 ― 난민과 테러의 진정한 원인』(자음과모음)에서 "그러므로 '서로 이해함'이라는 태도는 '서로 길을 비켜 감'이라는 태도로 보완되거나 새로운 '비밀 보호법'에 부합하는 적절한 거리를 확보해야 한다"라고 했다. 덧붙이기를 "생활 방식의 평화로운 공존을 위해 우리에겐 어느 정도 소외가 필수적이다. 많은 경우, 소외는 문제가 아니라 해법이다."

 "소외는 문제가 아니라 해법"이라는 말에 절대 공감한다. 사람들과 적정 거리를 유지하면서 어느 정도의 소외가 공존에 필요하다면 그럴 수밖에 없는 현실을 인정해야 한다. 살인 사건 중에 42퍼센트(영화에서 언급된 테러를 제외한 외국의 조사에서는 70퍼센트)가 가족에 의한 살인이라고 한다. 대부분의 여자와 남자, 아이들은 남편과 아내, 부모, 자녀로부터 살해당한다. 이젠 가장 가까운 가족도 두려워하고 경계해야 하는 대상이 되었다. 때로는 안 좋은 관계에서의 거짓보다 고독에서 오는 평화가 더 나을 것이다.

 멋진 외모 뒤에 괴물 같은 추악한 모습이 도사리고 있다가 어느 순간, 그 끔찍한 정체가 드러나는 공상과학(SF)영화가 생각난다. 우리 인간도 그와 다르지 않다. 다만 자신의 다른 (혹은 진짜) 모습을 부정하거나 외면할 뿐이다. 우리가 태어나 성장하면서 교육받은 외모는, 악마성을 다듬고 덧입힌 모습일 수 있다. 따라서 끊임없이 인간의 모습을 조각하기 위해 노력하고 다듬지 않는다면 권력을 이기적으로 행사하는 본질이 드러날 수 있다. '상황이 인간의 본성을 이긴다'는 말이 있다. 개인의 비도덕적인 행위는 언제, 어디서, 누구와 함께 있었는지에 따라 달라진다. 물론 예외도 있겠지만 인간은 환경의 지배를 받는다. 그러므로 내가 만나는 사람의 성향, 내가 앉아 있는 자리, 내가 함께한 사람이 누구인지 혹은, 내가 어떤 상황인지를 점검해야 한다. 인터넷에 올리는 말과 사소한 사진 한 장에서도 그의 가치관을 알 수 있다. 언젠가 마르셀 프루스트의 『잃어버린 시간을 찾아서』를 읽고 이 이상의 책이 필요할까? 생각한 적이 있었는데(작품마다 우리의 내면을 건드리는 부분이 다르기에 지금은 그렇게 생각하지 않는다), 영화 〈도그빌〉에서도 그런 감동이 있었다.

이 영화는 아주 불편하지만, 포장한 인간의 아름다운 모습에만 현혹되는 어리석음에서 벗어나게 한다. 혹시 나처럼 이 멋진 보석을 놓치고 십여 년이 지났다면 꼭 추천하고 싶다.

●

내 삶보다
죽음이
더 가치 있기를

○

엄마는 아서에게 말한다. "너는 웃는 게 예뻐, 항상 웃어라." 아서 플렉(호아킨 피닉스 분)은 코미디언을 꿈꾸지만 한 번의 실수와 오해를 받은 뒤로 다시는 설 무대가 없다. 그는 울고 싶어도, 화가 나도 언제나 웃었다. 게다가 그에게는 '웃음 발작' 증세가 있는 병이 있다. 항상 웃기 위해 그는 웃는 얼굴로 분장한다. 그는 말한다. "난 웃고 있지만 단 한 번도 행복한 적이 없었어." 항상 웃으라는 엄마의 말은 그에게 폭력이었다. 자기의 감정을 드러내지 말고 다른 얼굴로 살아가라는 것은 현실에 대처하는 사회성의 실현이기 전에 자기를 부정하라는 말이다. 게다가 아서는 영양실조 상태로 학대를 받으며 성장했고 그를 입양한 엄마조차 보호자로서 적합하지 않았다.

아서 플렉이 '머레이 쇼'에 출연하기 위해 춤을 추며 계단을 내려올 때의 장면은 이 영화에서 가장 인상적으로 남는다. 절망 속에서 끝도 없이 올라가야만 했던 생의 계단을, 아서는 발버둥 치듯 몇 계단씩 춤을 추며 내려온다. 그가 지하철에서 시비를 건 남자 셋을 살해하고 양어머니와 동료를 살해한 뒤에 그의 전부가 추락하는 장면이다. 아이러니하게도 '머레이 쇼'에 출연하는 것은 그의 생에 단 한 번 주목을 받은 일이다. 추락할 때 단 한 번 주목받는 사람, 원망과 분노와 체념과 즐거움이 혼재된 것이 웃는 분장과 춤으로 표현된다. 그것에 참담함과 슬픔을 느끼는 것은 관객의 몫일 것이다. 더는 갈 데가 없어 벼랑 끝에 선 아서 플렉은 '머레이 쇼'에서 말한다.

내 삶은 코미디 그 자체예요, 아닌 척하는 것도 지긋지긋해요, 그들은 못되게 굴어서 죽인 거예요, 내가 죽었다면 그들이 내 시체를 밟고 갔겠지요, 나 같은 사람은 안중에도 없어. 외톨이를 무시하고 겉보기로 사람을 판단하고, 당신 때문에 사람이 죽은 거예요.

연쇄적으로 살인을 저지른 아서는 피에 젖었고 이 사회는 그제야 이 연쇄 살인자를 주목한다. 미치지 않으면 살아갈 수 없는 세상, 이 세상이 만든 괴물이 아서 플렉일 것이다. 한 인간이 흉기로 변하고 소모품으로 전락하는 시작은 가정이며 그를 차별로 거부하는 것은 이 사회다. 아픈 아이들을 위로하며 살고 싶었던 아서는 잔혹해졌다. 그는 "내 삶보다 죽음이 더 가치 있기를(I just hope my death makes more cents than my life)"이라고 말한다. 자조적인, 참담한 말이다. 그는 그렇게 길거리에서 아이들에게, 버스 안에서 아이 엄마에게, 지하철에서 남자들에게, 그리고 직장 동료들에게 연속해서 멸시와 조롱을 받는다. 어른들의 관심을 받고 싶어서 아이들이 사고를 치듯, 약자들은 왜곡된 방식으로 인정받고자 사회의 시선을 끈다. 강자들은 범법을 저지르고도 가뿐하게 빠져나가지만 약자들은 한 번의 실수로 던져지고 짓밟힌다. 그것은 그들이 실수하지 않아도 사회로부터 소외될 '1순위'라는 뜻이기도 할 것이다.

영화 〈조커〉(감독 토드 필립스)는 베네치아 국제영화제에서 황금사자상을 수상했다. 주연 배우 호아킨 피닉스는 아카데미 시상식의 남우주연상 수상 소감에서 이렇게 말했다. "우리가 잘할 수 있는 것은 서로를 지지하는 것입니다. 과거의 실수로 서로를 지워버리기보다는 성장을 위해 서로를 도와야 할 때입니다. 우리가 서로를 교육하고 구원을 위해 서로를 안내해야 할 때입니다." 그가 말을 끝내자 참석자들 전원이 자리에서 일어나 박수를 보냈다. 그의 수상 소감은 큰 울림을 준다. 누군가 손을 내밀고 두 번, 세 번의 기회를 주는 몇 번의 일들이 있었다면, 아서 플렉은 흉기가 되어 사람들을 가차 없이 공격하지 않았을지도 모른다.

아서 플렉은 상담사에게 말한다. "말해도 당신은 이해하지 못할 거예요." 그렇다. 말해도 우리 대부분은 이해하지 못할 것이다. 하지만 이 영화를 통해서 돌아본다. 호아킨 피닉스의 말처럼 "우리가 서로를 교육하고 구원을 위해 서로를 안내"한다면 제2의 아서 플렉, 제3의 아서 플렉이 궁지에 몰려 함부로 자신을 포기하지 않을 것이고 "내 삶보다 죽음이 더 가치 있기를"이라는 가슴 아픈 말은 하지 않으리라 생각한다. 〈조커〉, 잔혹하지만 슬프고 참담한 영화다. 가해자를 조명해서 만든 영화라서 그런지 어릴 때부터 버림받은 사람이 어떻게 몰락하고 버려지고 이 사회의 흉기가 되는지 책임을 느끼면서 보았다. 쉽게 판단하고 낙인찍고 차별하는 우리 자신을 반성하게 하며 이 사회에 경종을 울리는 면에서 정말 훌륭한 작품이다.

●

삭제된
메시지입니다

○

카카오톡에는 전송한 메시지를 삭제하는 기능이 있다. 상대방이 읽기 전에는 내가 보낸 메시지를 지울 수 있다. 상대방이 내게 보낸 메시지를 삭제한 흔적을 보면, 무엇을 삭제했을지 궁금해지기도 한다. 그런데 상대방이 어떤 메시지를 지웠는지 알아낼 수 있는 앱이 있다. 유튜브에 그 앱에 대한 광고가 뜨면 신기하다며 좋아하는 댓글이 줄줄이 달린다. 처음에는 나도 그것을 보면서 기발하다고 생각했는데 이것도 하나의 세태를 보여주는구나 싶어 한편 쓸쓸하기도 하다.

나도 카톡을 보내고 난 뒤에 메시지를 얼른 삭제할 때가 있다. 오타가 있거나 불필요한 말이거나 엉뚱한 사람에게 전송

되었을 때 삭제한다. 혹은, 어쩌다 하지 말아야 할 말을 했거나 오해를 살 수 있는 말이나 상처가 될 수 있는 것이어도 삭제한다. 이렇게 삭제하는 것은 실수이거나 여과를 거치지 않은 날것인 경우가 대부분이다. 채팅창에서 내게 보낸 카톡을 삭제한 표시가 보이면 그 내용이 궁금할 수도 있지만, 호기심은 거기에서 멈춘다. 앱을 깔아서 굳이 찾아보고 싶지는 않다. 상대방이 보여주고 싶은 것을 보면서 그를 이해하려고 하는 것이 존중이다. 그러나 상대방이 보여주고 싶지 않아 삭제한 내용을 들추고 뒤져가며 알아내고 싶은 심리는 존중하는 마음이 실종된 불안정한 관계에 매달리는 것이다. 이재규 감독의 영화 〈완벽한 타인〉을 보면서 카톡 내용의 삭제를 복원하는 앱이 문득 생각났다.

영화에서는 혼자 온 친구 한 명을 포함, 절친 부부 몇 커플이 저녁 식사를 함께하고 나서 재미 삼아 그 시점부터 걸려오는 휴대폰의 통화와 문자메시지를 공개하기로 한다. 장난처럼 시작했지만 시간이 지나면서 그들의 은밀하고도 비밀스러운 바닥이 적나라하게 드러난다. 친구와 부부 사이의 모든 것이 와해되어 속수무책의 상태가 될 지경에 이르러 게임은 중단된다. 한두 가지의 의혹은 밀봉한 채, 그리고 여전히 드러나지 않은 비밀의 가능성을 서둘러 봉인하고 각자 생활로 돌아간다.

영화의 등장인물들처럼 진실이 드러날 때 우리는 상대에게서 내가 알았던 것과는 다른 모습을 보게 되어 실망한다. 마음에 예의를 한 겹 덧씌우는 일, 필터를 거쳐 걸러낸 말은 위선일 수도 있지만 예의이고 인간관계를 보편적으로 유지하는 데 필수적인 일이기도 하다. 그래서 모순과 위선이 적나라하게 드러나는 가족, 그 안에서는 필터링하지 않은 말, 말, 말 때문에 분노와 적의, 혐오가 가득하다. 물론 가정은 애정 때문에 유지되기도 하지만 어쩌면 재산, 자녀, 집안과의 관계 등 거미줄처럼 얽힌 현실적인 관계망이 가정을 해체하지 않는 데 더 기여하기도 한다.

아무리 가까운 부부와 자녀, 친구 사이라 하더라도 모든 것을 다 공유할 수는 없다. 비밀을 은폐하기 위해서가 아니라 알 필요와 알 권리가 없는 사항이 있다. 직장 내의 일, 시댁과 친정의 일, 친구 사이의 일 등등 어떤 것은 나와 상관이 없거나 전달되고 알게 되면 상처가 되고 신경 쓰이는 일이어서 굳이 캐내어 불편해질 필요는 없는 것이다. 이럴 때 서로의 간격을 존중하고 배려한다면 문제가 축소된다. 니체는 "선한 사람에게도 혐오스러운 부분이 있게 마련"이라고 했다. 그게 인간의 모습일 것이다. 사실이 아니어도 믿어줄 수 있는 마음이 있다면 대부분의 불화는 잦아든다. 하지만 진실을 헤아리기보다는 드러나는 사실만 믿고 그런 표피적인 것을 신뢰하는 사람이라면, 많은 것을 속속들이 다 알아야 한다. 그것을 원하는 사람은 폐쇄회로텔레비전(CCTV)으로 확인하고 녹취한 것을 확인하면 믿을 것이다. 하지만 이런 방식은 범죄를 파헤칠 때 필요한 방식이며 신뢰를 바탕으로 한 관계에서 할 일은 아니다. 만일 말보다 말로 표현하지 않은 것까지 이해할 수 있고 믿기 시작한다면 앞서 언급한, 삭제한 카톡 내용을 알고 싶어 안달이 나지는 않을 것이다.

주제 사라마구는 『눈뜬 자들의 도시』(해냄)에서 "무엇이 옳고 그르냐 하는 것은 그저 우리와 다른 사람과의 관계를 이해하는 서로 다른 방식이다"라고 했다. 이 말처럼 우리는 동일한 상황과 사건을 본다고 해도 이해하고 받아들이는 것이 각자 다르다. 자기 성정과 가치관에 따라 생각하고 수용하는 깊이가 다른 것이다. 양심과 상식은 학습된 것을 토대로 자기 편리에 맞춰져 있다. 따라서 나와 다른 사람에게 나와 같은 생각과 성정을 요구하지 않는다면 비상식적인 마찰은 겪지 않을 것이다.

음식을 함께 먹어도 맛을 느끼고 소화하는 것은 각자의 몫이다. 어떤 부분은 각자 알아서 할 일이다. 맛있고 소화가 잘되는 양질의 음식을 만들어줄 수 있지만, 우리의 몫은 거기까지다. 먹고 안 먹고, 많이 먹고 적게 먹고, 소화해 배변하는 것까지 신경 쓰는 것은 중환자와 아기를 돌보는 것이 아닌 한,

각자에게 맡겨야 한다. 상대방의 배 속까지 들여다보면서 간섭하는 것은 사랑이 아니며 무례하게 선을 넘는 것이다. 간혹 주변의 사례를 듣다 보면 자식과 남편, 아내와 연인, 친구에게 대하는 방식이 상대방의 배 속까지 관여하는 일처럼 느껴져 역겨워지기도 한다.

영화 〈완벽한 타인〉에서 상대방의 비밀이 하나씩 폭로될 때 모인 친구들은 충격을 받지만, 그들은 그 충격으로 친구와 배우자의 관계까지 다 버리지는 않는다. 그동안 상대가 보여준 것도, 충격으로 드러난 모습도 다 그의 모습이다. 자기가 몰랐던 것에 배신감을 느끼는 것은 상대에 대해서 다 알아야 한다는 강박에 사로잡혀서가 아닌지 생각해봐야 한다. 자기가 몰랐던 모습을 상대에게서 새롭게 알게 된 것은 상대가 숨긴 것일 수도 있지만, 대부분 내가 감지하지 못했거나 알 권리가 없었거나 그냥 내가 모르는 일이었던 것이다. 그럴 때 상대방의 허점과 단점, 혹은 오류를 수용하고 이해하는 성숙한 태도를 보이거나 그럴 수 없다면 단절해도 된다.

만일 관계를 유지하기로 했다면 배신감과 분노의 감정은 스스로 알아서 처리해야 한다. 삭제한 톡까지 파헤쳐서 오타와 실수, 상대방의 격한 감정선, 허술한 단점까지 다 알아내는 것은 소름 끼치고도 숨 막히는 일이 아닐 수 없다. 사업적인 관계가 아닌 보통의 인간관계는 호감과 사랑의 감정으로 시작하지만, 그것이 존중을 바탕으로 이어질 수 없다면 파괴되어야 한다. 사랑의 감정은 희석되고 열정은 약화될 것이지만 존중은 이성적인 뇌의 작용 즉, 의식에서 비롯되는 것이기에 더 강력한 힘을 갖는다. 권리(사실 부모와 배우자와 친구가 갖는 권리는 스스로 크게 키운 경우가 많고 과하게 행사될 때는 폭력성을 갖는다)는 축소하고 인권을 존중하는 태도는 대부분의 문제를 해결한다. 나와 같지 않은 친구, 나와 같지 않은 남편과 아내, 나와 같지 않은 자녀가 있어 우리는 종종 불행하고 슬프고 쓸쓸하다. 하지만 불합리하고도 불안정한 존재인 자기 자신도 스스로 통제하지 못하고 내가 원하지 않는 나로 방치한다면, 나에게는 나와 같지 않은 친구, 나와 같지 않은 남편과 아내, 나와 같지 않은 자녀가 아니라 나 자신이 '완벽한 타인'이 아닐까 생각한다.

●

왜
그런 질문을
하는 거야

○

"사람은 (죽일 때) 여러 번 찌르면 안 돼, 한 번 찔러야지."

"그럼 그 여자의 가슴은 무슨 이유로 잘라낸 거예요?"

"뭐가?"

"가슴을 잘라내고?"

"목을 잘랐지."

"그럼 두 번이잖아요."

"뭐가 어떻다고? 어차피 나쁜 놈들인데 몇 번 찌르든 어때
서?"

"공산당원들은 누구예요? 인도네시아인이죠?"

"그래 맞아. 공산당원들은 종교도 없는 놈들이야. 배우자를

서로 바꿔서 잠도 자고 그랬대."

"그건 소문이죠."

"직접 들은 거야, 고문할 때 말했어."

"이슬람교가 살인을?"

"인정하지 않아. 살인을 인정하지 않았지만 자신을 위협하는 적은 죽일 수밖에 없지."

"그러면…."

"왜 그런 질문을 하는 거야? 뭐 하자는 거야? 나 기분 나쁘라고 일부러 그러는 거지? 심각한 질문을 왜 하냐고? 왜 자꾸만 깊이 파고들려는 거야? 이럴 시간이 없어, 사원에 가봐야 해."

"알겠습니다. 시력 측정을 했으니까 안경을 맞춰드릴게요."

"책 읽을 때 쓸 수 있게 만들어줘."

"그 사건에 대해서 어떻게 생각하세요?"

"이미 끝난 일이라 생각해. 지난 일이지, 이제 와서 겁낼 일도 없고 지난 일은 지난 일일 뿐이야. 내가 피를 마셔서 그래도 다행이지 안 마셨으면 아마 미쳐서 나무에 올라가서 기도했을 거야."

"진실이 왜곡돼 있었어요, 아저씨가 죽인 사람들이 종교가 없었다는 말은 모두 거짓말이었어요, 아저씨처럼 신을 믿는 사람들에게 살인을 할 구실을 만들어주려는 프로파간다였다고요."

영화 〈침묵의 시선〉은 조슈아 오펜하이머 감독의 작품으로, 실화를 다룬 다큐멘터리 영화이며 베니스영화제 수상작이다. 조슈아 오펜하이머는 72개 국제영화제에서 수상한 영화 〈액트 오브 킬링〉의 감독이기도 하다. 둘 다 가벼운 마음으로 볼 수 있는 영화는 절대 아니다.

1965년 인도네시아 군부 독재의 대학살, 민간 행동 부대원들은 여전히 정권을 잡고 있고 고압적이고 뻔뻔하다. 피해자는 위험을 느끼며 아직도 상처 속에 갇혀 있다. 가해자의 당당하고 소름 끼치는 영웅담과 피해자의 증언 사이에서 안경사인 아디가 가해자들을 방문하면서 그들의 문제를 드러낸다. 아디는 안경의 도수를 맞춰 양쪽의 시력을 측정, 교정하며 대학살에 대해 가해자의 생각을 묻는다. 그들은 죄의식 없이 해맑게 그들의 악행을 무용담처럼 말한다. 아무런 양심의 거리낌이 없는 그들이 사원에 가서 기도하고 책을 읽기 위해 안경 도수를 맞춘다는 것이 아이러니하다. 간수였던 아디의 삼촌도 학살은 군대의 명령이었고 나라를 지킨 것이었으며 명령을 거부했다면 자기도 구속되었을 거라고 가해행위를 정당화한다.

그는 조카인 아디의 형, 람리의 죽음에 대해 죄의식이 없으며 "그들은 기도도 하지 않았어"라고 말한다. 공산당원이고 종교도 없고 종교의 규범과 달리 간음하며 기도조차 하지 않는 사람은 죽어야 한다는 듯이, 또 자기에게는 그들을 죽일 권리가 있다는 듯이 생각하는 것이다. 아디의 장인도 학살에 가담했고 자기들이 미치지 않기 위해 살해당한 자들이 죽어갈 때 목에서 흘리는 피를 받아 마셨다고 말한다. 마치 제주4·3항쟁에 대해 듣는 것 같았다. 게다가 아디의 아내조차 남편의 형인 시숙의 죽음에 대해 안타까워하지만 아디에게 말한다. 이제 아버지는 사람을 알아보지 못할 정도로 늙었고 도움이 필요한 노인이니 용서하라고, 이젠 늙었으니 용서하라는 말에 나는 왜 5·18민주항쟁 때의 대학살이 생각났을까? 노인이라는 이유로 가해자에게 면죄부를 주라는 말은 피해자의 가족에게는 피가 끓어오르는 말일 것이다.

2016년에 독일은 나치 전범 처벌에는 법적 시효가 없다며 나치 친위 대원이었던 94세 노인에게 징역 5년 형을 선고했다. 늙었다는 것이 면책 사유가 될 수 없다는 중요한 예이다.

자기 시력으로 늙어가던 가해자들의 시력을 아디는 교정해주려고 하지만, 그들은 교정한 안경을 쓴 뒤에도 진실을 외면하려고 할 것이다. 그들의 시각이 바뀌지 않는 한, 1965년의 100만 명 대학살은 여전히 강요된 침묵으로 진행 중일 것이다. 가해자의 공통된 특징은 용서를 요구하거나 지시하는 뻔뻔함이 있다는 것이다. 게다가 핑계 대면서 자기를 정당화하는 것은 나라와 상관없이 어쩌면 그렇게 같은지 감탄할 정도다. 가해자와 그의 가족들은 말한다. 피해자들이 그렇게 힘들었는지 몰랐다고, 다 아문 상처를 왜 끄집어내느냐고, 우리는 다 잊고 친하게 지내지 않았느냐고. 공포에 억눌린 침묵의 현장을 말하는 가해자들에게 후회와 수치심은 없다. 겁먹은 개가 꼬리를 내리고 붉은 잇몸을 드러내며 으르렁거리듯 경계하며 겁박한다. 그들은 한동네에 살고 있지만 그 사회에서 양립이란, 다양한 벽과 계층의 선을 지키며 최대한 서로를 철저하게 이용하는 위태로운 공존일 뿐이다.

감독 조슈아 오펜하이머는 "이 영화를 만든 것은 과거를 파헤치려는 게 아니라 과거에 종속당한 현재를 보여주기 위해서"라고 했다. 촬영할 때 처음에는 군인들의 경고와 위협 때문에 계속할 것인지 잠깐 고민했다는데, 가해자들이 여전히 당당한 것을 보고 촬영하기를 결심했다고 한다. 인터뷰에서 그는 말한다.

내게 영화는 거대한 거짓말의 틈에 균열을 일으킬 쐐기를 박는 작업이며, 영화라는 도구 안에서 우리가 평상시 인식하지 못하는 것들을 불편하다고 느낄 만한 지점까지 밀어붙이고 싶다.

영화는 인도네시아 군부독재의 대학살을 다루고 있지만,

우리에게도 그와 유사한 역사가 있다. 그 부분과 관련, 아직도 그들을 지지하는 사람들이 있다. 또 다른 대다수는 잘못한 일을 인정하지만 그에 대해 길게 언급하는 것을 상당히 불편해한다. 위의 가해자들의 반응처럼, 권위에 대한 공격으로 받아들인다. 게다가 용서하고 덮어주는 것을 아량이며 품위라고 여긴다. 하지만 용서라는 말은 피해자의 마음에서 나와야지, 가해자가 요구하는 일이 되어서는 안 될 것이다. 인정하고 싶지 않은 것을 들추어낼 때 가해자의 특징은 자기 방어적이며 화를 내고 패닉에 빠진다. 그들을 주시하는 시선에 불쾌해한다. 이 역시 침묵을 강요하는 것이다.

지배에 대한 탐욕과 종교의 도덕적인 차별이 우리의 심장을 가로막고 있는 한, 희망은 유토피아에 대한 환상이며 자기기만일 수밖에 없다. 이 영화에서처럼 피해자들은 착각한다. 가해자도 사람인데 평생 속죄하면서 살 것이라고 그들의 양심을 믿는다. 하지만 대부분의 가해자는 우리의 기대와는 다르게 빠져나갈 구실을 찾으며 죄책감, 후회, 수치심이 없다. 따라서 그와 유사한 악행이 반복되지 않으려면 어떤 형태로든 기억하고 기록하고 알려주는 것이 필요하다. 해결되지 않은 과거는 현재와 미래를 여전히 지배하기 때문이다.

독일 다하우수용소, 추모문에는 "죽은 사람에게는 애도를 표하고 살아 있는 사람에게는 경고하기 위하여"라는 글과 "우리가 어떻게 죽었는지 생각해보라"는 글이 있다. 이것은 과거를 파헤치려는 것도, 과거에 사로잡혀 있는 것도 아니다. 그것은 과거에 종속당한 현재를 보여주는 것이다. 독일인들은 잘못을 인정하는 것을 반성의 시작이라고 생각한다. 게다가 나치 전범 처벌에는 법적인 시효가 없으며 그들은 히틀러 경례와 같은 나치 추종 행위, 인종주의에 대해 엄격하게 대처한다.

일본군 '위안부' 문제와 5·18민주항쟁이 매번 거론되는 것은 잘못을 인정하는 반성과 처벌의 적정함이 아직 모호한 침묵 속에 묻혀 있기 때문이다. 상처가 덧날 때 겉에만 살짝 연고를 바르는 방식에는 우리의 깊은 상처가 절대로 치유되지 않을 것이다. 우리는 과거에 종속당한 현재가 계속 이어지는 것을 확인하고 있다.

주제 사라마구는 『도플갱어』(해냄)에서 "오래지 않아 우리는 이차대전 때의 폭탄이 너무 낡아서 폭발하지 않을 것이라 믿고 땅속에 그냥 방치하면 어떤 비극적인 일이 생기는지 알게 될 것이다"라고 했다. 폭탄은 확실히 제거해야 한다.

참혹한 폭력의 흔적을 안고 있는 '위안부'였던 할머니들이 아직도 눈물을 흘리는 것을 뉴스에서 볼 때마다 화가 치민다. '위안부'상을 훼손하고 '위안부'의 존재를 부끄러워하는 사람들을 보면 심장이 터진다. 5·18민주항쟁 때 학살당한 사람들과 가해자는 또 어찌할 것인가? 어쩌면 체면과 허세를 중시하는 우리는 과거를 청산하지 못해서 지금까지 이어지고 있는 폭력에 모든 것을 걸고 맞설 용기조차 없는지도 모르겠다. 그런 면에서 치욕의 기억, 다하우수용소를 없애지 않은 독일의 '자기의 잘못을 보여줄 용기'와 기억하려는 책임감에 대해 나는 더한 존경과 부끄러움을 느낀다. 우리는 타인이 고통을 말할 때 지긋지긋해하는 것이 아니라 그 고통에 우리가 감당해야 할 몫이 있다는 것을 기억해야 할 것이다.

다큐멘터리 영화 〈침묵의 시선〉, 우리로서는 비슷한 역사의 아픔을 갖고 있어 꼭 우리 얘기를 하는 것 같은 기분이 든다. 영화를 보면서 다시 우리의 과거 심각한 폭행의 상흔을 기억하게 되어 마음이 아프지만, 동일한 일이 반복되지 않게 하기 위해 잊지 않으려고 한다. 목숨 걸고 이 작품을 만들었다는 감독 조슈아 오펜하이머의 용기에 진심으로 감사한다.

●

다섯째 아이,

벤

○

『다섯째 아이』(민음사)는 도리스 레싱의 작품이다. 데이비드와 아내 해리엇은 비교적 평범하고도 화목한 가정을 이루며 살아가고 있고 친인척과의 유대도 좋다. 그들은 행복했다. 적어도 다섯째 아이, 벤이 태어나기 전까지는. 벤은 특별한 유전적 형질을 갖고 있다. 벤은 임신 때부터 부부와 가족, 이웃에게 두려운 존재였고 소설의 표현에 의하면 악이었다. 해리엇은 벤을 임신한 동안에 너무나 괴로운 나머지 배를 칼로 갈라 태아를 꺼내고 싶은 충동을 느낀다. 걸음마를 시작한 아기 벤이 집에 놀러 온 개를 맨손으로 죽이는 등, 벤과 관련한 모든 내용은 몸서리칠 정도로 충격적이다. 결국 부부는 다른 자녀들도 고려해야 하는 등, 여러 가지 이유로 벤을 요양원에 보낸다. 책에는 요양원에서 똥통에 빠진 것처럼 더러운 벤을 물건 다루듯이 돌리며 씻는 장면이 나온다. 어느 엄마라도 그 장면에선 아이를 두고 올 수 없을 것이다. 해리엇은 요양원에서 벤을 집으로 데려온다. 그런 환경에서 데이비드와 해리엇, 나머지 네 명의 아이들, 이렇게 데이비드의 가족 모두는 벤으로 인해 기숙학교로 제각각 흩어지며 불행을 겪는다. 더 소름 끼치는 것은 부모가 자기를 요양원에 버렸다고 어린 벤이 명확하게 기억한다는 것이다.

이 책을 읽기 전까지 인간은 유전자보다 환경에 의해 인간화된다고 나는 생각했었다. 그런데 부모, 교육, 좋은 환경, 평생 만나는 사람에 의해 인성이 결정된다는 내 생각이 제대로 흔들렸다. 어쩌면 바람직한 사회성을 지닌 인간을 정상으로 규정하는 것은 고정화된 생각일 것이다. 그러나 그런 편견의 폭을 넓혀서 벤을 바라본다고 해도 벤은 확실히 문제가 많았다. 책을 읽으면서 그런 벤과 같은 사람이 큰 문제를 일으키지 않고 단지 존재하는 것만으로도 최선일 수 있다는 생각이 들었다. 범죄심리학자, 정신과 의사의 말에 의하면 소시오패스는 후천적이지만 사이코패스는 선천적인 성향이 강하다고 했다. 그런 기질적인 성향이 모태부터 성장기 내내 벤에게서 발견된다. 어떤 짓을 해도 죄책감을 느끼지 않는 벤은 아기일 때

부터 동물을 죽이고 사람을 해치는 위험한 상황에 자주 노출
되며 훈육과 교육으로도 교정되지 않는다.

나는 작가 도리스 레싱이 막연하게 운명론적인 얘기를 하
기 위해 혹은, 교정 불능의 사람을 보여주기 위해 벤과 같은
인물을 설정했다고 생각하지 않는다. 작가는 분명히 철저한
조사와 준비를 해서 벤이라는 인물을 설정했고 이 글을 쓴 목
적 또한 분명할 것이다. 소설가는 단지 재미 삼아 글을 쓰는
것이 아니기 때문이다.

이 책에서 사이코패스가 언급되지 않지만 사이코패스의 모
든 특징이 벤에게 있다. 그렇게 태어나는 사람을 강제로 교정
하는 대신 사회적인 악이 되지 않게 할 수 있는지, 가족과 주
변 사람들이 벤과 같은 사람을 어떻게 대해야 하는지를 이 책
을 읽으면서 생각하게 되었다. 고통, 두려움, 이질적인 존재에
게 대처하는 방식에 대해서도 이 책은 좋은 메시지를 담고 있
다.

외국의 사례인데 가계(家系)에 소시오패스 성향의 1급 살인
자가 여덟 명 있는 한 교수가 있다. 그의 어머니는 이 아들을
키우면서 공감 능력을 갖추게 하는 데 집중했다. 이 교수는 지
금 평범한 사회인으로 살아가고 있다. 언제 어느 순간 돌출될
지 모르는 성향도 꾸준히 적절한 교육을 할 때 극단적인 기질
을 눌러줄 수 있다는 한 예이다. 물론 그런 노력은 본인 스스

로 멈추지 않고 살아 있는 동안 계속해야 할 것이다.

내가 벤의 엄마라면 어떻게 했을지 생각해보았다. 이 책을 아들이 읽고 내게 추천해서 나도 읽고 남편에게 추천해서 남편도 읽은 뒤에 남편과 대화한 적이 있었다. 어쩌면 우리 사회가 이런 어둠을 수용하기 위해 어떻게 해야 하나? 하는 질문에 명확한 해답은 없을 것이다. 다만 이 사회의 어둠, 불안한 존재, 그늘을 우리는 인정해야 하며 억압과 제재, 차단은 문제를 더 증폭시킬 뿐, 해답이 아니라는 생각을 한 것 같다.

노숙자, 걸인들이 쓰레기 더미처럼 길바닥에 웅크린 채, 역한 냄새를 풍길 때면 그 모습을 보는 것만으로도 불편하다. 자본주의사회에서 한쪽으로 밀려난, 혹은 버려진 그들은 우리가 경제적으로 풍족할수록 숨기고 싶은 우리의 허점이고 오류다. 마치 잘나가는 집안에도 한 명씩은 있을 법한 실패자, 알코올 혹은 약물 중독자, 정신이상자의 존재처럼 숨기고 싶은 치부가 드러난 것 같은 불편함이다. 서둘러 그 자리를 떠나 냄새를 털어내려고 해도 계속 따라붙어 한동안 찝찝하다. 어쩌면 더는 잃을 것이 없는 사람의 잠재된 공격에 대한 상상이 초래한 두려움 때문에 불안을 느끼는지도 모르겠다. 하지만 이제는 코를 잡고 숨을 참으며 그들 앞을 서둘러 지나가는 대신, 그들의 존재를 인정하기로 했다.

기온이 갑자기 떨어지면 우리의 주머니를 털어가지도 않

고, 공격하거나 저주하지도 않고 단지 웅크린 채 자기 고난을 견디는 그들을 생각한다. 30년 전 어머니는 외출할 때마다 주머니에 1000원짜리 지폐 몇 장을 접어서 갖고 다녔고 차가운 바닥에 앉아 있는 사람들에게 자주 건네고는 했다. 내게도 당부하셔서 나도 그렇게 했는데, 외출에서 돌아와 내 주머니에 돈이 그대로 남아 있는 날은 마음이 편하지 않았다. 그것은 그들에 대한 동정 때문이지 지금처럼 그들에 대한 사회적인 책임과 의무 때문은 아니었다. 물론 그런 것이 근본적인 해결은 아니다. 하지만 간혹 우리가 붙들고 있는 사소함으로 우리의 생이 이어지기도 하듯 취약한 그들을 외면하지 않는 것에 그들이 온정을 느끼길 바라는 것이다. 매년 봄이 되어 볕 좋은 담벼락에 여전히 웅크리고 있는 그들을 발견하면 매서운 칼바람이 지난 뒤에 올라오는 꽃순을 바라보듯 나는 안도하기도 한다.

도리스 레싱의 『다섯째 아이』를 읽으면서 억압받고 소외당하는 집단을 대하는 차별과 멸시는 없어야 한다는 것과 습관처럼 했던 내 행동에 이유가 생겼다. 냄새나는 겉옷을 순서 없이 겹겹이 껴입고 가뭄 때 논바닥처럼 갈라진 맨발바닥으로 복잡한 종로 거리를 배회했던 남자가 생각났다. 그는 누더기 보따리 몇 개를 묶어 끌고 갔다. 복잡한 도로에서 만난 벤틀리에게 알아서 길을 터주는 승용차들처럼(물론 같은 이유는 아니겠지만), 그가 나타나자 어깨를 부딪치며 지나가던 사람들이 길을 터주었고 그 공간엔 악취로 가득했다. 천이 삭고 헤어져서 구멍이 난 보따리 몇 개를 끌고 가는, 내 아들보다 조금 더 위일 것 같은 남자를 보니 우리의 생은 참으로 구차한 껍질을 많이 필요로 한다는 생각이 들었다. 그런데도 그들의 생을, 자살로 끊어버리지 않고 살아 있다는 것이 한편 고맙기도 하다. 분명 그들은 『다섯째 아이』에 나오는 벤처럼 교육, 교정이 안 되는 통제 불능의 사람들은 아니다. 그들은 어떤 상황이나 사정 때문에 궁지에 몰려 자신을 놓았을 것이고 악랄하거나 독하지 못해 자기와의 싸움에서 포기할 정도로 약할지도 모른다. 하지만 악한 사람과 약한 사람은 위기의 순간에는 큰 차이가 없을 수 있다. 게다가 우리 중에 누구도 그 경계를 넘지 않으리라는 장담을 할 수 없는 것이다. 그러므로 공존을 위해서 적절한 삶의 권리와 기본적인 보호가 그들에게 제도적으로 주어지면 좋겠다. 이 책을 읽으면서 그들을 바라보는 내 시선을 고르게 하는 것은 타인의 삶을 함부로 결정하지 않는 것에 도움이 되었다.

좋은 책을 한 권씩 읽을 때마다 내 의식의 결이 분명하고 선명해진다. 나와 다른 것에 층위를 두고 무심코 지나쳤던 일에 책을 덮고 잠시라도 고민한다. 이 책을 우리에게 남긴 노벨문학상 수상 작가, 도리스 레싱에게, 그리고 작가의 가치관에 빠진 내 사랑의 예감에 더없이 마음이 따뜻해진다. 『다섯째 아이』, 이 사회에서 다양한 사람들과 적절하게 공존하면서 보호받고 싶다면, 그리고 누군가를 위해 무엇인가를 하고 싶다면 타인을 위해 진지하게 고민하게 하는 이 책을 추천하고 싶다. 특히 부모라면, 아니 엄마라면 공감도가 몇 배나 더 올라갈 것 같다.

●

살면서
배우는 거지

○

　도리스 레싱이 쓴『런던 스케치』(민음사)에 수록된 단편「자궁 병동」이 있다. 그 소설에는 중증 환자들과 함께 입원한 마일드리드 그랜트라는 여자가 나온다. 그녀는 다른 사람의 시선과 입장은 무시한 채 자기 우울과 감정에만 빠져 있다. 그녀는 병실에서 울고 있다. 그녀가 우는 소리에 다른 환자들은 견디기 힘들 정도의 고통을 느낀다. 그녀가 쉬지 않고 우는 이유는 아파서가 아니라 남편이 곁에 없기 때문이다. 병원 규정상 남편은 밤에 병실에 있을 수가 없다. 25년간 남편과 단 하루도 떨어진 적이 없다는 이 여자, 결혼하고 25년이니 그녀의 나이도 대충 짐작할 만하다. 결국 잠자던 다른 환자들이 다 깨어 그 소리를 견디고 있다. 참다못해 한 환자가 아픈 몸을 겨우 일으켜 그녀에게 다가가 아기를 다독이듯 그녀를 재웠다. 그러고 나서 돌아와 힘겹게 자기 침대에 누우며 말한다. "살면서 배우는 거지."

마일드리드 그랜트는 이제 좀 나직이 울고 있었다. 그것은 음울하면서도 기계적인 흐느낌이었고 이제 그들의 신경을 몹시 건드렸다. 그들 각자의 내부에 자신의 권리와 요구 사항을 가진 달랠 수 없는 어린아이가 들어 있었으며 그들은 그 아이를, 그리고 그 아이를 누르기 위해 자신들이 얼마나 큰 대가를 치렀는지를 떠올리지 않을 수 없었다.

세상엔 육체적으로만 성장한 어른이 있다. 그것은 별 문제의식 없이 살아온 사람들에게서 많이 보인다. 자기 문제와 사회문제를 보는 시각을 관찰하면 그의 내적인 성장을 알 수 있다. 부모와 배우자와 자녀에 대해 집착이 심한 경우, 남편, 아내, 자녀를 아주 자랑스러워하든지 극도로 혐오하는 것으로 나타난다. 혐오하고 부정적이고 불평하고 불만을 품는 경우, 그것 역시 본인은 부정하겠지만, 배우자에 대한 집착일 것이다.

나보다 열 살 정도 아래인 여성이 있었다. 일 때문에 일주

일에 한 번은 꼭 만났는데 그녀가 지방에서 올라오다 보니 업무가 끝난 뒤에는 함께 식사하고 차를 마시고 집에 갔다. 그런데 만나기만 하면 습관적으로 남편에 대한 푸념과 불평을 했다. 어떤 문제를 의논하거나 일어난 사건을 말하는 것이 아니라 과거사를 반복해서 말하는데, 대화할 소재의 90퍼센트 이상이 그런 말이었다. 그녀는 자기감정에만 빠져 있어서 자신조차 싫어하는 남편 얘기를 내가 끝도 없이 들어야만 한다면, 그것이 얼마나 고통스럽고 지긋지긋할 것인지 배려하지 않았다. 이제는 내 남편도 일정 부분, 내려놓고 살고 있는데 너무 많이 들어서 다 외우다시피 한 그녀의 남편 행각을 반복 재생으로 듣고 있자니 머리가 터질 지경이었다. 나는 그렇게 지루하고도 골치 아픈 그녀의 하소연을 들으면서 「자궁 병동」의 마일드리드 그랜트를 생각했다. 마일드리드 그랜트는 남편이 보고 싶어 미칠 지경이지만, 내가 아는 그녀는 남편이 미워서 미칠 지경이었다.

결혼은 나에게 맞출 사람을 찾는 것이 아니고 함께 살아갈 사람을 찾는 것이다. 그래서 나는 그녀에게 제안했다. 이혼하든지 그럴 수 없다면 남편의 모습 그대로 존중하며 공존할 방법을 찾으라고, 그것이 자신을 바꾸는 일이기도 하다고 했다. 아니면 해결 방법이 없을 것이다. 자기 배우자의 단점을 끊임없이 말하는 사람의 특징은 자기애가 강하고 자신은 배우자와 다르다는 우월감이 있다. 그렇지 않은 사람들의 침묵은 배우자의 단점과 결점을 참고 견디고 털어내고 살아가기 때문에 가능하다. 아픈 사람들은 자기의 통증을 함구하고 견디지만 마일드리드 그랜트는 계속 자기의 감정에 빠져 아무 상관이 없는 옆의 사람들을 괴롭힌다.

　내가 다양한 사람들을 겪으면서 알게 된 것은, 사람은 저절로 좋아지지 않는다는 것이다. 오히려 습관, 태도, 성격은 늙어갈수록 자기의 아집에 사로잡혀서 더 나빠질 가능성이 크다. 특히 남성들 중에는 남성 우월감과 고집, 거기에 더해 살면서 얻게 된 지식과 경험으로 공고한 편견 속에 갇혀 있다. 그래서 변화하고 자신을 교육하려고 노력하지 않는 한, 절대 바뀌지 않는다. 그럼에도 대다수는 자기를 변화할 노력을 굳이 하지 않아도 사는 데 별문제가 없으며 직장 생활도 힘든데 자기를 바꾸는 그런 고통을 감수할 이유와 필요를 느끼지 못하는 것이다. 게다가 남성 우월감에 사로잡힌 남자는 동급인 친구의 말은 들어도 동급으로 여기지 않는 여자의 말을 들을 리가 없다. 그런 사람을 볼 때면 사람은 고쳐 쓰는 게 아니라는 옛말을 떠올리며 주억거리게 된다.

　내가 알고 있는 경우, 아주 특별하게 사람이 바뀌는 것은 두 가지였던 것 같다. 살면서 충격적인 사건을 겪었거나 한동안 고민했던 문제, 즉 자기 안의 균열을 지속해서 건드리는 지적인 훈련이 있을 때다. 그래서 위에 언급한 그녀가 아무것도 고치지 않는 남편 때문에 스트레스를 받을 시간에 자기의 시각을 바꾸는 노력을 하는 것이 현명한 일이라고 말한 것이다.

한동안 조던 피터슨 교수의 온라인 강의를 들을 기회가 있었는데 공감하는 말이 있었다.

고통스러운 상황을 바꾸고 싶다면 더 나은 사람이 되어라, 바꿀 수 있는 것은 아무것도 없다. 스스로 자신을 어제의 모습과 비교하고, 오늘의 다른 사람과 비교하지 말라.

미워하는 사람 때문에 불행에 빠져 있는 사람은, 마치 돌멩이에 걸려 엎어졌는데 마냥 주저앉아 있는 것과 같다. 넘어졌는데 일어나지 않고 주저앉아 자기가 걸려 넘어진 돌멩이에 대해 끊임없는 푸념과 넋두리를 한다. 그런 모습으로 푸념만 늘어놓는 일이 10년 동안 그래왔다면 그녀는 10년 후에도, 아마 죽을 때까지 그러고 있을 가능성이 크다. 남을 미워하는 분노로 인생을 허비하는 것은 정말 끔찍한 낭비이다. 자기를 교육하지 않는 사람은 성장이 멈춘 아이와 같다. 아이가 다섯 살이 되고 열다섯 살이 되고 스물다섯 살이 되었는데도 여전히 젖병을 물고 있다면 엄마의 눈에서는 피눈물이 날 것이다.

도리스 레싱이 소설 속에서 말한 '달랠 수 없는 어린아이'는 저절로 성장하지 않는다. 이해와 용납은 동의어가 아니다. 이해하지만 용납 못 하는 일이 있고 이해 못 해도 용납해야 하는 일이 있다. 그런데 내가 이해 못 하는 일은 절대로 용납 못 하겠다고 고집을 부린다면, 그것은 관계보다 자신의 잣대를 더 우위에 두는 교만이다. 끊임없이 징징거리는 감정에 빠져 있는 것도 아이의 특징이다. 게다가 심술과 반항까지 한다면 부모는 머리가 지끈거릴 것이다. 마일드리드 그랜트는 끊임없이 남편을 찾아 울었지만, 그것은 미움과 분노, 혐오 때문에 불평하는 것에 비하면 애교 수준이다. 그 혐오가 나를 점령하지 않게 조던 피터슨의 말처럼 자신을 어제의 모습보다 더 나은 사람으로 변화시키는 노력을 해야 한다.

나는 부끄럽게도 한동안 몇 명의 감정 쓰레기통이었다. 그녀들은 나를 소비하면서 자기 확인을 했던 셈이다. 남편의 문제를 끊임없이 말하면서 바닥으로 내려간 자기의 자존감을 세우려고 했지만 그런 방식으로 자존감을 높일 수는 없다. '달랠 수 없는 어린아이'의 양육에 마음을 기울이지 않는다면 그녀들은 지금도 또 다른 감정 쓰레기통에 남편과 다른 사람들에 대한 미움을 털어내고 있을 것이다. 할 얘기가 다른 사람을 향한 자기의 감정에 관한 얘기가 대부분이라면 그 사람의 정신을 채우고 있는 것이 무엇인지, 그의 '달랠 수 없는 어린 아이'가 어디쯤에서 성장이 멈췄는지 고스란히 알 수 있다.

「자궁 병동」은 단편이라서 읽는 데 많은 시간이 필요하지 않았다. 책을 다 읽고 나니 절반 남은 수마트라 커피가 식었다. 책을 덮고 내 안의 '달랠 수 없는 어린아이'는 제대로 잘 성장하고 있는지, 그 아이의 성장에 나는 어떤 필요를 채워주었는지를 다시 고민한다. 오늘이 생의 마지막이라도 하고 싶은 일은 도리스 레싱과 같은 작가를 만나 티타임을 갖는 것이다. 그렇게 보낸 오늘은 비교적 멋진 하루가 된 것 같다.

유인원의 그림과
롤리타

○

소아성애자인 험버트는 롤리타를 사랑한다고 끊임없이 생각한다. 하지만 이 책『롤리타』(문학동네)의 작가 블라디미르 블라디미로비치 나보코프는 험버트가 욕정의 노예라는 것을 폭로한다. 험버트는 롤리타를 놀잇감으로 생각하며 롤리타를 부를 때 애완동물, 갈색(성기 색깔) 꽃봉오리, 갈색 돌로레스(성기에 이름을 붙여 부름), 창녀라고 한다. 다시 말해 험버트는 롤리타를 인격체가 아니라 성적 도구로만 인식하는 것이다. 또한 롤리타가 순결한 처녀가 아니며 음탕한 특징이 있고 국가나 지역에 따라 조혼과 근친상간이 허용된다고 자주 말하는 것으로 험버트는 자기의 죄를 축소, 혹은 합리화한다. 그러나 나보코프는 험버트를 거부하고 사랑을 부정하는 롤리타를 통해 험버트의 본질을 드러낸다. 마치 성추행한 뒤에 나타내는 유명인의 태도와 같다. 딸 같아서, 미니스커트를 입고 유혹해서, 행실이 안 좋아서 등등, 그들의 말은 험버트처럼 자기 합리화하는 비열한 심리까지 일치한다.

소아성애자에겐 인격, 명예, 학력, 도덕적 규범이 어떤 작용도 하지 못한다. 가령, 의붓딸인 롤리타가 아기를 낳고 그 아이가 또 아기를 낳으면 그들과 험버트의 관계는 손자, 증손자다. 그러나 험버트는 롤리타가 낳는 아기가 제2의 롤리타, 제3의 롤리타가 된다고 생각한다. 이런 험버트의 상상은 롤리타를 끊임없이 성적인 도구로 보고 있으며 그의 대상은 롤리타를 포함한 아이들 전체라는 것을 증명한다. 나는 이 부분에서 작가에게 혀를 내두를 정도로 경탄했다. 그것은 나보코프가 험버트의 감정에 '결코' 동의하지 않으며 그의 범죄에 단호하다는 것을 보여준다. 만일 이 부분이 없었다면 이 소설은 삼류가 되었을 것이다. 이 몇 줄이 작품의 품위를 보호, 유지하는 결정적인 부분이다.

책을 읽으면서 내용의 음탕함과 소아성애의 역겨움 때문에 책을 던지고 싶은 충동을 자주 느꼈다. 하지만, 작가에 대한 신뢰가 있었고 그의 묘사가 훌륭했기 때문에 계속 읽을 수 있었다. 험버트의 뻔뻔한 상상과 가증스러운 욕정에 혐오를 느긴 것도 나보코프의 훌륭한 문장과 묘사력 때문일 것이다.

이 소설은 재판이 시작되기 며칠 전 구금 상태에서 관상동맥혈전증으로 험버트가 사망했다는 것으로 시작한다. 그의 처벌을 먼저 보여주는 것 역시 작가의 뛰어난 구성이다. 아무리 훌륭한 묘사와 문장이 있어도 혐오와 증오를 증폭시키는 소아성애자의 적나라한 욕정을 들여다보는 것은 힘든 일이다. 나보코프의 다른 소설『절망』(문학동네)에서도 그렇듯 그의 표현은 솔직하면서도 직설적이다. 가끔 어이없어 웃음이 터지는 부분도 있는데 그것이 내용의 중압감을 줄여줌으로 독서의 스트레스를 완화하는 장치로 느껴진다.『절망』이 점진적인 확장과 구체성을 드러내는 것처럼『롤리타』의 전개 방식 역시 지루하거나 답답하지 않다.

나는 어떤 글이든 작가에 대한 신뢰가 없으면 읽을 수 없다고 생각한다. 특히 이런 부담되고 위험한 소재를 다루는 것이라면 더 그럴 것이다. 내가 만일 그의『절망』을 먼저 읽지 않았다면 이 책 또한 선택하지도, 끝까지 읽지도 않았을 것이다. 그에 대한 명성과 권위만으로는 이 책을 읽어낼 재간이 없다.

나보코프가 이 소설의 단초가 된 뉴스 기사를 언급한 적이 있다. 식물원의 한 유인원에 관한 내용이었다. 한 과학자가 몇 달 동안 유인원을 지극정성으로 보살피면서, 목탄으로 그림을 그리게 했다. 결국 어렵게 유인원이 그림을 그렸다. 그 과학자는 어떤 기대를 했을까? 자기가 유인원을 사랑하는 것처럼 유인원에게서도 그런 긍정적인 파장을 기대했을지 모르겠다. 그런데 유인원이 그린 것은 자기의 모습이나 사랑으로 보살펴준 과학자의 얼굴이 아니었다. 놀랍게도 유인원이 그린 것은 자기가 갇혀 있는 우리의 쇠창살이었다. 나보코프는 이 충격적인 뉴스로 영감의 전율을 느꼈다고 한다. 그가 소설에서 보여준 것이 바로 그것이다. 롤리타가 겪었던 일과 험버트의 변태적인 욕정은 동일 선상에 있지 않다. 우리 주변에는 법망을 피한 무수한 자기합리화의 가면을 쓴 험버트들이 차고 넘친다. 나보코프는 교훈을 위하여 소설을 쓰지 않는다고 했지만 이 소설에서는 그런 '방심의 현'을 튕겨주면서 충분히 환기되는 교훈이 있다.

우리 주변에도 과학자와 유인원의 관계가 있다. 그것은 돈독한 애정을 학습하고 요구하는 부부, 부모와 자식, 연인, 친구 관계에서도 쉽게 찾을 수 있다. 과학자가 유인원을 사랑으로 보살폈지만, 유인원에게 그의 애정은 폭력적인 창살일 뿐이었다. 가해자가 모든 필요를 제공했어도 집착, 구속, 폭력은 약자가 느끼는 고통이다. 그 후에는 치료할 수 없는 상처와 파멸에 이르는 것만 남는다. 상처는 흉터와 트라우마로 기억되고, 치료가 되었다고 해도 피해자가 비슷한 상황을 만나면 다시 끔찍하게 재발한다.

『롤리타』는 수백 번 욕을 반복해야만 읽을 수 있다. 험버트의 추악함과 폭력성, 잔혹함은 사랑이라는 가면을 쓰고 있어서 더 역겹다. 이 사회 곳곳에는 어릴 때 성장이 멈춘 어른들이 두리번거리며 배회한다. 책을 읽는 동안 느꼈던 충격과 혐오와 증오는 소설이기에 견딜 수 있었다. 하지만 현실과의 괴리는 없다. 여전히 험버트들은 우리 부근에서 품위 있는 겉모습으로 살고 있기 때문이다. 그들은 사랑과 존경을 받는 고상한 학자이거나 교육자, 정치인, 종교인, 성직자로서 여전히 건재하며 들통나기 전까지는 이 사회의 축으로 당당하게 존재한다.

소아성애자 험버트가 롤리타를 바라보던 두 개의 눈과 롤리타를 향해 뜨거워졌을 심장과 롤리타를 만지며 흥분했을 두 개의 손과 대책 없이 발기하던 성기를 다 도려내고 찍어내도 독자의 분노는 끝나지 않는다.

이 책을 읽으면서 성범죄에 대한 통계를 인터넷으로 검색했더니 당시 우리나라에 성범죄로 발찌를 찬 사람의 숫자가 3000여 명이라고 했다. 성폭행범 중에 소아성애자가 포함되었다. 그중, 재범자가 200명이 넘고 그들은 검찰이 특별 관리하기 때문에 경찰에게 신고했을 때 경찰의 즉각적인 개입, 추적, 검거(영장 발부와 허가를 받는 절차, 시간이 필요)가 쉽지 않다고 한다. 책의 내용이 너무나 현실과 비슷해서 객관적인 시각을 갖는 것이 어려웠다. 다시 읽는다고 해도 내가 평정을 유지하며 작품의 가치를 제대로 발견할 수 있을 것인지 장담하기 어렵다.

세계 1위라는 아동 성 착취물 사이트인 '웰컴 투 비디오' 운영자, 'N번방' 운영자, 그 외 관련된 사람들이 검거, 조사, 구속되는 과정에서 보도된 내용으로 연일 시끄러웠다. 경악할 만한 것은 이 소설은 현실보다 약하다는 것이다. 소설은 현실의 한 부분만 보여주기 때문이다. 무수한 소아성애자들이 갓난아기를 포함해서 영유아들의 불법 영상을 다운로드했다. 친부가 어린 딸을 오랜 기간 유린한 사건이 적지 않고 친모는 그것을 방관하거나 딸을 질투하기까지 한다. 많은 아이들이 자기의 울타리 안에서 버려지고 소비되며 겨우 살아남는다고 해도 그들을 키우는 것은 혐오다. 내가 『롤리타』를 읽으면서 확실히 생각한 것은 아이들을 성적 노리개로 여기는 사람에게 이해와 동정은 단 1퍼센트조차도 단호하게 거절해야 하며, 그들이 어떤 위치에 있든 법적인 처벌은 가장 엄격하게 적용해야 한다는 것이다. 롤리타가 의부인 험버트와 2년간 여행을 다니면서 탈출할 기회도 몇 번은 있었고 자기를 유혹한 몇 차례의 상황이 있었다고 험버트가 주장한다. 그러나 나보코프는 그 모든 상황을 다 강간으로 분명하게 규정한다. 그리고 나중에 험버트에게서 탈출한 롤리타도 그 모든 기간에 성적으로 착취당한 것으로 인식한다.

습관화된 것도 그렇고 감정적인 결박에서 상황을 벗어나는 게 쉽지 않은 것 같다. 이 내용을 읽으면서 피해자의 침묵, 또는 거절을 명확히 하지 않는 것, 동의까지도 가해자에 대한 법적 처벌을 축소하는 근거가 될 수 없다는 것을 확신할 수 있었다. 직장 내의 '미투' 고발과 관련해 피해자의 단호하지 않은 모호한 태도에 의심을 품었던 떠들썩한 사건을 기억한다. 이 책에서 표현하는 롤리타의 생각을 읽으면 그 답을 얻을 수 있다. 그것은 미성년 롤리타가 아니라 작가 나보코프의 사유이기 때문이다.

롤리타가 2년간 험버트와 여행을 다니면서 부녀 사이거나 연인처럼 보이는 부분이 있었다. 여행하면서 여러 번 탈출할 기회가 있었지만 매번 시도하지 않는 롤리타의 미묘한 심리와 혼돈에 주목할 수 있다. 그것은 스톡홀름증후군처럼 인질이 인질범에게 동화되는 것을 생각하면 쉽게 이해할 수 있다. 인질이 인질범과 적대적이지 않고 협조적으로 보인다 해도, 인질범과 인질의 입장은 달라지지 않으며 인질범의 죄는 없어지지 않는다. '미투' 고발 피해자가 직장 내의 가해자에게 매번 적개심을 드러내지 않고 가해자와 충돌 없이 협조적으로 업무를 수행하는 것이 가해자에게 호감을 느끼고 있다는 증거는 아니다.

『롤리타』를 읽은 뒤에 '미투' 고발에 대한 뉴스와 그에 대한 논쟁을 읽으면서 『롤리타』가 그런 논란을 불식시킬 정도로 명확하게 잘 쓰인 책이라는 것을 다시 실감했다. 그런 면에서 나는 영화보다는 책 『롤리타』를 추천하고 싶다. 소아성애자를 포함한 성범죄자에게 처벌은 모두가 두려워할 정도로 엄중하고 강력해야 하며 선처를 베풀어서는 안 된다. 강력한 법 제정에 더해 사회적인 장치 안에서 우리의 역할을 구체적으로 더 해야 할 것이다.

블라디미르 블라디미로비치 나보코프의 『롤리타』, 성범죄자의 집착과 반성 없는 악랄한 탐욕에 속이 끓어올라 읽기 힘들지만, 사건에 대해 명확한 시각을 갖게 하는 책이라 꼭 추천하고 싶다. 희생되는 아이들의 눈물이, 소비되는 여성들의 불행이 더는 세상을 암울하게 하지 않았으면 좋겠다.

●

이편에서
저편으로

○

'

21세 작가 장 다라간은 잃어버린 수첩을 찾다가 그의 유사 부모였던 아니 아스트랑의 기억을 떠올린다. 장 다라간은 15년 전인 6세 때 부모에게서 버려져 유사 부모에게 맡겨졌었다. 다라간은 어릴 적 기억의 파편들을 하나씩 꺼내 맞추면서 몽환과 현실을 넘나든다.

파트릭 모디아노의 『네가 길을 잃어버리지 않게』(문학동네)의 간략한 줄거리다. 파트릭 모디아노가 노벨상 수상 소감 연설에서 언급했듯 이 책은 그의 자전적인 내용이다.

이 책은 문학 행사에 가기 위해 이동하면서 차 안에서 읽었던 책이다. 다 읽고 나서 여운이 크기도 했지만 차 안에서 잠

든 사람의 숨소리, 대화와 통화 등등, 백색소음 속에서 읽은
터라 혹시 놓친 부분이 있을까 하여 다시 읽었다.

이 책은 시집을 읽는 것 같기도 하고 몽환적이면서도 현실
적인 마찰이 아름답다. 제목이 감성적이라 선뜻 내키지 않았
는데 역시 편견은 깨야 한다. 그녀가 쪽지에 달랑 주소만 쓴
게 아니라 덧붙여 쓴 말이 "네가 길을 잃어버리지 않게"였다.
이 말이 뭉클하게 다가온 이유와 그 울림은 이 책을 읽는다면
공감할 것이다.

"그 존재도 우리 염두에 없던 사람들, 한 번 마주치곤 다시
보지 않을 사람들이 어째서 보이지 않는 곳에서 우리 인생의
중요한 일역을 담당하는 것일까?"라는 부분에서는 아찔했다.
우리는 혼자이면서 함께였던 것이다. 어디선가 내 인생에 영
향을 끼치는 사람들이 있다. 그들의 존재 자체가 내 인생에 중
요한 일역을 담당하고 있었다는 것을 나는 까맣게 잊고 있었
다. 중요한 것은 내가 잊든 잊지 않든 그들은 내게 영향을 준
다는 것이다. 그 존재는 부모, 형제, 스승, 친구, 연인, 동료 또
는 잠깐 인연이 닿았다가 인사 없이 멀어진 사람일 수도 있다.

우리가 어떤 생각과 의식을 갖고 살아가든 누군가의 존재
와 도움에 감사하든 하지 않든 관계없이, 누군가의 희생과 지
원 없이 또는 누군가의 용서 없이 우리는 존재할 수 없고 아무
것도 이룰 수 없다는 말에 동의한다.

"네가 길을 잃어버리지 않게"라는 말은 또 얼마나 따스하고 뭉클한 말인가? 이마가 깨질 것처럼 추운 겨울, 집에 갔을 때 어머니가 절절 끓는 아랫목을 내주고 담요로 등을 감싸주며 건네준 따끈한 우유를 마실 때의 포근함처럼 그것은 직전의 추위를 잊게 한다. 이렇게 내 기억을 소환해주는 "네가 길을 잃어버리지 않게"라는 말은 장 다라간에게도, 나에게도 마음이 녹아내리는 말이다.

"그는 길 이편에서 저편으로 건너오는 데 십오 년이라는 시간이 걸렸다는 걸 깨달았다"는 말처럼, 누군가를 그리워하고 다가가는 데 우리의 평생이 필요할 수도 있고 어쩌면 생을 다해 노력해도 그에게 도달하지 못한 채 죽을 수도 있다. 사랑은 표현하는 것이라고 하지만, 나이가 들면 표현하지 않아도 그냥 짐작으로만 알 수 있는 것들이 생긴다. 그렇게 짐작으로 감지되는 것이 오랜 여운으로 평생 우리 가슴을 덥혀주기도 한다.

파트릭 모디아노는 작가가 책을 낸다는 것은 소식 모르는 사람을 향해 모스부호를 띄워 보내는 일과 같다고 했다. 누군가에게 도달하기까지 끈기 있게 보내는 모스신호를 누군가 받았을 때 그는 비로소 안도한다. 그것은 막막하면서도 가슴 두근거리는 일일 것이다. 내가 찾았거나 혹은 무심코 집어 든 책이 작가가 나에게 보내는 개인적인 전언이었다니, 뭉클했다. 그리고 책을 읽으면서 그런 느낌에 사로잡혔던 때가 한두 번이 아니라는 것이 생각났다. 그때는 내가 좀 과한가? 하는 생각이 들었는데, 이 책을 읽으면서 공감했다. 그렇게 쓴 책이 독자에게 도달할 때 작가의 마음은, 선물을 받고 기뻐하는 사람의 표정을 보는 기분과 같을 것이다. 때로 선물을 받고 기뻐하는 사람을 보고 있는 사람은, 선물을 받은 사람보다 더한 행복감에 젖는다. 마치 정성껏 음식을 해줬는데 정말 맛있다며 음미하는 표정을 보는 사람의 기분처럼.

이 책을 읽으면서 작가의 마음과 독자의 태도에 대해 생각해본다. 요리를 하면서 때로는 힘들다고만 생각했는데 가족의 반응을 보면서 나는 기쁨을 돌려받고 있었다는 것을 알게 되었다. 물론 요리가 맛있게 되었을 때 해당하는 것이겠다. 아내와 며느리가 되고 엄마가 된다는 것은 희생과 노동이 요구되지만 내 희생을 누리면서 자기 일을 성실히 하고 안정을 느끼는 가족을 보며 기쁨을 돌려받는 멋진 일이라는 것을 이 책을 통해 이해했다.

내가 쓰는 글도 '모스부호를 보내는 일처럼, 남몰래 삽입한 현실의 한 조각, 오직 한 사람만 해독할 수 있는 신문광고란 속 개인적 전언'처럼 그렇게 독자에게 다가갔으면 좋겠다.

●

그곳이
바로
천국이었다

○

　주제 사라마구의 『눈먼 자들의 도시』(해냄), 실명과 존엄, 서로 다른 두 단어가 소설에서는 밀접하게 연결된다. 사람들이 갑자기 실명하면서 인간의 존엄이 무너지고 실존의 문제와 부딪힌다. 실존은 삶의 균형이 깨지면서 가치관의 파괴에 이어 또 다른 자아와 맞닥뜨린다.

　도시 전체에 눈먼 사람들이 가득하다. 한 사람을 제외하고 모두가 실명했다. 그 황당한 상황에서 여자들은 살아남기 위해 비열하고 포악한 자들에게 성을 상납한다. 그 일로 얻은 썩은 음식을 사람들과 나눠 먹으며, 누더기를 걸치고 오물과 악취 속에서 살아간다. 그에 더해 살인과 폭력, 저항하지 못하는 무기력한 삶이 이어진다. 인간의 존엄은 우리의 육체적인 조건, 필요, 소유물로 증명되는 것일까? 오물 더미 속에서 비열하고 비굴하게 살아가는 것은 인간 존엄의 상실인가? 그런 근원적인 의문을 던진다. 몸을 지탱하는 것은 정신을 지키는 일이다. 종종 인질을 벌거벗기는 것으로 수치심과 모멸감을 느끼게 하는데 그것은 정신력을 무력화하려는 목적이기도 하다. 그렇게 육체에 균열과 파괴가 일어나고 공기조차 오염된 잿빛 도시에 더는 산 자와 죽은 자의 구분이 없다. 그런 쓰레기 더미에서 인간성을 잃지 않는 소수의 사람이 있다. 끝도 없이 추락하는 절망의 바닥에서 주제 사라마구는 희망 하나를 보여준다. 그것은 사람이다.

자고 일어나면 오물이 쌓여가고 악취가 코를 찌르는 도시, 조직력이 무너지고 고립되고 방치된 도시에서 단 한 사람, '의사의 아내'만 앞을 볼 수 있다. 그녀는 말한다. "오늘은 내가 책임져야 해, 다른 사람은 시력을 잃었는데 나는 내 시력을 잃지 않았다는 책임감…. 그렇게 해야 해." 인간은 독점적인 장점이 있으면 권위를 갖고 군림하게 마련이지만 그녀는 시종일관 문제 해결에 초점을 맞추고 할 수 있는 것을 찾아 '살아가는 방식으로 진행'한다. 그런 태도가 그 사회를 회복하는 단 하나의 희망이자 가능성이다. 또한 '겪은 자와 겪지 않은 자'는 극명한 차이가 있다. 살인, 폭행, 도둑질, 강간 등등의 악조건에서 살아남은 사람들은 '겪은 자'로서 전과는 '다른 사람'이 된다. 사람들이 먹을 것을 찾아 더듬거리며 다니다가 기진한 상태에서 들어간 성당에는 모든 성상들의 눈이 천으로 가려져 있다. 그 부분에서도 주제 사라마구는 절망 끝에 버려진 그들에게 희망은 신이 아니라 인간이라는 것을 다시 보여준다.

"우리는 실명과 암으로, 실명과 결핵으로, 실명과 에이즈로, 실명과 심장마비로 죽을 거예요"라는 표현이 나온다. 이 말처럼 보통 어떤 문제에 함몰되어 있으면 그 문제가 죽음과 직접 맞닿아 있지 않아도 문제 때문에 절망하고 죽음을 생각한다. 하지만 작가는 문제는 문제이고 절망은 절망일 뿐, 생존을 위한 노력에 집중하라고 한다.

감동적이고 아름다운 장면도 나온다. 맑은 물병 안에 들어 있는 물에 빛이 통과하자 투명한 물이 보석처럼 반짝인다. 아마 내가 이 책을 읽으며 가장 깔끔했던 이미지로 느꼈던 부분 같다. 수용소를 탈출해 더러운 차림의 그들은 의사의 집으로 갔다. 의사의 아내는 집에서 가장 좋은 수정으로 만든 잔을 내놓고 사람들은 탁자에 둘러앉아 투명한 잔에 따른 맑은 물을 경건한 의식을 치르듯이 마셨다. 실명한 상태라 보이지는 않았지만 그들은 느끼고 있었다. 물을 다 마시고 "잔을 식탁에 내려놓았을 때, 검은 색안경을 썼던 여자와 검은 안대를 한 노인은 울고 있었"다.

행복한 장면도 빛처럼 다가온다. 비가 억수로 쏟아지는 아침에 베란다에서 "여자 셋이 목욕하고 옷을 입었고, 그곳이 바로 천국이었"다. 한동안 씻지 못해 더러워진 몸을 씻는 비누 냄새가 가득한 그녀들을 상상하며 나도 잠깐, 비누 향을 맡았던 것 같다.

최악의 상태에 처한 인간은 그의 교양 있는 태도가 오래가지 못할 것이라는 내용이 있다. 인간은 환경의 지배를 받으며 누구도 그런 상황에 놓이면 특별히 다르지 않을 것이라는 작가의 사유에는 전적으로 동의한다.

설정 자체도 그렇고 과감하고 두려움 없는 작가의 강인함이 소설을 읽는 내내 혀를 내두르게 했다. 주제 사라마구가 『예수의 제2복음』을 발표했을 때 정부와 사회의 미움과 박해를 받아 포르투갈을 떠나야 했다는 것도 이 책을 통해 느낀 작가의 기질로 미루어 충분히 가능한 일이라 짐작한다.

확실히 읽기 힘든 소설이다. 서사에 담긴 주제와 인간의 존엄이 말살된 사람들이 상황을 견디는 부분은 읽는 동안 독자가 감당해야 했다. 그리고 내가 생각했던 삶의 가치와 필요, 의지에 균열을 가하는 충격이 고통스러웠다.

'의사 아내'의 태도로 사회적인 의무, 책임에 대해 다시 생각해본다. 그녀는 말한다. "오늘은 내가 책임져야 해, 다른 사

람은 시력을 잃었는데 나는 내 시력을 잃지 않았다는 책임
감…. 그렇게 해야 해." 사회적 약자, 다른 방식으로 살아가는
사람들에 대해 나는 어떤 책임이 있을까? 절대빈곤층, 청소년
가장, 독거노인, 노숙자를 대할 때 나는 사회적인 책임을 이행
했을까? 나는 이렇게 말해야 한다. "다른 사람은 굶주리고 있
는데 나는 배가 부르다는 책임감…. 그렇게 해야 해."

　책을 읽은 지 몇 년이 지났지만 이 글을 다시 퇴고하면서 유
사한 상황이 생각났다. 코로나19가 확산하기 시작했을 때 외
국에서 발생한 봉쇄와 고립의 상황이나 길거리에 던져진 채
방치되었거나 쌓여 있는 시신들의 영상을 보았다. 하지만 유
튜브와 뉴스를 통해서 본 것은 빙산의 일각일 것이다. 그렇게
눈먼 자들의 도시는 얼마든지 우리에게 일어날 수 있다. 버려
진 인간은 고통 속에서 민낯을 드러내며 이름 없는 본성으로,
날것의 음성으로 곳곳에서 외친다. 그런 불안을 건디는 우리
는 겪지 않은 자와 겪은 자로, 상황을 이용하는 자와 책임을
이행하는 자로, 판단하는 자와 침묵하는 자로 나뉠 것이다.

　이 책을 읽은 뒤에 주제 사라마구의 책 열다섯 권을 다 주문
해서 읽을 정도로 나는 작가의 사유에 매료되었다. 영화로 본
〈눈먼 자들의 도시〉도 훌륭했지만, 영화는 책의 사유를 고스
란히 담지 못했기에 책을 먼저 추천하고 싶다. 늘 느끼는 것이
지만 고전 한 권을 읽고 나면 마음이 한없이 넉넉하고 부유해

진다. 그 순간이 내가 가장 인간답고 고결해지는 순간일 것이다.

●

나는
에로스의 노예가
되었습니다

○

『추락』(동아일보사)은 존 쿳시의 작품이다. 간결하고 깔끔한
문체에 문장이 짧고 굵고 섬세하고 군더더기 없으며 스토리
전개가 시원하고 지루하지 않다. 사유가 깊으면서도 부담스
럽지 않다. 이 책을 읽으면서 헤밍웨이의 『노인과 바다』 다음
으로 필사하고 싶다는 생각을 했다.

데이비드 루리 교수는 52세이고 이혼남이며 목요일이 되면
창녀 소라야와 만난다. 1년 동안 지속된 습관이다. 그는 마주
치는 여자마다 섹스할 기회를 잡는다. 그런 그의 성향이 발목
을 잡는 사건이 터진다. 딸 루시보다 더 어린 제자와 성관계를
하고 그 일이 발단이 되어 결국 대학에서 쫓겨난다. 루리는 학

교의 중재위원회에 회부되어 모임에 참석한다. 루리 교수는 돈, 직장, 명예를 다 잃은 남자인데 초라하지 않다. 동료 교수들로 이루어진 진상조사위원회 앞에서 그는 교수로서의 유죄는 인정했지만, 직업을 잃지 않기 위해 선처를 구걸하거나 비굴해지지 않는다. 그는 유죄와 잘못을 구분해서 말한다. 진상조사위원회의 요구에 따라 교수로서의 유죄는 인정하지만 수치심을 느끼지 않는다. 그 점이 위원회의 반감을 사게 되자 그는 말한다.

좋아요. 고백하죠. 얘기는 어느 날 저녁 시작됩니다. 날짜는 생각나지 않지만 오래전 일은 아닙니다. 나는 옛 대학 정원을 걸어가고 있었습니다. 공교롭게도 문제가 된 젊은 여성 아이삭스 양도 그곳을 걸어가고 있었습니다. 우리의 길이 겹쳤습니다. 우리는 얘기를 했습니다. 그 순간, 시인이 아니기 때문에 묘사할 수는 없지만 어떤 일이 일어났습니다. 에로스가 들어왔다고 말하는 것으로 충분할 것입니다. 그 후로 나는 똑같은 사람이 아니었습니다.

(…)

나는 내 자신이 아니었습니다. 나는 더 이상, 인생의 막바지에 이른 50대의 이혼남이 아니었습니다. 나는 에로스의 노예가 되었습니다.

위원회는, 학자로서의 그의 당당한 태도에 불편해하고 논란이 거듭되지만 루리는 행위 자체에 대해 부끄러움이나 회한이 없다.

그는 제자와의 성관계가 에로스적인 감정에 빠져 본능에 따른 행위였기에 그 부분에 대해 죄의식을 갖지 않는다. 그는 유부남도 아니고, 아이삭스를 강간한 것도 아니기에 교수라는 입장에서의 유죄만 인정한다. 흔히 그와 같은 상황에서 사람들은 그의 윤리 의식을 의심하고 인격적으로 모욕을 준다. 질책과 모욕을 퍼부을 때 우리는 그의 인권 따위는 안중에도 없지만 작가 존 쿳시는 그에게 인격이 있다고 말한다. 루리 교수에게는 유죄를 인정하는 것과 용서를 구하는 일은 별개의 문제였다.

그 후, 루리는 시골에 있는 딸 루시에게 내려가 그녀와 생활하면서 또 다른 사건을 겪는다. 딸은 그 지역의 흑인들에게 차를 뺏기고 폭행당하고 세 명의 흑인 남자들에게 윤간당한다. 루리는 실직과 불명예를 안고 그런 충격적인 사건에 더해 화상을 입어 얼굴 일부분이 손상된다. 동성애자인 딸 루시의 충격도 이루 말할 수 없다. 연속되는 딸의 상황을 보며 도대체 이 땅에 정의가 있는지 루리는 분노한다. 엎친 데 덮친 격으로 루시는 윤간당한 것 때문에 임신했는데 누가 아버지인지 모르는 아기를 낳기로 결정한다. 그리고 백인인 루시는 안전을 보장받기 위해 집안 관리를 하던 흑인 남자, 페트루스에게 재산 일부를 떼어주면서 그의 세 번째 첩이 되기로 한다.

루리는 이 모든 충격적인 사건과 황당한 결정에 격분하지만 딸의 선택을 받아들일 수밖에 없다. 페트루스라는 남자를 강간범으로 의심하지만 증거는 없다. 한편 강간범을 알지만 징벌할 수도, 수용할 수도 없는 속수무책인 환경에서 루시는 아빠의 개입을 거부한다. 딸은 법적인 처벌을 구하는 대신 그 지역에서 살아남기 위한 선택을 한다. 자신에게 가해진 끔찍한 폭행과 타협하고 재산까지 상납하면서 폭력과 강탈을 일삼는 무지막지한 남자들과의 공존, 페트루스와의 동거, 살아남으려면 어떻게 해야 할까? 답을 찾을 수 없는, 그야말로 바닥으로 내동댕이쳐진 상태다. 아버지 루리와 딸 루시의 대화다.

정말로 굴욕적이구나, 그토록 원대했던 희망이 이렇게 끝나다니.

그래요, 저도 같은 생각이에요, 굴욕적이죠. 그러나 어쩌면 다시 시작하기에는 좋은 지점일 거예요. 어쩌면 저는 그것을 받아들이는 걸 배워야 할 거예요. 밑바닥에서 출발하는 걸 배워야죠, 아무것도 없이. 어떤 것밖에 없는 상태가 아니라, 아무것도 없이. 카드도 없고, 무기도 없고, 재산도 없고, 권리도 없고, 위엄도 없고.

　개처럼.

　그래요, 개처럼.

　동물 병원에서 전염병, 부러진 수족, 물린 상처의 감염, 옴, 악의적 방치, 영양부족, 기생충 감염, 생식능력 때문에 고통을 당하는 개들을 안락사하고 사체를 처리하는 장면이 나온다. 인간이 함부로 그들의 생명을 빼앗는 것이다. 개의 본능을 제압하기 위해 인간은 잔혹하다. 루시와 루시의 상태를 작가는 "개처럼"이라고 말한다. 그 개를 잔혹하게 다루는 인간, 개의 생존권은 인간에게 속해 있다. 그것은 마치 폭압적인 인간과 무기력한 인간의 관계와 같다.

　루시의 엄마이자 루리의 전 부인이었던 로잘린은, 모든 것을 다 잃은 루리의 초라함에 대해 말하지만 루리는 자신을 초라하게 여기지 않는다. 그는 자기가 한 일에 대해 후회하거나 부끄럽게 생각하지 않는다. 다만 자기는 "형기를 채우고 있는 늙은 죄수일 뿐"이라고 말한다. 이것은 그의 당당함에 비추어 볼 때 그가 겪은 일에 대한 후회보다 생을 바라보는 태도인 듯하다.

이 책을 읽으면서 진짜 추락은 이런 것이구나, 라는 생각을 했다. 내가 알고 있는 추락은 엄살에 불과한 것이었다. 우리는 파산, 명예와 권리가 실추된 상태라면 인생은 끝났다고 생각할 것이다. 그리고 다시 출발하기보다는 잃어버린 것의 크기를 계산하고 무너질 것이다. 하지만 다시 일어나고 출발할 것을 생각해야 한다. 루리 교수와 딸 루시의 추락 중에 어느 것이 더 끔찍하다고 말할 수 없을 것 같다. 하지만 최악의 상황 속에서 자신을 죽이지 않고 생존하는 방법을 찾는 것이 중요하다. 루시는 그 지역에서 살아남기 위해 오히려 더 바닥으로 내려가야만 했다. 루시는 "밑바닥에서 출발하는 것을 배워야죠"라고 말하는 것으로 현실에 굴복하지 않는 생의 의지를 보여준다.

존 쿳시가 보여주는 것처럼 개처럼 살아도 그 끔찍함을 살아남아 계속 '생존'하는 게 인간으로서 명예를 지키는 일이다. 인간의 명예란 자신이 쌓아온 것, 살아온 방식으로 수식하는 게 아니기 때문이다. 생명을 가진 자가 갖는 권리, 인권, 그것은 잘못한 자와 무죄한 자 모두에게 동일한 크기다. 루리는 교수로서 정의롭지 않았지만 인간으로서의 정의는 알고 있었다. 루시는 정의가 실종된 끔찍한 일들을 연달아 겪었지만 그런 사건들로 루시를 판단할 수 없다. 밑바닥에서 출발하는 것을 배워야 한다는 그녀의 말과 현실을 받아들이는 태도로 그녀가 어떤 사람인지 말할 수 있는 것이다.

문학은, 우리가 추락했을 때 자신을 망치지도, 타인을 탓하지도, 누군가에게 손 비비며 기도하지도 않게 한다. 오히려 자기 힘으로 직접 일어나는 강자가 되게 한다. 내가 읽은 어떤 고전문학에서도 누군가의 도움으로 시련을 극복하라는 내용은 없다. 문학은 스스로 일어나는 힘을 갖게 한다. 이것이 문학의 가장 큰 매력이고 힘일 것이다. 어떤 추락도 생을 대신할 만큼 큰 상실은 아니다. 생명을 대가로 치르는 사람은 그 바닥을 대면할 용기가 없는 것이다. 추락했을 때 땅에 부리를 박고 죽는 새가 될 것인지, 바닥을 차고 비상하는 새가 될 것인지 결정하고 선택하는 일만 우리에게 있다.

『추락』, 책을 덮고 한동안 전율을 느낀 멋진 작품이다. 존 쿳시가 두 번의 부커상과 노벨문학상을 받은 것은 절대로 과한 것이 아니다. 또 다른 작품에서 그를 간절히 만나고 싶다.

●

종은
우리를 위하여
울리는 것이다

○

죽음이 방어막을 뚫고 눈앞에 어른거렸다. 잠시 어른거리는 정도로 곧 사라지리라 기대하면서도 그는 자신도 모르게 신경을 집중했다. 모든 것이 그대로였고 쑤시는 아픔도 그대로였다. 이제 그는 그것을 잊어버릴 수가 없게 되어버렸다. 다시 죽음이 꽃나무 뒤편에서 또렷하게 그를 바라보고 있었다.

— 『이반 일리치의 죽음』(레프 톨스토이 저, 이강은 역, 창비 2012) 중에서

이반 일리치는 병세가 깊어갈수록 고독했고 가족들의 태도를 혐오했다. 이반 일리치가 병중에서 고통을 느끼는데 가족

의 일상에는 아무런 균열이 없다. 아내는 여전히 집에서 사교 모임을 갖고 공연 관람을 하며 즐겁게 지낸다. 그런 가족의 모습을 보는 것은 죽어가는 이반 일리치에게는 폭력이다. 죽어가는 이반 일리치를 더 힘들게 한 것은, 곧 회복될 것이라고 말하는 가족과 의사의 거짓말이다. 문병 온 사람들이 떠나야 이반 일리치는 편안해진다. 끔찍한 거짓말이 모두 사라졌기 때문이다. 그리고 또 다른 두려움은 자신의 삶을 평가하는 질문이다.

끔찍한 외로움을 겪는 이반 일리치는 그와는 별개로 변함없는 일상을 유지하는 아내를 증오한다. 그의 아내는 평범하고 이기적이며 배려가 없다. 우리 대부분은 죽음을 앞에 둔 사람의 고통을 나누거나 치유하기 어렵다. 환자를 지켜보는 가족의 우울이 아무리 크다고 해도 죽음을 앞에 둔 환자의 고독에는 닿을 수 없기 때문이다. "할 수 있는 것이라곤 아무것도 없었다. 그저 죽음을 바라보며 두려움에 젖어 들 뿐이었다"라는 내용처럼 고통스러운 환자 앞에서는 가장 가까운 가족조차 이질적이다.

이반 일리치는 시종과 아내, 딸과 의사의 거짓말 속에서 몇 배, 몇십 배의 고통을 겪으며 모두에게 혐오를 느낀다. 하지만 예외인 사람이 있는데 그는 하인 게라심이다. 지성적이고 인간적인 게라심은 이반 일리치가 유일하게 신뢰하는 사람이다. 이반 일리치가 게라심을 곁에 둔 내용은 생전에 톨스토이가 농노와 농민들을 아끼고 사랑한 것을 반영한 것이 아닐까 생각했다. 게라심은 이반 일리치에게 거짓 위로로 희망 고문을 하거나 귀찮아하지도, 수치심을 느끼게 하지도 않는다. 그는 환자가 모욕감을 느끼지 않도록 자기의 젊은 활기가 얼굴에 드러나지 않게 조심하기까지 한다. 이반 일리치를 안마하느라 밤을 꼬박 새운 게라심에게 이반 일리치가 미안해하자 그는 "전혀 어렵지 않습니다. 편찮으시잖아요. 저야 언제든 자면 됩니다요, 아프지 않다고 해도 이렇게 다 해"주겠다며 진심 어린 말을 한다. 그리고 "우리 모두 언젠가는 죽습니다요, 그러니 수고를 좀 못 할 이유가 뭐가 있겠습니까"라고 말하면서 이반 일리치의 곁에 머문다. 게라심은 놀라울 정도로 죽음을 잘 다룬 사람이다. 톨스토이는 이것을 보여주고 싶었던 것 같다. 게라심에게는 이반 일리치의 가족에게서 찾아볼 수 없는 편안함과 인간적인 면모가 있다.

자신과 가치관이 다른 부인이 톨스토이가 임종할 때 곁에 못 있게 아들에게 당부한 것, 국가에서 농노 해방을 법제화하기 20년 전에 개인적으로 농노제를 폐지한 것, 그리고 하인들을 존중하고 아꼈던 것, 김나지움 방식의 교육제도를 도입해 자기 영토에 세운 학교에서 농노와 하인들의 자녀를 교육했던 그 모든 것이 작품 속 배경에 스며 있다. 특히 그의 삶 후반에 다가왔던 종교적인 태도가 이 작품 속 이반 일리치의 태도로 투영되는 듯하다. 모스크바에 야스나야 폴랴나로 불리는 톨스토이의 영지가 있다. 그곳에 비석도, 비문도 없는 관 모양의 직사각형 풀 무덤에 그가 누워 있다. 야스나야 폴랴나, 밝은 공터라는 뜻에 걸맞게 그의 무덤 위에는 햇빛이 가득 차 있다. 울창하고 커다란 떡갈나무와 갈참나무 숲속, 산책로 옆 그의 무덤만으로도 이반 일리치를 통해 보여주었던 톨스토이의 정신을 느낄 수 있다. 톨스토이는 유언에서도 어떤 화려한 장식이나 공식적인 추도사 없이 평범한 농민의 죽음과 같은 장례를 치르라고 했다. 이반 일리치가 임종할 때 그를 둘러싼 모든 절차와 의식을, 기만적이라고 말하는 데서 톨스토이의 의식이 그대로 나타난다. 또한 노쇠해서 죽는 경우가 아니라 이른 죽음을 맞이할 때 인간의 심리는 이반 일리치처럼 이렇게 두려움과 저항을 보일 것이다.

그는 대답을 기다리지 않고 울었다.

"그래, 또 온단 말이지, 올 테면 오라고 해! 그런데 왜? 도대체 왜? 내가 뭘 잘못했다고 이러시는 겁니까?"

무엇이 필요하냐고? 더는 고통 받지 않는 것, 그리고 사는 것, 그는 이렇게 대답했다.

조지 오웰도 『1984』(문학동네)에서 이와 비슷한 말을 했다.

세상의 어떤 이유로도 자기의 고통이 더해지기를 바랄 수는 없었다. 고통에 대해 바랄 것은 오직 한 가지뿐인데 그것은 고통이 멈추는 것이었다. 세상에서 육체적인 고통보다 더 못된 무엇은 없었다. 고통 앞에서는 영웅도 없다.

이 부분에서 멈칫, 후회가 앞섰다. 나는 왜 친정어머니가 돌아가실 때 당신 자신을 위해 눈물을 흘리게 하지 않았을까? 단지 어머니가 충격받을까 봐 폐암이라는 병명조차 숨겼다. 생각해보니 어머니가 절망하는 것을 염려해서가 아니라 내가 그런 절망을 보는 것이 두려웠던 것 같다. 죽음을 앞둔 사람에게는 절망과 분노와 원망과 체념의 과정을 겪을 권리가 있다. 그동안 어떻게든 고생하며 살아온 인생을 마무리할 권리를 내가 빼앗아서는 안 된다는 생각을 뒤늦게 했다.

엘리자베스 퀴블러로스는 죽음을 수용하는 5단계 이론에서 부정, 분노, 타협, 우울, 체념과 수용이라는 감정의 변화가 있다는 것을 말했다. 이반 일리치도 그렇게 부정, 분노, 타협, 우울, 수용의 과정을 거치면서 고통의 시간을 견디고 죽어간다. 죽음의 순간에 그는 심리적인 소용돌이와는 달리 가족들에게 품위 있는 작별을 한다. 임종 때 그의 말에 담긴 의미를 다시 생각하게 하는 부분이다. 조용한 임종은 위로와 추억을 위해 각색하는 남은 자들의 이기심일 것이다. 흔히 누가 임종을 지켰는지, 편하게 임종했는지, 유언이 무엇이었는지에 따라 유족이 슬픔을 견디는 질이 달라진다. 이반 일리치의 가족에게서 그런 우리의 모습을 보았다. 더는 허락되지 않는 생을 마감하는 장면인데, 그것은 마치 단단한 다리를 편하게 건너고 있는데 갑자기 끊어진 부분 앞에 멈춘 기분, 그 황망함에 여전히 품위를 더해야 한다는 것은 너무 잔인하고 이성적이다.

그의 죽음이 직장 동료들에게 통보되었을 때 그들은 슬픔을 느끼는 것보다 먼저 각자 보직 이동이 어떻게 될 것이며 문상을 가는 것과 사소한 계획 중에 무엇을 선택할지 심각하게 고민한다. 그에 더해 이반 일리치의 초상을 치르는 중에도 부인은 판사였던 남편의 사후 연금이 어느 정도 나올 것인지가 궁금했다. 그래서 조문하러 온 남편의 동료, 뾰뜨르 이바노비치를 따로 붙들고 묻는다. 그녀는 뾰뜨르가 잘 모르는 것까지 훤히 꿰고 있었는데, 그것은 그녀가 연금에 대해 이미 조사를 다 끝냈으며 조금이라도 더 받을 수 있을지 알아내려는 것이라는 점을 보여준다.

우리가 삶의 가치를 오로지 자녀와 배우자에게서, 직장과 동료에게서 찾으려 한다면 이 내용에서 보듯이 그것은 참으로 허망한 일이 아닐 수 없다. 그들 속에서 자기 자신으로 존재하는 것, 가족의 희생과 배려 속에서 우리가 살아가지만 그럼에도 자기 자신으로 살아갈 수 없다면, 우리의 생이 끝날 때 이반 일리치처럼 억울할 것 같다.

태어날 때 나는 이 사회와 조화를 이루며 나만의 생을 살아갈 자유와 권리가 있었을 것이다. 하지만 당시 성차별적 억압에 짓눌린 삶에 순응해서 내게는 끊임없이 섬기고 받드는 대상이 있었다. 시부모의 언어와 남편의 생각과 아들의 표현에 맞춰서 살았다. 누군가의 뒷바라지를 잘하는 것이 여성에게 가장 이상적이라고 주장하는 입을 아직도 막을 수 없다면, 그 세습의 고리가 끊어지기는 어려울 것이다.

이반 일리치는 남편과 가장으로, 성공한 사회인으로 살다가 죽었지만, 그에 대해 남은 자들의 평가는 단순했다. 그에 대한 평가가 아내에겐 연금이었고, 동료에겐 보직의 변화였다. 이 글을 쓰면서 문득 생각이 난 존 던의 시 「누구를 위하여 종은 울리나」의 전문을 소개하고 싶다.

누구든 그 자체로 온전한 섬은 아니다

모든 인간은 대륙의 한 조각이며 대양의 일부다

만일 흙덩이가 바닷물에 씻겨가면 우리 땅은 그만큼 작아지며

모래톱이 그리되어도 마찬가지다

그대의 친구들이나 그대 자신의 영지가 그리되어도 마찬가
지다

어떤 사람의 죽음도 나를 손상시킨다

왜냐하면 나는 인류에 포함되어 있기 때문이다

그러므로 누구를 위하여 조종이 울리는지 알려고 사람을 보
내지 말라

종은 그대를 위하여 울리는 것이다

한 사람이 태어나면 한 세계가 열리고 한 사람이 죽으면 한
세계가 닫힌다고 한다. 한 사람이 사라졌고 한 세계가 닫혔다.
세상은 누군가의 세계가 닫혀도 그대로 잘 유지되고 진행할
것이다. 그러나 존 던의 시처럼, 어떤 사람의 죽음은 나를 손
상시키며 그것은 내게 큰 손실이 아닐 수 없다. 그래서 나로
인해서 열린 세계가 내가 떠나면서 닫힐 때까지 나는 나 자신
으로 잘 살아야 한다는 생각을 한다. 조종은 바로 우리 자신을
위하여 울리기 때문이다.

톨스토이의 영지, 야스나야 폴랴나의 사과밭을 지날 때 관
광객들이 오가며 사과를 따 먹을 수 있게 허용했다고 들었다.
한 러시아 여성이 사과 몇 개를 내게 건넸는데 알은 작았지만
단단하고 새콤달콤했다. 마치 톨스토이가 내게 준 것처럼 사
과 봉지를 품에 안고 밖으로 나와 일행을 기다렸다. 그때 큰

꽃다발을 들고 그곳으로 들어가는 훤칠한 청년의 뒷모습을 보았다. 마음이 아릿했다. 야스나야 폴랴나를 들어가고 나오는 이 많은 사람들이 사랑하는 톨스토이, 내가 러시아를 찾아간 것도 같은 이유이다. 톨스토이와 도스토옙스키를 만나기 위해서였다. 레프 톨스토이의 『이반 일리치의 죽음』(창비)의 책장을 덮으며 햇볕으로 환한 그의 무덤이 무척 그리워진다. 그리고 생각할 때마다 입안에 침이 고이는 새콤달콤했던 알이 작은 사과는 작품에서 만난 톨스토이와 관련해서 내가 추가하는 아주 멋진 기억이다.

●

이 기나긴
노력 끝에

○

　시지포스 혹은 시지프(그리스어 발음은 시지포스, 역자는 카뮈의 언어를 존중하여 '시지프'로 표기했다)는 신들로부터 바위를 산꼭대기까지 끊임없이 굴려 올리는 형벌을 받는다. 그는 아내의 사랑을 시험하려고 자기의 시신을 광장에 내다 버리라고 말한다. 아내는 그 말을 따랐고 그에 격분한 시지프는 다시 지상으로 가게 해달라고 플루톤에게 요청해 세상으로 왔다. 그는 이 세상의 물과 태양, 따뜻한 돌들, 바다의 맛을 보자 신들의 수차례 소환과 분노, 경고를 무시하고 이 세상에 남았다. 그러자 메르쿠리우스가 시지프를 잡아 지옥으로 끌고 갔고 그는 거기에서 바위를 끊임없이 굴려 올리는 형벌을 받는다.

그는 그의 열정뿐 아니라 그의 고뇌로 인해 부조리한 영웅인 것이다. 신들에 대한 멸시, 죽음에 대한 증오 그리고 삶에 대한 열정은 아무것도 성취할 수 없는 일에 전 존재를 바쳐야 하는 형용할 수 없는 형벌을 그에게 안겨주었다. 이것이 이 땅에 대한 정열을 위해 지불해야 할 대가다.

이 내용처럼 나는 "아무것도 성취할 수 없는 일에 전 존재를 바쳐야 하는 형용할 수 없는 형벌"을 온몸으로 받았고 매번 창작 활동을 하면서 넘지 못하는 벽에 허망함과 절망을 느꼈다. 그래서 이 글을 읽으면서 심장이 멎는 듯했다.

경련하는 얼굴, 바위에 밀착한 뺨, 진흙에 덮인 돌덩어리를 떠받치는 어깨와 그것을 고여 버티는 한쪽 다리, 돌을 되받아 안은 팔 끝, 흙투성이가 된 두 손의 온통 인간적인 확실성이 보인다. 하늘 없는 공간과 깊이 없는 시간으로나 측량할 수 있을 이 기나긴 노력 끝에 목표는 달성된다. 그때 시지프는 돌이 순식간에 저 아래 세계로 굴러떨어지는 것을 바라본다. 그 아래로부터 정상을 향해 이제 다시 돌을 밀어 올려야 하는 것이다. 그는 또다시 들판으로 내려간다.

(⋯)

마치 호흡과도 같은 이 시간, 또한 불행처럼 어김없이 되찾아 오는 이 시간은 바로 의식의 시간이다. 그가 산꼭대기를 떠나 제신의 소굴을 향해 조금씩 더 내려가는 그 순간순간 시지프는 자신의 운명보다 우월하다. 그는 그의 바위보다 강하다.

우리는 "하늘 없는 공간과 깊이 없는 시간으로나 측량할 수 있을 이 기나긴 노력 끝에" 목표를 달성한다. 그때 우리는 다시 순식간에 저 아래 세계로 굴러 떨어지는 돌을 바라본다. 나는 이 부분을 읽으면서 울컥, 아니 조금 울었던 것 같다. 허망한 일로 인생을 소모한 나에게 지난 시간은 소비 그 자체, 그냥 아무것도 아니었기 때문이다.

"마치 호흡과도 같은 이 시간, 또한 불행처럼 어김없이 되찾아 오는 이 시간은 바로 의식의 시간이다"라는 내용처럼 우리가 불행과 좌절, 그리고 절망을 느낀다면 그것은 우리에게 의식이 있기 때문일 것이다. 내가 산꼭대기를 떠나 제신의 소굴을 향해 조금씩 더 내려가는 것은 실패와 좌절이 아니다. 그 순간순간 나는 자신의 운명보다 우월하다. 왜냐하면 나는 제신의 소굴을 향해 내려가지만, 그렇게 지난 40년처럼 멈춰서 그것이 전부인 것처럼, 그것이 끝인 것처럼, 내려간 자리에서 다시는 쓸데없이 서성거리지 않을 것이기 때문이다.

우리에게는 엄청난 비탄과 겟세마네의 밤처럼 상실과 배신이 있었고 또 있을 것이다. 이렇게 "인간이 자신의 고통을 응시할 때 모든 우상은 침묵"하고, 모든 우상이 침묵했을 때 나는 절대 고독에 빠졌다. 그러나 모든 신들이 침묵할 때 더는 매달리거나 좌절하지 않을 것이다. 왜냐하면 나는 모든 신들에게 더는 농락당하지 않을 것이기 때문이다. 그는 "멸시로 응수하여 극복되지 않는 운명이란 존재하지 않는다"라고 했다.

내 아버지는 1919년생이고 알베르 카뮈는 1913년생이다. 내게 아버지는 다만 존재할 뿐이었고 나도 그로 인해 다만 존재할 뿐이었다. 살아가면서 그 존재감은 점점 희미해졌다. 그의 부재와 배신에 따른 환경은 불신과 트라우마, 상처의 연속이었다. 나를 단단하게 만들어준 알베르 카뮈는 이제 내 정신적인 아버지가 되었다. 나는 요절한 그의 삶을 안타까워하며, 그가 남긴 모든 기록을 유언처럼 읽는 중이다. 나는 여전히 걸어가고 있다. 내가 가까스로 밀어 올린 바위가 또다시 굴러떨어지는 것을 볼 때 나는 기억한다. "멸시로 응수하여 극복되지 않는 운명이란 존재하지 않는다"는 아버지의 말을.

●

결핍의 도시

○

알베르 카뮈의 『페스트』(문학동네)의 처음 문장은 이렇게
시작한다.

4월 16일 아침, 의사 베르나르 리외는 진료실에서 나오다가
충계참 한가운데에서 죽은 쥐 한 마리를 밟았다. 그때에는 별생
각 없이 발로 쥐를 옆으로 밀어놓고 계단을 내려갔다. 거리에 이
르고 보니 쥐가 나올 곳이 아니라는 생각이 들어서 발길을 돌려
수위에게 알려주러 갔다. 미셸 영감의 반응을 보니 자신이 본 것
이 얼마나 놀라운 일인지를 더욱 실감할 수 있었다. 죽은 쥐가
있다는 것은 그에게는 이상한 일에 불과했지만 수위에게는 추

문이 될 만한 일이었다. 수위의 입장은 단호했다. 그 건물에는 쥐가 없다는 것이었다.

역시 카뮈다. 이 첫 문장에서 문제를 제기했고 자기 입장에 따라 각각의 사람들이 나타낼 반응을 보여준다. 이 정도면 책을 손에서 내려놓을 수가 없다.

출구라고는 죽음밖에 없는 상황이다. 우리도 중동호흡기증후군(MERS)을 거쳐 지금은 코로나바이러스감염증(코로나19)을 겨우겨우 건너가고 있다. 그러면서 사회안전망이 무너지고 갖가지 형태의 무능과 무기력, 이기심이 적나라하게 드러나는 것을 본다. 가정의 불안정과 단단했던 사랑의 허구가 드러났고 사회로부터 고립되었다.『페스트』를 읽으면서 우리가 겪었던 사스, 메르스, 코로나19가 대입되었다. 우리는 소위, 재수 없으면 얼마든지 이 집단에서 먼저 죽을 수 있고 내 의지와는 상관없이 이 세계에서 제거될 수 있다. 생각할수록 공포와 초라함에 무기력해진다.

오랑 시민들은 사형선고를 받은 부조리한 상황에 놓여 있다. 사랑하는 가족과 헤어져 만날 수 없었고 옆에 있던 사람들이 죽어가는 것을 보면서 자기 죽음을 예감하고 차례를 기다리는 암담함을 느낀다. 균의 잠복기간 때문에 자기도 모르는 사이에 보균자가 되어 "모든 시민은 서로에게 페스트이며 가해자가 된다." 그 개개인의 상황이 모두의 상황이 되고 공동의 해결책을 필요로 한다. 그것은 집단의 문제이며 공동체적인 해결점을 위한 노력과 이해를 필요로 한다는 것을 뜻할 것이다. 오랑은 물질적으로는 넘쳐나지만, 역사도 기억도 아름다운 풍광도 식물도 영혼도 없는 결핍의 도시이다. 그들은 "서로에게 익명으로 존재하며 서로에게 이방인이다." 그들은 무엇이 결핍되었는지 자각하지 못한다.

예를 들면 페스트 환자의 시체를 소각하면서 연기가 발생하자 시민들은 페스트균이 그 연기를 타고 하늘에서 떨어진다고 믿고 화장터를 옮겨달라고 요구한다. 시에서 복잡한 배관 장치를 만들어 연기를 다른 곳으로 유도하고 난 후에 그들은 진정된다. 그들은 연기만 보이지 않으면 페스트가 없는 것처럼 생활한다. 이처럼 그들에게 페스트는 구체적인 현실감을 상실한 '추상'이다. 페스트를 극복하기 위해서는 현실의 추상성을 극복해야 한다. 다시 말해 페스트를 하나의 구체적인 현실로 인정해야 한다.

사랑과 권리가 부각되고 악과 불행이 인간의 구원에 필요한가에 대한 종교적인 성찰이 있었다. 현실적 혐오감을 넘어서는 행위의 필요성이 강조되었다. 진정한 인간이 무엇인가에 대한 질문을 던진다. 페스트의 위협 속에서 다시 투쟁할 준비가 되어 있는 인간상을 보여준다. "카뮈의 관점에서 볼 때 진정한 인간은 '나'에서 '우리'로 변화하는 인간이다." 이 내용처럼 페스트는 '나, 개인'이 아니라 '우리, 공동체'로서의 존재가 유일한 희망이고 구원이다. 선의는 개인으로 나타나지만, 그것은 집단적인 활동을 통해서 표현되기 때문이다. 또한 종교적인 구원은 없다. 카뮈는 종교적인 구원은 '우리'라는 공동체의 희생과 사랑에조차 견줄 수 없는 낮은 가치임을 작품 속에서 보여준다.

파늘루 신부의 태도에 동의하지 않는 의사 리외, 그에 더해, 마르세유에서 고위직에 있던 벨젱스 주교는 혼자 살아남기 위해 자기 먹을 것을 준비하고 담을 높이 쌓아 칩거에 들어간다. 그것을 보는 주민들은 분개해서 그의 집 주위에 시체를 쌓아 올리고 그가 감염되게 하려고 시체를 담 안으로 던졌다. 그렇게 해서 주교의 머리 위로 시체가 떨어져 내리는 사건이 있었다. 이렇게 벨젱스 주교의 불신과 배신에 그를 존경하던 사람들은 분노했다.

일부 종교인들의 관념과 믿음은 그들을 구원하지 못한다. 코로나19를 거치면서 경험한 것처럼 종교 건물 등에서 고립된 신자들로 인해 코로나19 바이러스가 확산하는 것을 보았다. 그들이 갖고 있는 위선과 거짓 보고가 자신과 공동체를 망쳤다. 페스트가 종식되었는데 마지막으로 죽어간 몇 명의 사람들은 한창 역병이 기승을 부릴 때도 잘 버텼는데 마지막에 사망했다. 일단의 사람들이 후릿그물에 걸려드는 물고기처럼 사망하는 일이 속수무책으로 일어난다.

만일 종교인들의 간절한 기도로 살아남는다면 그들의 종교심은 더 깊은 애착으로 그들 집단끼리 더 결속할 것이다. 하지만 집단과 사회, 개인의 힘으로 버티고 살아남은 사람은 사회적인 책임을 느끼고 개개인이 사회에 기여할 몫을 찾을 것이다. 카뮈는 이런 공동체에 존재하는 사랑만이 문제의 해결책이라고 말한다.

학자들의 말에 의하면 바이러스는 인류와 평생 함께할 것이라고 한다. 이 불안 때문에 우리는 조금 더 청결해지겠지만 활동과 관계를 축소하고 위축되어 살게 될 것이다. 코로나19의 긴 터널 속을 걸으며 내가 언제쯤 이 컴컴한 터널 밖으로 빠져 나갈 것인지 알 수가 없다. 백신이 나오기 전에 사망하고 백신을 맞고서도 사망한다. 이 불안과 우울로부터 벗어나 안정기에 접어든다 해도 뭐가 또 언제 터질지 알 수 없다. 불안과 불운이 우리가 만드는 그늘 속에 도사리고 있다. 그것에서 벗어나기 위해 야생은 야생으로 돌려보내고 인구 밀집과 자연 생태계 파괴를 경계하고 인간의 먹거리를 위해 특화된 복제 동물 사육을 중단하는 등, 우리의 발등을 찍는 일을 멈추라고 학자들은 말한다. 하지만 소수의 귀에만 들릴 뿐이다. 그에 더해 책 앞부분에 나오는 페스트 제사에서 "한 가지의 감옥살이를 다른 한 가지의 감옥살이에 빗대어 대신 표현하는 것, 어느 것이든 실제로 존재하는 이것을 존재하지 않는 이것에 빗대어 표현하는 것은 매우 합당한 일이다"라고 했다. 페스트에 빗댄 것, 페스트의 은유에 대해 생각해보았다.

본문 가운데 "페스트가 대체 무엇입니까? 그게 바로 인생이죠"와 "사람은 제각기 자기 속에 페스트를 지니고 있다"라는 말이 있어 자기 속의 페스트에 대해 생각해본다. 우리를 다른 사람과 결별하고 단절시키는 이념과 관념 또한 우리를 폐쇄하는 요인이 아닐까? 그로부터 벗어나지 않는다면 우리는 평생 그 감옥에서 살게 될 것이다. 그것은 페스트와도 같이 자신과 주변을 병들게 해 불행을 복제할 것이다. 그래서 카뮈는 "페스트와 싸우는 유일한 방법은 성실성"이라고 한 것이다. 카뮈는 마지막 문장에서 이렇게 말한다.

페스트균은 결코 죽거나 소멸되지 않으며, 수십 년 동안 가구나 내복에 잠복해 있고, 방이나 지하실, 트렁크, 손수건, 낡은 서류 속에서 참을성 있게 기다리고 있다는 사실을 그는 알고 있었다. 또한 인간들에게 불행과 교훈을 주기 위해 페스트가 쥐들을 다시 깨우고, 그 쥐들을 어느 행복한 도시로 보내 죽게 할 날이

오리라는 사실도 그는 알고 있었다.

사스, 메르스, 코로나19를 거치면서 인간은 하나의 관념이
아니며 우리는 이 세상에 던져진 부조리한 존재일 뿐, 지적인
긴장감으로 성실하게 살아야 자기 감옥에서 벗어날 수 있다
는 것을 다시 깨닫는다. 책을 다 읽고 나서 이 지독한 고통의
순간순간을 직시하며 지금 내가 할 일을 고민한다. 알베르 카
뮈의『페스트』는 인간이 이기심으로 '우리'를 놓쳤을 때, 사랑
과 사람만이 희망이라고 말한다. 불확실함의 공포 속에서 '우
리'에게 기대고 '우리'와 연대하면서 지금의 상황을 건너가야
한다. 그에 더해 고정화된 관념의 감옥에서 탈출해 내 안의 페
스트를 극복하기 위해 지적인 긴장감을 위한 노력을 성실하
게 해야 할 것이다. 10년쯤 지나 내 성실성이 어디쯤 도달했는
지 다시 점검해보고 싶다.

●

우리 사이의
낡고 녹슨
철조망

○

　오래전에 세종문화회관에서 열린 사진전을 관람한 적이 있었다. 전시 작품은 테러와 전쟁, 기아, 자연재해와 관련해 세계 각지에서 활동하고 있는 사진작가들의 수상 작품들이었다. 죽음, 고통, 비탄, 절규를 보여주는 참혹한 장면을 찍은 작품이라 눈물을 죽죽 흘리면서 보느라 내가 입은 상의 앞섶이 다 젖었다. 전시회에 다녀온 후로 테러와 자연재해, 그리고 자연재해의 요인인 지구 오염에 대해 심각하게 생각했던 것 같다. 집 부근에 와서 카페에서 커피를 주문하는데 아르바이트생이 내가 들고 있던 사진전 책자를 보고 말을 건넸다. 그 청년은 대단한 전시회 아니었냐고, 자기도 갔었는데 너무 마음이 아팠다고 했다. 그 청년을 보면서 이 사회는 염려했던 것과는 달리 잘 유지되겠다는 안도를 했다. 내가 사진에 대한 편견을 버리고 사진의 가치를 인정하게 된 것은 아마 그때부터였던 것 같다. 보호받아야 할 인권과 유린당하는 삶을 알리고자 찍는 사진의 힘은 강력하다.

수전 손택은 『타인의 고통』에서 "특권을 누리는 우리와 고통을 받는 그들이 똑같은 지도상에 존재하고 있으며 우리의 특권이 그들의 고통과 연결되어 있을지도 모른다는 사실을 숙고해보는 것, 그래서 전쟁과 악랄한 정치에 둘러싸인 채, 타인에게 연민만을 베풀기를 그만둔다는 것, 바로 이것이야말로 우리의 과제이다"라고 말했다. 이 내용처럼 우리의 특권과 그들의 고통이 연결되어 있다면 우리는 단지 내가 손해 보지 않는 선에서 몇 푼 쥐여주는 식의 연민이 아니라 사회적인 기초, 즉 근본적인 해결점을 고민해봐야 할 것이다.

슬라보예 지젝은 『새로운 계급투쟁 — 난민과 테러의 진정한 원인』에서 " '서로 이해함'이라는 태도는 '서로 길을 비켜감'이라는 태도로 보완하거나 새로운 '비밀보호법'에 부합하는 적절한 거리를 확보해야 한다"고 말한다. 그 적절한 거리는 우리가 흔히 말하는 프라이버시 보호 공간이기도 할 것이다.

소외는 사회 내부에 거리감이 필요하다는 역설을 뜻하기도

하기 때문이다. 내가 타인과 지척에 살더라도 평소 나는 그를 모른 척한다. 나는 타인에게 가까이 다가가지 않아도 된다. 나는 타인과 더불어 외부의 '기계적' 규칙을 지키면서 서로의 '내면 세계'를 나누지 않고 소통하면서 사회라는 공간 속에서 활동한다. (…) 생활방식의 평화로운 공존을 위해 우리에겐 어느 정도의 소외가 필수적이다. 많은 경우, 소외는 문제가 아니라 해법이다.

이것은 개인의 사적인 보호를 위한 장치이며 이타심과는 또 다른 문제일 것이다. 가난한 사람을 이해하고 가난하게 산다는 것이 어떤 느낌인지 그 감정을 흉내 내려는 부자가, 부의 혜택을 누리면서 자기는 가난한 사람과 똑같은 인간일 뿐이라고 말할 수 있다. 하지만 그는 가난한 사람과 같은 배를 타고 있지 않기 때문에 다시 말해 가난한 사람처럼 절망적이지 않기에 가난한 사람들 중 하나가 아니다. 네가 어떤 사람이냐가 사회적 지위를 규정하는 것이 아니라 사회적 지위야말로 네가 어떤 인간인지를 규정한다고 지젝은 말한다.

아시다시피 주인님, 부자와 이론가, 물론 이론가는 대개 부자입니다만, 가난을 부정적인 것, 대개 부의 결여라고 생각하죠. 질병이 건강의 결여이듯 말이죠. 그러나 그렇지 않습니다. 주인님, 가난은 어떤 것의 결여가 아니라, 진짜 페스트입니다. 그 자체로 독성이 강하고, 콜레라처럼 전염되고, 더럽고, 죄악이고 악덕이며 절망입니다. 그저 몇 가지 증상만 꼽아본 겁니다. 가난은 어떤 경우에도 멀리해야 하는 것이지 연구 목적의 대상이 아닙니다.

슬라보예 지젝은 자신이 인용한 위의 내용을 가난에 인도적으로 접근해야 한다고 생각하거나 가난에 감상적으로 접근하는 사람에게 반복해서 들려주어야 한다고 말한다.

그 부분, 책의 내용을 요약하면 이렇다. 우리는 난민과 인도적 동정을 한데 묶는 연결고리를 끊어야 한다. 난민(그 외의 소외된 빈민)을 도우려는 우리의 자세는 그들이 겪는 아픔을 향한 동정에 근거해서는 안 된다. 그들을 돕는 것이 의무이기 때문에 도와야 한다. 연민과 같은 감상을 버려야 하는 두 가지 이유가 있다. 우리는 그들보다 우월하지 않다. 우리가 얻는 물질적 가치는 사회적인 혜택과 보호 아래서 얻은 것이므로 동일한 혜택을 받지 못하고 살아온 사람들과 비교해서 우월할 수 없다. 동일한 출발이 아니기 때문이다. 그러므로 그들과 나눈다는 개념으로 다가가야 한다.

또 다른 하나는 대다수의 난민은 우리의 친절에 고마워하지 않을 수 있다. 그들은 스스로를 정치적 희생양이라고 생각하기에 오히려 물질적 부와 안정을 누리며 베푸는 사람에게 적대적일 수 있다. 난민이 우리와 다른 사람이어서 그런 것이 아니라 바로 우리 자신이 우리와 같지 않은 인간이기 때문이다. 따라서 누군가를 돕는 것이 사회적인 책무 때문이 아니라 단지 연민 때문이라면, 아직 그는 도움의 손길을 내밀 자격이 없는 것이다. 사회적인 책무에는 자기만족이나 한계가 없다. 그래서 윈스턴 처칠의 말투를 흉내 낸다면 이렇게 말할 수 있을 것이다. "많은 경우 좋은 일을 하는 것은 비록 그게 우리가 할 수 있는 최선이라 할지라도 충분하지 않다. 많은 경우 우리는 요구되는 바로 그것을 행해야 한다."

외국 명문 대학에서는 도움이 필요한 불우한 소수에게 입학을 허락하고 장학금을 지원하는 제도가 있다. 열악한 환경에서 성장한 사람을 사회적으로 지원해주는 것은 평등한 일일 것이다. 만일 감상이나 연민을 느끼는 개인으로부터 그 사람이 도움을 받는다면 그는 부채 의식 속에서 속박을 느끼게 될 것이지만 사회적인 책임과 의무가 동기가 된 제도적인 지원을 받는다면 그는 자기가 받은 것을 사회에 환원할 의지를 갖는다. 반면에 여러 조건에 마땅하게 지원금을 받을 수 있는 사람이 꼭 필요한 다른 사람이 수혜자가 되도록 양보하는 경우, 그 동기가 사회적인 책무 때문이라면, 그 사람은 평등한 사회를 위해 꼭 필요한 일을 한 것이다. 우리나라의 사회, 정치 지도층의 부모와 자녀들이 사회적 책무는커녕 자기의 좋은 환경에 더해 지원과 혜택을 독차지하고 편법까지 쓰면서 갈취하는 자세는 정말 부끄럽고도 불쾌한 일이다.

나는 어머니가 사람들에게 동정을 베풀었던 것을 보며 성장했기에 나누는 것을 습관화했지만, 지젝이 말한 근본적인 문제의식에는 닿지 못했다. 어머니는 늘 계산하지 말고 주고, 준 것은 잊어버리라고 하셨다. 지젝의 의도에 가까이 접근한 것 같았지만 어머니는 그것이 사람다움이라고, 즉 연민 쪽으로 이해했다. 이 책을 읽고 나니 청정 지역에서 맑은 날 하늘을 본 것처럼 모든 사물이 선명해졌다. 이 책의 매력에 빠져 슬라보예 지젝의 책을 다 구입했다. 그렇게 구매한 책들을 아직 읽는 중이지만, 개인적으로는 지젝의 문체가 한나 아렌트와 시몬 드 보부아르보다는 더 쉽게 읽힌다. 몇 번 반복해서 읽어도 좋을 『새로운 계급투쟁 — 난민과 테러의 진정한 원인』, 소설처럼 재미있고 몰입하게 만드는 책이다.

●

에필로그

나는 그림을 그릴 때 사흘을 꼬박 밤을 새워 작업해도 끄떡
없는 체력이었다. 그런데 매일 새벽 두 시에나 마무리되는 집
안일을 하느라 결혼한 지 한 달 만에 장티푸스에 걸렸다. 병원
에 입원해서 치료하지 않으면 생명이 위험할 정도의 수치가
나왔다. 하지만 친정 부모에게 욕이 돌아갈까 하여 의사의 경
고에도 불구하고 입원하지 않았다. 볼펜 하나조차 쥘 수 없는
무기력한 상태에서도 내가 아픈 것과 며느리 노릇을 하는 것
은 시댁 문화에서는 별개의 일이었다. 시부모를 모시고 살면
서 집안일을 도맡아 했고 일주일간 손님 숙식을 돕는 등, 허
공을 짚어가며 일했다. 아픈 내색은 의사 앞에서만 했다. 하루

를 마무리하고 자리에 누우면 열이 끓고 몸이 땅속으로 꺼져가는 상태가 반복될지언정, 나는 친정어머니와의 약속을 지켰다. 나는 죽을 각오로 몰락한 귀족 집안의 자존심을 지켰다. 그 시기가 내 정신력의 한계를 몇 번이고 맛본 시기였다. 내가 아마 남자였다면 병원에 입원하는데 거리낄 것이 없었을 것이고 집에서도 당당히 누워 있었을 것이며 고열과 오한, 설사와 무기력 등의 병증과 싸우며 집안일을 하느라 고립을 느끼지도, 철저하게 고독하지도 않았을 것이다.

내가 결혼할 때 친정어머니는 한 가지만 당부하셨다. 부당한 일을 참고 견디라고, 그 말은 벙어리 3년, 귀머거리 3년, 장님 3년보다는 상당히 진보된 조언이었지만 축약한 표현일 뿐, 의미는 같았다. 어릴 때부터 불평등, 부당한 일에 침묵하지 않는 나를 꿰뚫는 어머니의 염려였다.

나는 이 책에서 여자가 시대의 권위에 굴종하거나 남자에게 종속되는 것이, 부당하고 불평등한 성차별을 참고 견디는 것이, 다른 사람의 행복을 지키기 위해 여성이 오롯이 희생되는 것이 여자의 몫이 아님을 말하고 있다. 또한 사랑, 미움, 용서에 대한 생각과 가족과 그 외의 관계에서 거리두기의 필요성을 언급한다. 우리가 함께 공존하는 이 사회에서 동성애, 성차별, 폭력, 인권에 대한 얘기는 관계의 근본 설정을 찾아가는데 꼭 필요한 주제일 것이다. 세상이 많이 바뀌기는 했다. 하지만 불평등의 뿌리는 여전히 인간의 의식 속에 고집스럽게 버티고 있다. 여성들의 주장이 커졌고 권리도 찾았다. 하지만 남성의 주도적인 역할과 제도적인 체계의 안정에는 도달하지 않았다. 특혜와 특권이 주어질 때 인간은 종종 상대로부터 힘을 갖는다고 착각한다. 가족과 사랑하는 사람에게서도 그 부조리함은 인간의 본성처럼 자리한다. 더 많이 사랑하는 사람이 약자라는 말과도 같은 맥락일 것이다. 재러드 다이아몬드는 "한국의 만성적인 위기는 성차별"이라고 했다. 물론 한국만의 문제는 아닐 것이다. 잘못된 삶을 살면서 올바른 삶을 기대할 수는 없을 것이므로 문제를 인지했을 때 바로 잡아야 한다. 어머니가 내게 한 조언처럼 성차별은 표현만 바뀐 것이다. 여성에게 혜택을 '베풀'거나 대우를 '해주는' 것은 동등한 것이 아니다. 내면에서의 차별은 여전하다.

어디선가 씩씩하게 걸어와서 언젠가 내게 당도할 며느리를 만난다면 나는 그녀에게 한 가지만 당부할 것이다. '부당한 일은 참고 견디지 마라, 언제나 네 목소리를 내라, 그 목소리에 설득력과 품위를 가져라'라고. 이 당부를 지키면서 그녀와 내 아들이, 그녀의 손자녀가 서로 존중하며 행복했으면 좋겠다.

나는 페미니스트가 아니다. 여성만이 아니라 모든 사람의 인권을 중시하며 인권을 보호, 존중, 옹호하는 것의 가치를 중요하게 생각한다. 물론 이 의식 속에 페미니즘이 포함되겠지만 나는 차별 대우를 받는 사람이 여성이면 여성 편에, 남성이면 남성 편에, 흑인이면 흑인 편에, 동성애자면 동성애자 편에 설 것이다. 무엇인가를 더 지지하고 사랑할 수는 있을 것이지만 어떤 주장이나 의식이 누군가의 정당한 권리를 무시하고 축소한다면 그것은 편파적인 갈등을 부추기는 위험한 일이라고 생각한다. 그러므로 모든 형태의 차별과 불평등, 우월 의식, 편협한 눈빛까지도 거부하지만 그러다 보니 편 가르기에 치우칠 수도 있어 조심하려고 한다.

나는 의식과 가치관이 생의 품격을 달리한다고 생각했지만 그것은 사실 고독을 견디는 다른 말일 뿐이다. 어떤 사람은 권리와 맞바꾼 안락한 삶을 즐기며 살아간다. 또는 무엇인가 주장하며 치열하게 살아간다. 혹은 문제의식이 없어 불합리함을 자각조차 못 하고 현실에 안주하며 살다가 간다. 어느 것이 더 행복하고 덜 고독하다고 말할 수는 없을 것 같다. 그냥 내게는 생 자체가 쓸쓸하고 고독한 것 같다.

잘 사는 것은 주변을 정리하고 불필요한 물건을 잘 버리는 일이라고 한다. 삶에 대면하는 자세도 그와 다르지 않다. 자신의 삶을 더듬어 돌아보고 다독이며 정리하고 그에 더해 불필요한, 살아가는 데 발목을 잡는 감정과 기억을 털어내야 한다. 그것이 내게 손실을 가져온다 할지라도, 물건을 많이 비워서 방이 텅 비어버려도 그 텅 비어 있음을 대면할 수 있어야 한

다. 장 폴 사르트르의 "인간에게 가장 큰 지옥은 사람이다"라
는 말을 굳이 빌리지 않아도, 그 허허로움을 사람으로 해결하
려는 허망한 꿈을 꾸지 않는다면 대충 그 고독조차 견딜 만하
다고 말하고 싶다. 내게 미술과 음악이 어떤 순간순간을 지나
가게 했다면 문학은 얼마의 기간을 견디며 성찰하게 한다. 나
를 이성적이게 하는 문학의 힘을 나는 종교처럼 믿는다.

　서지 정보를 찾기 위해 그동안 읽었던 책들을 뒤적여 보았
다. 어떤 책은 표시를 하지 않아서 전체를 살펴보고 찾아야만
했다. 며칠간 거의 밤을 새우다시피 작업하면서 이렇게 좋은
책들을 내가 읽었다는 것에 새삼 감탄했다. 훌륭한 책을 쓴 작
가와 번역가, 출판사에게도 감사했다. 그들이 없었다면 세상
은 더 엉망이었을 것 같다. 다시 읽어도 새롭게 다가올 것 같
은 이 책들을 책상에 쌓아 놓자 갑자기 기분이 좋아진다. 이
기회에 내 책을 읽을 독자들과 이 책에서 소개하는 고전을 함
께 읽으면 좋겠다. 내가 좋아하는 대문호들을 이렇게 소개할
수 있어서 나는 처음으로 행복하다. 나와 동일한 필요를 느끼
는 사람들과 이 사랑을 나누고 싶다.

해설

예술의 힘으로 커진 사람은
인간으로도 큰사람이 된다

○

이병일(시인)

1

"내가 달랐더라면, 똑똑했더라면, 조용했더라면"(「비통」) 하
고 반성하는 사람이 있다면, 물신주의가 판을 치는 세상은 조
금씩 달라졌을지도 모른다. 이 시구는 앤 섹스턴의 시에서 가
져왔다. 그는 시적 질료로 잘 다루지 않는 금기된 소재를 차용
하였다. 여자, 엄마, 아내로서의 자기 고백적인 목소리가 사회
적인 상상력으로 확장하는 힘을 보여주었다. 그렇게 작은 목
소리는 개인과 가족, 주변의 삶을 이야기했는데, 그 안에는 인
권을 노래하는 마음가짐이 있었다. 불현듯 필자는 강민영 산

문집에서 그 마음가짐을 조우한다.

　예술가는 일상에서 파열음을 엿듣는다. 그 틈에서 나오는 불길한 냄새와 백색소음과 이상한 소리들에 귀를 기울인 적이 있던가. 예술가라면, 쇠잔한 것, 은밀한 것, 희미한 것에 관심을 가질 것이다. 예술은 더럽고 추한 자리에만 있는 것이 아니다. 예술은 어디에나 있고 또 예상치 못한 곳에서 발견된다. 삶이 감추려고 애쓴 흔적들, 그러나 시간이 지나면 말할 수 있는 것들이 수필이 된다. 이를테면 상처투성이 육체가 없다면 우리는 고통에 대해 알 수 있을까? 아마 알지 못할 것이다. 삶이 불편할 때, 우리는 인권이라는 말을 생각한다. 그것이 죽음에 닿아 있을 때 우리는 더욱더 민감해질 수밖에 없다. 강민영의 문장 안에서 필자는 어떻게 하면 생을 투명하게 볼 수 있을까, 그런 생각을 자주 했던 것 같다.

　예술가의 삶에 자유로운 공기를 주는 곳은 헐벗고 황폐한 폐허이다. 강민영은 풍경으로서의 인간이 아니라 나에 대한 타자, 거리의 몸짓과 사람의 표정을 읽어내면서, 자신의 직관과 감정을 소중히 여긴다. 그는 삶의 구체성 속에서 궁극적 감정 하나를 발견한다. 그것은 '인권'인데, 개인과 가족 관계가 그 시작이라고 말한다. 그리하여 가족 구성원 간의 상호 존중과 성숙함이 가치관 형성의 바탕이 될 것이다. 강민영은 소설을 읽으면서 "삶의 균형이 깨지면서 가치관의 파괴에 이어 또 다른 자아와 맞닥뜨리는"과정을 좇는다. 주제 사라마구의『눈먼 자들의 도시』를 통해 새로운 삶의 의지를 '바닥'에서 찾으면서 그는 자신이 "생각했던 삶의 가치와 필요, 의지에 균열을 가하는 충격이 고통스러웠다"고 말한다. 하지만 그는 삶의 진짜 고통이 무엇인지 알고 있는 것 같다. 그는 현실의 가혹함을 이야기하되, 삶의 다른 가능성이 "생존을 위한 노력"이라고 말한다. "사회적 약자, 다른 방식으로 살아가는 사람들에 대해 나는 어떤 책임이 있을까?" 그는 자기 물음을 통해 성찰을 넘어간다. 그러면서 "눈먼 자들의 도시는 얼마든지 우리에게 일어날 수 있다"면서 사유의 가교를 놓는다. "버려진 인간은 고통 속에서 민낯을 드러내며 이름 없는 본성으로, 날것의 음성으로 곳곳에서 외친다. 그런 불안을 견디는 우리는 겪지 않은 자와 겪은 자로, 상황을 이용하는 자와 책임을 이행하는 자로, 판단하는 자와 침묵하는 자로 나뉠 것이다."

한 예술가가 지닌 삶의 폭과 깊이에서 새로운 가치나 행동과 대면하게 된다. 예술가는 당혹과 불편이 삶을 구성한다고 믿는다. 강민영의 '고전' 읽기는 무엇보다 이해의 과정이 깊고 사유가 두꺼운데, 그것은 삶, 그 자체에 주목하기 때문인 것 같다. 그는 존 쿳시의『추락』을 호출하면서 생존을 위한 비상식적인 인간의 선택, 포장이 찢어진 채 추락했지만 여전히 그대로 계속 살아가는 인간을 바라본다. 이 글은 겹으로 읽힌다.

윤리적 기능을 이야기하면서도 그렇다면 나는 어떻게 살아야 할까. 그동안 내 삶의 방식이 맞는가를 반성하게 한다. 특히 "개처럼 살아도 그 끔찍함을 살아남아 계속 '생존'하는 게 인간으로서 명예를 지키는 일"이며 인권의 크기가 "잘못한 자와 무죄한 자 모두에게 동일"하다고 말할 때, 필자는 그가 고통스러운 몸으로 들어가서 뼛속까지 내려가 있는 어떤 속수무책의 삶, 그 꿈틀거리는 바닥을 보고 길어 올린 사유가 아닐까 생각했다. 우리는 가진 자와 배운 자가 명예욕이 더 크다고 생각하는데, 그는 그 오류를 뒤집어놓는다. 이제 우리는 사람이라는 근원적 존재가 겪는 문제에 대해 더 깊이 생각해봐야 할 것이다. 또한 그가 문학이야말로 "우리가 추락했을 때 자신을 망치지도, 타인을 탓하지도, 누군가에게 손 비비며 기도하지도 않게 하며" "스스로 일어나는 힘을 갖"는 강자가 된다고 말한다. 필자는 예술이 곧 삶이고자 했던 한 예술가의 세상 읽기가 이렇게 아름다울 수 있다는 것을 알게 되었다.

2

　강민영의 산문은 특별할 것 없는 삶의 이야기 같지만, 금 간 현실의 풍경을 포획해 카뮈와 고흐, 그리고 나보코프의 유인원과 롤리타까지, 다각도로 세계를 바라보는 심미적 경험과 사유를 담았다. 그는 삶의 시야를 확장할 수 있는 놀이로, 문학, 영화, 그림, 춤을 선택하였다. 그것들과 함께 동행하면서 두려움 속 설렘 혹은 불편함과 조우하는 심미적 경험의 글쓰기를 보여준다.

예술가는 차이를 가진 사람의 생각에 불편해하지 않는다. 외려 예술가는 튀는 행동을 하는 사람을 이해하고 존중하는 마음을 갖는다. 우리에게는 다양한 삶의 무늬들이 있는데 그것을 재발견하는 사람이 글 쓰는 사람이라고 생각한다. 그의 수필에는 으레 있어왔던 것들의 풍경을 뒤집는 진솔한 고백의 목소리가 있다. '인권'이란 단어를 들여다보게 하는 힘이 있다. 고단하고 남루한 삶을 사는 사람들의 모험을 응시하게 한다. 그 응시의 힘으로 그는 회감의 언어를 구사한다. 회감의 구심점은 살아온 시간을 역상으로 되비추면서 새로운 지혜와 경험으로 인도하는 과정을 보여준다. 「부모에게 살해당하는 아이들」, 「소년의 선택」, 「다섯째 아이, 벤」, 「살면서 배우는 거지」 등의 작품엔 순응과 거부, 성장과 반성장의 이율배반 속에서 겪는 성장통을 보여준다. 특히 사회 개념이라고 할 수 있는 가족의 한 단면을 우화적으로 보여주는데, 작품 곳곳에서 만나는 문장들이 가정과 사회의 문제를 어떻게 직시할 것인가를 잠언 "상대방을 배려하거나 이해하지 못한, 내 방식대로 최선을 다했기 때문에 헤어지는 것이다"(「부모에게 살해당하는 아이들」), "누군가를 길들이고자 할 때 아이러니하게도 의식 없이 베푸는 무조건적인 친절과 무지는 폭력이 된다"(「소년의 선택」), "한 인간이 흉기로 변하고 소모품으로 전락하는 시작은 가정이며 그를 차별로 거부하는 것은 이 사회다"(「내 삶보다 죽음이 더 가치 있기를」), "자기 안의 균열을 지속해서 건드리는 지적인 훈련이 있을 때" 가치관이 바뀐다.(「살면서 배우는 거지」) 등으로 환기한다. 이에 대하여 강민영은 가정에서의 대처법으로 "자신의 문제를 솔직하게 인정"해야 한다고 권한다. 또한 사회의 대안으로는 "버림받은 사람이" "몰락하고 버려지고 이 사회의 흉기가 되지" 않게 "적절한 삶의 권리와 기본적인 보호가 그들에게 제도적"으로 필요하다고 제시한다.

강민영이 "관계를 이어가는 것은 핏줄이 아니라 그의 가치관이다"(「세상의 끝」)라고 말할 때, 필자는 그가 직관력이 뛰어난 시적 인간이라는 것을 알게 되었다. 시적 인간은 다른 사람이 보지 못하거나 볼 수 없는 문제를 볼 줄 아는 사람이다. 그는 가정과 사회의 문제를 명확하게 짚어보면서 거기에 명증성을 부여한다. 그 명증성은 하나의 주제이면서 하나의 질문하기인 것이다. 이와 같이 그는 〈자아-가족-사회〉 속에서 겪는 갈등과 반성을 통해서 참다운 '인권'이란 무엇인가, '존중'의 자세는 어떻게 취할 것인가를 「삭제된 메시지입니다」를 통해서 한층 더 깊어진 사유로 펼친다. 이를테면 존중과 권리를 이야기하기 위해 음식에 비유한 점이 흥미롭다. "음식을 함께 먹어도 맛을 느끼고 소화하는 것은 각자의 몫이다. 어떤 부분은 각자 책임지고 알아서 해결해야 할 일이다. 맛있고 소화가 잘되는 양질의 음식을 만들어줄 수 있지만, 우리의 몫은 거기까지"라고 말할 때, 우리는 가족의 적절한 개입과 존중, 그에 더해 분열과 단절조차 초연하게 받아들이며 살아가야 한다는 것을 생각하게 한다.

3

사유의 새로움은 대상을 해석해내는 과정에서 생기는 것이다. 그의 글은 단지 한 사람이 겪은 삶이 아니라 삶을 받아들이는 자세에 감각과 사고의 상응을 그려낸다. 그것은 한 편의 시와 같은데 독자는 그것을 보면서 삶의 아름다움을 꿈꿀 권리를 얻게 되는 것이다. "혼자 있을 때 자기를 분석하고 반성하며 성찰을 통해 우리는 성장한다"고 알고 있지만 우리는 소외를 두려워한다. 그는 소외는 문제가 아니라 해법이라는 말에 절대 공감한다. "안 좋은 관계에서의 거짓보다 고독에서 오는 평화"를 찾는 지혜를 모으고자 한다. 예술가는 자신을 읽듯 세계를 읽어야 하고, 또 세계를 읽듯 소수의 삶과 목소리를 읽을 때 혼자 얻는 깨달음이 크다,고 말한다. "우리가 잘할 수 있는 것은 서로를 지지하는 것입니다. 과거의 실수로 서로를 지워버리기보다는 성장을 위해 서로를 도와야 할 때입니다. 우리가 서로를 교육하고 구원을 위해 서로를 안내해야 할 때입니다"라는 영화 〈조커〉의 주연배우 호아킨 피닉스의 수상 소감을 호출하면서(「내 삶보다 죽음이 더 가치 있기를」) 자신의 테제를 스스로 입증한다.

그는 '밀착'을 통하여 우리가 알아야 할 불편함과 인정할 수밖에 없는 불편함을 직시하면서 삶의 새로운 가능성과 그 이해를 도모하고자 한다. "사랑하는 사람과의 밀착은, 거리와 단절이 있을 때 가능하다. 개인의 권리와 사적인 시간, 공간을 인정하지 않는다면, 가족 간의 밀착도 폭력"으로 다가올 수 있으니 그는 "내가 나일 수 있기 위해 분리와 고립, 고독, 관계의 적정 거리를" 유지해야 한다고 말한다. 이런 솔직함 때문에 "불필요한 인간관계에서 멀미가 날 때마다 절망과 단절의 상처를 극복하고 〈연인〉을 그린 르네 마그리트의 고독을"(「르네 마그리트의 〈연인〉」) 만나러 가는 일은 당연해 보인다. 그는 위기의 시대일수록 '고독'이 필요하다고 말했다. "우리가 고독하게 홀로 일어서야 할 그때 문제를 대면하는 우리의 자세에 따라 우리가 어떤 사람인지 결정"되며, "고독은 내 삶이 빛날 때는 짙은 그림자로, 빛이 소멸하는 순간에는 밝은 그림자로"(「삶과 죽음을 엮는 강렬한 힘」) 삶의 진실을 매 순간 보게 하는 것이다.

4

이 산문집의 특징이라면 무수히 많은 잠언과 조우한다는 점이다. 가장 많이 호출된 작가가 카뮈였다. 카뮈는 현실 인식이 뛰어난 작가다. 카뮈의 소설은 삶의 불온성과 병약함 같은 것을 우리에게 눈치채게끔 생활의 심화, 즉 인권의 바른 가치를 알게 해준다. 또한 어떤 욕망과 도시의 질환들을 분석하게 만드는 힘을 꿈틀거리게 해준다. 강민영의 글에서 눈에 띄는 것은 자신이 다루는 주제를 풀어내는 사고력이 그럴듯한 수사에 의존하지 않는 점이다. 고전을 언급하면서도 자기의 사유와 언어로 문장을 쓸 줄 안다. 이 예술적 감수성은 튼튼한 현실 인식에서 시작된다고 할 수 있겠다.

강민영은 현재를 이야기하기 위해 1947년에 발표된 카뮈의 『페스트』를 소환한다. 도시 봉쇄가 가지는 상징과 등장인물의 행동을 통해서 현실보다 더 현실적인 상황에 주목을 요한다. 전염병의 이야기가 오늘날 어떻게 조응하는지 헤아려보는 것이다. 코로나19는 일상을 파괴하는 재앙이기에 편안함을 줄 리가 없다. 죽음의 공포와 피로를 긍지로 만들어가는, 변화의 감을 통해 "공동의 해결책"을 모색하게끔 사랑의 실천 방식을 일러주는 것이다. 삶의 한계를 직시하는 가운데 이 한계를 거슬러 읽어내는 힘, 『페스트』를 통해 "집단의 문제"와 "공동체적 해결점을 위한 노력과 이해"로 우리를 점검하고 확인한다.(「결핍의 도시」)

그는 나를 말하면서 작품을 말하고, 작품을 말하면서 현실을 말한다. 그 현실의 진술 속에서 대상과 나, 주체와 현실을 순환하면서 직관적으로 감지되는 '삶의 태도'를 읽어낸다. 이와 같이 그는 지금 여기의 눈으로 작품을 이해한다. 그러하기에 "지금 살아 있는 노인이 얼마나 더럽고 추레하든 그는 결코 하찮은 사람이 아니다. 어떤 형태로든 그는 그 나이까지 살아남아 자기 생명에 대한 책임을 고스란히 이행했기 때문"이라고 말한다. 이때 "죽음을 받아들이는 태도가 삶의 태도이다"라는 문장은 생활로부터 나온 하나의 사건이면서 아래 카뮈의 「여행일기」 중의 한 문장을 관통하는 언어적 사건이다. "한 나라를 아는 한 가지 방법은 그 나라에서 사람들이 어떻게 죽는지를 알아보는 것"이니까.

5

내 경험에 비추어 말하자면 작가는 제 작은 틈새 안으로 숨어서 비밀스러운 삶을 사는 자들이다. 그렇기 때문에 짧지만 다양한 삶의 무늬들로 하나의 집을 짓고 싶은 것이 아닐까. 탁월한 이야기꾼, 독일 문학의 거장 슈테판 츠바이크는 책을 일컬어 괴로움과 불안을 달래주는 '한 줌의 정적'이라고 칭했다. 강민영 역시 그 정적을 자기 안으로 끌어들여 삶의 태도뿐만 아니라 몸과 정신 자체를 바꾼다. 그렇게 세상을 본다는 것은 산다는 것이고 비록 삶이 누추한 집일지라도 애착이 생기고 만다는 것이다. 이때 그는 삶을 사랑하는 사람이다.

이 도시에는 항상 사건이 일어나고 그것 때문에 죽거나 다치는 사람이 생겨난다. 이 산문집에는 삶을 견뎌야 하는 사람들의 이야기가 있다. 견뎌야 할 절망과 슬픔과 모멸 속에서 자신의 삶을 비관하지 않고 그것을 묵묵하게 극복하는 이야기가 있다. 강민영은 인간이 처한 조건과 그것을 넘어서려는 의지가 있는 사람에게만 '명예'가 있다고 말한다. 또한 강민영은 "치열하게 살아오면서 놓쳤거나 외면했던 가치"가 "인간에게서 나오는 향기"(「실수한다면, 그게 바로 탱고죠」)라고 생각한다. 그 향기의 아름다움은 우리의 시선이 닿길 기다린다.

그는 그림이나 영화에서도 사건의 내면적 순간을 응시한다. "예술이 아름다움을 표현해야 한다는 상식적인 시각만 갖고 있다면, 이 작품을 찾아보고는 그 섬뜩함에 내게 화를 낼 수도 있다. 하지만 연인의 절실한 감정과 죽음을 초월한 갈망, 사랑의 농도만큼 밀착될 수 없는 갈증에 절망해본 사람은 알

것이다. 그런 추함과 초라함이 아름다운 겉껍질을 벗겨낸 사랑의 실체이기도 하다는 것을"(「즈지스와프 벡신스키의 사랑과 고독」)이라는 글을 읽으면 그가 예술작품을 감상하고 성찰하는 태도가 깊다는 것을 알 수 있다. 아름다움은 우리의 시선이 닿길 기다린다. 우리는 그 아름다움을 정면으로만 보지 않고 뒤와 옆에서 또 입체적으로 봐야 한다. 그래야만 아름다움이 재발견될 수 있는 것이다. 그는 지금 여기의 안과 밖을 깊이 살펴보는 중이다.

6

강민영의 글을 보면 '보이지 않는 것', '이름 붙일 수 없는 것', '숨겨져 있는 것'의 비밀을 발견하여 인간 존재의 의의와 진실한 삶을 찾는다. 무엇이 인간을 억압하고 불행하게 만드는 것인지 그 과정을 추적한다. 그러면서 예술은 유용한 것이 아니기 때문에 사람을 억압하지 않는다고 말한다. 억압하지 않으니까 인간을 억압하는 것들의 실체를 드러낸다고 생각한다. 그래야 이 세계가 바뀐다고. 그렇게 사람의 의식이 바뀌다 보면 이 사회가 사람이 살 만한 곳이 되지 않겠는가 하고 깨어 있는 즐거움에 젖어보라는 것이다.

정약전은 세상을 바꾸는 방법으로 『자산어보』를 선택했다. 흑산도는 죄를 지어 유배된 사람들이 가득한데 그 한 사람, 한 사람의 삶이 억압 속에서도 지속되는 모습을 보면서 물고기를 통해 자신과 소통하는 최초의 글을 썼다. 물고기는 세상을 향한 끝없는 물음이었고, 그 질문들로 하여금 순진함과 근원적 호기심을 불러일으켜 물고기들에게 하나하나 이름을 붙여 주었다. 정약전은 '살아 있음'으로 물고기의 의미를 알게 되었고, 그로 인해 자신의 의미를 찾게 되었다. 물고기에 대한 관심은 곧 사람에 대한 사랑이었다. 그는 『자산어보』를 통해서 병을 치료하고, 재물을 관리하고, 시인들에게 도움이 되길 바랐다. 심미적 활동 중 하나인 시를 통해서 바다 생물과 인간을 존중하는 마음이 널리 퍼지는 것을 꿈꿨으리라.

불행과 고독과 저주가 두려웠던 정약전이 그것을 피하지 않고 흑산도를 이해하는 하나의 방법으로 물고기를 선택했듯 강민영은 예술과 문학을 선택함으로써 용기를 내어야만 포착할 수 있는 미지의 삶을 본다. 물고기 없는 세계에서 살 수 있는가,라는 어부의 질문을 예술 없는 세계에서 어떻게 살아야 하는가,라고 치환해서 읽어보면, 어부와 예술가의 질문이 다르지 않다는 것을 알 수 있다. 나는 이 산문집을 인권화서(人權花序)라고 부르고 싶다. 삶의 줄기나 가지에 기본적인 자유와 권리가 꽃으로 맺히는 관계라는 뜻이다.

'목숨 가진 것들의 삶을 대변하는 배우'이자 '그것들이 존재하는 장소 안내자'인 시인 강민영, 그는 심미적 경험의 글쓰기로 자기를 구원하며 궁극적으로는 삶과 죽음의 접경지대에서 사랑의 숨결로 우리의 삶을 끌어안고 있다. 필자는 강민영 산문집을 읽으면서 "예술의 힘으로 커진 사람은 인간으로도 큰사람이 된다"는 시인 김수영의 말을 믿기로 했다. 그의 예술 활동은 자신이 설정한 정점에 도달하기 위해 좌절과 번민으로 고단할 것이고 타협하고 안주하려는 욕망과 끊임없이 싸워야 할 것이지만 그것조차 아름다운 생의 연장일 것이다. 창작 활동에서 삶의 너그러움이 더 웅숭깊게 깊어지길 기대한다. 그의 세 번째 책이다. 가장 낮은 곳에 위치한 사람을 사랑하는 그의 마음이, 널리 읽히길 바란다.

우리 사이의 낡고 녹슨 철조망

초판 1쇄 발행 2022년 4월 12일

지은이 강민영
펴낸이 황규관

펴낸곳 (주)삶창
출판등록 2010년 11월 30일 제2010-000168호
주소 04149 서울시 마포구 대흥로 84-6, 302호
전화 02-848-3097
팩스 02-848-3094
전자우편 samchang06@samchang.or.kr

종이 대현지류
인쇄 영프린팅

ISBN 978-89-6655-149-1 03810